KB073400

낯설게 쓴 심청전 채워 읽기

낯설게 쓴 심청전 채워 읽기

초판 1쇄 인쇄일 2019년 11월 27일
초판 1쇄 발행일 2019년 11월 30일

지은이 한채화
펴낸이 양옥매
교 정 임수연

펴낸곳 도서출판 책과나무
출판등록 제2012-000376
주소 서울특별시 마포구 방울내로 79 이노빌딩 302호
대표전화 02.372.1537 팩스 02.372.1538
이메일 booknamu2007@naver.com
홈페이지 www.booknamu.com
ISBN 979-11-5776-810-3(03800)

이 도서의 국립중앙도서관 출판시도서목록(CIP)은 서지정보유통지원 시스템
홈페이지(http://seoji.nl.go.kr)와 국가자료공동목록시스템
(http://www.nl.go.kr/kolisnet)에서 이용하실 수 있습니다.
(CIP제어번호 : CIP2019048559)

*이 책은 2019년 충북문화재단의 후원으로 제작하였습니다.

낯설게 쓴

심청전 채워 읽기

한채화 지음

책과나무

책 읽어주는 남자 마이클이 한나를 만나 키스하려고 하자 한나는 몸을 빼면서 진지하게 말한다. "그전에 먼저 내게 책을 읽어줘야 해."라고…. 등장인물들의 성격을 밝히고 생동감이 느껴지게 읽으려면 집중력이 꽤 필요했기 때문에 마이클의 사랑의 욕망은 점차 사라졌다.

우리나라에도 조선 후기에 직업적으로 책 읽어주는 사람인 전기수(傳奇叟)가 있었다고 한다. 그들의 수입은 전달하는 내용과 방법에 달려있었기 때문에 책의 내용은 물론 군중의 심리도 잘 파악해야만 했다. 책을 읽다가 긴장이 고조될 무렵에는 읽기를 중단하고 잠깐 딴청을 부리면 다음 대목이 궁금한 독자들이 전기수들에게 돈을 던져주었다고 한다. 이들은 중요한 정보를 주어야 할 대목에 정보를 주지 않고 지연함으로써 돈을 벌었던 셈이다.

책을 읽어주는 사람은 그 책의 수요자이면서 동시에 생산자이다. 즉 자신이 읽어줄 책을 탐독하면서 독자가 되고,

군중의 상황을 파악해가면서 감정을 실어서 내용을 조금씩 변경하기도 하므로 작가가 되기도 한다. 오늘날 고전을 다시 쓰는 작가들의 경우도 전기수와 크게 다르지 않아서 고전의 독자이면서 작가가 된다. 다만 이들은 전기수처럼 말로 전달하지 않고 글로 전달하는 점이 다를 뿐이다.

우리가 고전으로 부르는 「심청전」·「춘향전」·「흥부전」·「정읍사」 등은 작가들에 의해 현대적으로 변개(變改)해 발표되었다. 만약에 고전의 재생산에 참여한 작가들이 이미 친숙한 고전의 내용을 그대로 필사한다면 독자들로부터 외면당할 것은 뻔한 노릇이다. 다시 생산된 고전작품들은 친숙한 것들을 버리거나 바꾸어서 낯설게 그리고 긴장감 있게 써야 한다. 그래야만 독자들이 선택할 것이기 때문이다. 이러한 글쓰기는 이미 독자로서 고전을 어떻게 읽고 받아들였는지를 전제로 한다. 즉 창의적이고 소통하는 독서를 전제한다는 뜻이다.

그리고 오늘날 현대적으로 낯설게 쓰여진 고전작품들 역시 현대의 독자들에 의해 읽히고 그 가운데 글을 쓰는 사람은 다시 변개하여 텍스트를 생산해갈 것이다. 이러한 과정을 우리는 문학사(文學史)라고 할 수 있다. 문학의 역사성은 사후에 밝혀지는 문학적 사실들의 연관성보다는 독자에 의해 선행적으로 체험되는 것에 입각한다. 문학사에 있어서 독자와 텍스트의 대화적 관계는 제1차적인 바탕이 된다. 결국 문학사는 연대 위에 문학적 사건을 늘어놓는 것을 의미하지 않고, 작가와 텍스트와 독자가 대화의 과정을 통해서 함께 써가는 것이다.

고전 텍스트에 대해 가지고 있던 기대지평과 새로운 작품의 출현 사이의 거리를 미적거리라고 한다면, 이번에 펴내는 『낯설게 쓴 심청전 채워 읽기』는 낯설게 쓰여진 고전작품들을 안내하면서 독자층의 다양한 반응이 발산하는 색깔에 의해서 역사적으로 구체화되리라 믿는다.

| 일러두기 |

1. 작품명에 처음 발표했던 연도를 밝혔다.
2. 인용문의 표기는 띄어쓰기를 포함하여 모두 원전을 따랐다.
3. 인용문의 끝 괄호에 쪽수를 밝혔다.
4. 본문에 사용한 약호는 다음과 같다.
    - 장편소설, 책, 잡지: 『 』
    - 작품, 평론, 논문: 「 」
    - 대화, 인용, 소제목: " "
    - 짧은 인용, 강조, 인용문(" "로 인용한 경우)에서의 대화: ' '
    - 텍스트는 각주로 처리했으며, 끝에 발행 연도와 판수를 명기하였다.

차례

part 1

채워 읽기 전에

「심청전」 우리 국민치고 모르는 사람이 있을까? 그러나 사실 일반 독자들로서는 고어로 쓰여진 원본을 구하기도 쉽지 않으려니와 읽어내기도 간단하지 않다. 따라서 원전을 읽어본 사람이 많지는 않을 것이다. 게다가 이본(異本)도 많아서 어떤 것을 읽어야 할지 그것조차 판단하기가 쉽지 않다. 그럼에도 불구하고 많은 독자들은 다양한 경로를 통해서 그 내용을 알고 있다.

그렇다고 해서 내용을 알고 있는 모든 사람이 내용에 대해 직접 반응을 드러내지는 않는다. 그저 「심청전」을 통해 "효(孝)에 대해 생각해보거나, 현실적이지 않다" 정도의 소극적인 반응을 할 뿐, 아무런 기록을 남기지 않는 일반 독자가 대부분이다.

그런가 하면 「심청전」 원전을 찾아 읽고 형성과정·이본(異本)·주제 등을 분석하거나 평가하는 등 학문적으로 접근하는 문학연구가들도 있다. 또는 「심청전」의 가치를 결정하는 비평가들도 있다. 비평적인 재생산인 셈이다. 그러면 작가들은 어떻게 반응할까? 그들은 「심청전」에서 자극을 받아 자기만의 창작 방식으로 제2의 「심청전」을 생산한다. 다시 말해 「심청전」은 소설이나 판소리 또는 연극 등으로 새롭게 탄생하기도 하는데 이는 원전 「심청전」의 독자들이었던 작가들의 산물이다.

필자의 관심은 새로이 창작된 「심청전」에 있다. 특히 이들 작가들이 「심청전」을 새로이 지을 때에는 이미 원전 「심청전」을 읽었기 때문에, 본인이 「심청전」의 독자였다는 점을 간과하지 않는다. 다시 말하자면 작가들은 「심청전」의 독자로서 자신만의 성향에 따라서 「심청전」을 받아들이게 마련이다. 그리고 받아들인 바에 작가적 상상력을 더하여 창작과정에 적용하게 되는 것이다. 이를 거꾸로 말한다면 다양한 장르로 재생산된 「심청전」을 통해서 작가가 어떻게 「심청전」을 수용했는지 살펴볼 수 있다는 것이다. 새롭게 창작된 「심청전」은 결국 친숙한 「심청전」을 낯설게 쓴 창작물인 셈이다.

본 저서는 문학텍스트는 독자를 향한 호소라는 점을 전

제한다. 다시 말해 텍스트는 구체화된 형태가 아닌 불확정성을 띤 형태로 제시되기 때문에, 독자에게는 이 "불확정부분"을 구체화해야 할 임무가 주어진다는 점을 견지하고 있다. 채워 읽기는 곧 이러한 구체화를 의미한다.

필자의 노력은 고전 「심청전」을 변개하여 낯설게 쓴 「심청전」을 텍스트[1]로 해서 불확정적인 빈자리를 채워 읽음으로써 작품으로 완성하고자 한다. 소설로 쓰여진 「몽금도전」·「심청」·「연인 심청과 유성기로 듣던 「모던 심청」·희곡 「달아달아 밝은 달아」·「심청전을 짓다」를 텍스트로 선정하였다. 여기에 「심청전」의 현대적 수용에 관해 학문적으로 수용한 논란적 텍스트[2]가 있어서 참고로 하였다. 그리고 「춘향전」을 영화화한 「방자전」, 「흥부전」을 재생산한 「놀부뎐」 백제 가요로 알려져 있는 「정읍사」를 소설화한 「천년의 기다림 정읍사」도 텍스트에 포함하였다.

이 외에도 다양한 방식으로 수용된 텍스트가 있지만 과제

---

1 수용미학적 구체화를 주장하는 Wolfgang Iser는 "텍스트"와 "작품"을 구분하여 사용했다. 즉 "문학텍스트"는 불확정성을 갖고 있어서 독자의 독서과정을 통해 그 불확정성이 채워지면서 "작품"으로 완성된다고 보았다. 필자는 이러한 개념을 바탕으로 "텍스트"와 "작품"을 사용하고자 한다.

2 신선희, 「심청전의 현대적 수용과 그 변용」, 『고소설 연구』, 제9권, 제1호, 2000년, 239쪽~269쪽.
   윤종선, 「심청전의 현대적 수용양상 연구」, 박사학위 논문, 고려대학교, 2011년.

로 두었다. 또한 희곡이나 영화로 생산수용된 텍스트들은 내용 외에도 희곡이나 영화의 문법으로 이해하고 고찰해야 함에도 필자의 집필 범위를 넘어서는 까닭에 한계로 두어야만 했다.

필자의 원고가 원전 텍스트와 재생산된 텍스트의 대화성을 전제하고 접근하기 때문에 당연히 원전 텍스트 확인을 바탕으로 한다. 그리고 그 위에 재생산된 텍스트를 펼쳐서 대비하고 빈자리를 채워서 작품으로 완성해가고자 한다. 시대가 다르더라도 이본(異本)이라 할 수 있으니 먼저 원전의 내용을 정리하고 변개(變改)된 텍스트를 펼쳐보았다.

〈친숙한 「심청전」의 구조〉

가. 심청의 출생
1) 고귀한 가계(家系)의 만득독녀(晩得獨女)
2) 선인적강(仙人謫降)의 태몽을 꾸고 잉태되어 출생한다.

나. 심청의 성장과 효행
1) 심청의 모친이 산후 일찍 죽는다.
2) 심 봉사가 젖, 곡식을 동냥하여 심청을 양육한다.
3) 심청의 비범성이 나타난다.

4) 심청이 동냥, 품팔이를 하여 부친을 봉양한다.

5) 심 봉사가 물에 빠진다.

6) 화주승에게 구출을 받는다.

7) 눈을 뜰 수 있다는 말에 백미 삼백 석 시주를 약속한다.

8) 심청이 공양미 삼백 석에 선인(船人)들에게 팔려 간다.

9) 선인들이 심 봉사의 생활대책을 마련해준다.

다. 심청의 죽음과 재생

1) 심청이 인당수(인단소, 임당수)에 몸을 던진다.

2) 심청이 용궁에 간다.

3) 심청이 장래를 예언받는다.

4) 심청이 꽃을 타고 용궁에서 돌아온다.

라. 부녀 상봉과 개인(開眼)

1) 선인들이 해상에서 꽃을 발견한다.

2) 선인들이 황제에게 꽃을 바친다.

3) 황제가 꽃 속의 심청을 발견한다.

4) 심청이 황후로 책봉된다.

5) 심 황후가 부친을 만나기 위해 맹인연(盲人宴)을 소청(訴請)한다.

6) 부녀가 상봉하고 심 봉사 개안한다. ³

---

3   최운식, 『심청전 연구』, 집문당, 1997(1판3쇄본), 111~112쪽.
     졸저에서 "원전텍스트"라 칭하는 것은 모두 이를 일컫는다.

물론 부분적으로 이본에 따라서 조금씩 화소가 다른 경우가 있다. 판소리계소설이 설화에서 판소리로, 판소리에서 소설로 정착되는 과정을 생각한다면 이는 당연한 일이다. 그뿐만 아니라 이러한 현상 역시 판소리의 수용자들의 수용 양상을 고려하여 창자들이 조금씩 고쳐 부른 데서 기인한다고 볼 수 있다. 판소리가 창자와 관객이 같은 공간에서 공존하는 점을 감안한다면 양방향성을 갖는 아주 독특한 형태라고 할 수 있다. 이러한 현장성이 곧 다양한 이본을 산출하는 근본적 이유가 된다.

이에 대해 최운식은 위와 같이 「심청전」의 내용을 정리하면서 "모든 이본의 공통 단락을 추출함에 「심청록」과 고대A본 및 김형주본은 상권 혹은 하권에 해당하는 부분이 전하지 않고, 「夢金島傳」은 합리적이고 과학적인 사고에 의해 심청전 본래의 모습과 다르게 변개된 단락이 있으므로 문제가 있어서 이들 3본을 제외하고 모든 이본이 공통적으로 가지고 있는 내용 단락을 정리하였다.[4]"라고 했다. 아마도 독자들이 알고 있는 「심청전」의 내용은 이와 크게 다르지 않을 것이다.

오늘의 독자들은 위의 「심청전」 내용을 보면서 어떤 생각

---

4 위의 책, 111쪽.

을 가질까? 혹시 비현실적 요소를 과다하게 삽입함으로써 현실성과 진지성을 동시에 약화시키고 있다고 생각하지 않을까? 주지하는 바대로 심청은 자기를 희생함으로써 자신에게 주어진 효녀로서의 사명을 충실하게, 그리고 완전하게 수행한다. 그러나 희생된 심청을 환생시켜 왕후가 되게 하고 현세적 부귀영화를 누리게 하는 것은 심청의 희생자적 성격을 변질시키고 작품의 주제를 모호하게 만드는 결과를 낳는다. 이런 점에서 심청전은 아직 미숙한 작품이며, 완전한 모습으로 개작될 수 있는 작품이란 결론에 도달한다[5]는 견해에 동의하지 않을까 하고 질문을 던진다.

「심청전」 외의 「춘향전」·「흥부전」·「정읍사」 원전텍스트 관련 내용은 해당하는 곳에서 언급하기로 한다.

---

5 「심청전」의 주제고」, 정하영, 『한국고전소설연구』(이상택, 성현경 편, 새문사, 1993(9쇄본), 471쪽~472쪽.

part 2

채워 읽기

1 환생 없는 「몽금도전」[6]

　「심청전」은 고전작품 가운데 「춘향전」 못지 않게 그 이본
이 많다. 효(孝)라는 주제가 봉건적인 시대 배경에 부합하여
많은 독자층을 확보하고 있었기 때문이다. 독자들의 요구는
문학 작품의 수요로 이어지고, 수요는 곧 공급이라는 시장
원리에 의해 「심청전」이 대량 생산되기에 이른다. 또한 독자
들의 수용 양상도 다양하여 역시 다양한 이본들이 생산되었
다. 「몽금도전」은 그 다양한 「심청전」의 이본 가운데 특별히
연구할 정도로 독특한 텍스트이다. 제작자가 비현실적인 요
소들을 제거하고 현실적인 내용으로 재생산함으로써 합리
적이고 과학적이라고 할 수 있다. 그 스토리 층위를 통해서

6　노익형 편집 겸 발행, 「몽금도전」, 1916년, 박문서관.

익숙한 「심청전」과는 어떻게 다른지 확인해보자.

가. 심청의 출생

1) 일점 혈육이 없어 명산대찰을 찾아 기도하고 득남몽을 꾼다.

2) 득남몽을 꾸었으나 딸을 낳아 심청이라 명명한다.

나. 심청의 성장과 효행

1) 심청의 모친 곽씨 부인이 산후증으로 죽는다.

2) 봉사가 젖, 곡식을 동냥하여 심청을 양육한다.

3) 심청의 용모와 재주가 비범하다.

4) 심청이 동냥, 품팔이를 하여 부친을 봉양한다.

5) 심 봉사가 심청이를 마중나갔다가 물에 빠진다.

6) 몽은사 화주승이 구출한다.

7) 눈을 뜰 수 있다는 말에 공양미 삼백 석 시주를 약속한다.

8) 심청이 공양미 삼백 석에 남도 선인(船人)들에게 팔려 간다.

9) 선인들이 심 봉사의 생활대책을 마련해준다.

다. 심청의 죽음과 재생

1) 심청이 인당수에 몸을 던진다.

2) 심청이 파선된 뱃조각에 걸려 몽금도에 떠밀려온다.

3) 심청이 용궁에 다녀오는 꿈을 꾼다.

4) 장연군수가 발견하고 해주감사가 왕에게 상표(上表)한다.

라. 부녀 상봉과 개안(開眼)

1) 왕후가 별세하고 내전이 비어있어 왕이 심청을 왕비를 삼는다.
2) 맹인 잔치를 열어 아버지를 만난다.
3) 심 봉사는 눈을 뜨지 못했지만 현숙한 부인을 얻어 부귀공명을 이어간다.

「심청전」의 애독자들이 인당수에 몸을 던진 심청이를 살려내라는 강력한 요구는 비현실적인 세계를 통해서라도 성취된다. 그 중심에 효도라는 지배적인 사상이 자리잡고 있다. 그러나 「몽금도전」이 제작된 1916년은 효라는 사상은 남아있어도 비현실적인 세계를 받아들이기는 어려웠을 것이다. 즉 신명에게 기도하여 자식을 낳는 일, 인당수에 몸을 던진 심청이가 용궁에 다녀와서 환생하는 사건, 맹인이 된 심 봉사가 의료적인 도움없이 눈을 뜨는 사건 등에는 공감할 수 없었을 것이다. 독자가 공감하지 못한다면 그 작품의 생명은 끝나는 것이므로 당대의 독자들 인식을 바탕으로 재생산한 작품이 「몽금도전」이라고 할 수 있다.

「몽금도전」의 제목과 창작 배경

「몽금도전」은 1916년 박문서관에서 간행한 작품으로 원제목은 "演劇小說 沈淸傳/신정 심청전/몽금도전"이라고 되어있다. 첫머리의 제목 "演劇小說 沈淸傳"은 「몽금도전」의 장르적 성격을 말하고 있는 것으로 볼 수 있다. 「심청전」을 연극의 대본으로 쓸 수 있도록 재생산하였다는 뜻이다. 「심청전」이 판소리계 소설임을 전제할 때에 재생산하는 「심청전」을 연극의 대본으로 개작한다는 것은 그리 어려운 일이 아닐 수 있다. 게다가 「몽금도전」이 제작된 시기는 극(劇)이 어느 정도 활성화한 시기였기 때문에 더욱 소설이 연극의 대본으로 개작될 가능성이 농후했다.

간단하게 제목을 말할 때에 끝에 있는 「몽금도전」을 제목으로 부른다. 이러한 제목에 대해서는 텍스트인 「몽금도전」에서 언급했다.

이 책을 특별히 일홈ᄒᆞ야 몽금도라 홈은 심청이 특이ᄒᆞᆫ 효성으로 몽금도 압헤서 목숨을 버린 것을 긔렴코져 ᄒᆞ고 또 사람의 마음을 감동케ᄒᆞ야 왕후의 위를 어든 것도 몽금도에서 목숨을 버림으로 된 것을 생각홈이오 또 고본 심청전에 룡궁에 들어갓다 나왓다는 말이 실노 업는

룡궁을 잇다흔 허망흔 것을 깨닫게 흠이오 또 장연 몽금
도가 그 전에는 다만 금도라 불넛는데 심왕후가 그곳셔
꿈을 꾼 이후붓터 비로소 몽금도(夢金島)의 일홈이 생겻
다는 말이 잇슴이라(451쪽)

심청이가 몸을 던진 인당수가 있는 곳이 금도 앞이고, 파
선된 뱃조각에 실려 표착한 곳도 금도이다. 즉 사건의 중심
이 되는 공간이 금도인 셈이다. 그리고 심청이가 표착한 금도
에서 용궁의 꿈을 꾸었다 하여 몽(夢) 자를 붙여 몽금도라 명
명하게 되었다고 밝혔다. 그러니까 「몽금도전」이라는 제목은
곧 중심 사건의 공간으로서 어형론적 유비에 해당한다.

「몽금도전」에 대해서 많은 관심을 가진 이는 김진영이다.
그는 「몽금도전」 전반에 대해서 상세하게 고구하지만 특히
「몽금도전」의 창작 배경과 장르 성향에 대해 깊이 고찰[7]하였
다. 먼저 「몽금도전」의 독특한 제작 배경 중에서도 이 작품
의 편집자 겸 발행인인 노익형에 주목했다. 그는 편집자와
발행인으로 명기되어 있지만 그가 작품 전체를 제작했는지
에 대해서는 회의적으로 보았다. 그 까닭은 노익형이 문단
활동을 펼치거나 작품 활동을 전개한 정황이 드러나지 않기

---

7   김진영, 「몽금도전의 창작 배경과 장르 성향」, 『배달말학회』57권, 57쪽~96
     쪽, 2015년.

때문이다. 오히려 그보다는 사업가로서 많은 독자를 갖고 있어 수요가 확보된 고전작품을 출판함으로써 경제적인 이익을 볼 수 있다고 판단해서 전문인들을 이용해 개편 작업을 착수한 것으로 볼 수 있다.[8] 이를 전제로 생각한다면 원본 「심청전」의 수용자는 노익형이고, 결국 그의 수용성향에 의거해서 「몽금도전」이 집필되었다는 추측이 가능하다. 즉 사업가인 노익형의 「심청전」 수용양상은 수익성을 높일 수 있는 구성을 계획했을 개연성이 있다. 여기에 「몽금도전」이 「심청전」과 확연하게 다른 면모를 보이는 동인(動因)이 있다. 새로운 「심청전」은 신문물이 들어와서 과학의 힘이 작용하던 때인 당시 독자들 인식 위에서 재생산이 가능했을 것이다. 다시 말하자면 과학을 바탕으로 하는 신문물의 시대적인 배경과 더욱 많은 공급을 원하는 독자들의 요청이 「몽금도전」의 제작 배경이 되는 셈이다.

비판적 수용

「몽금도전」은 대화자를 괄호 안에 명기함으로써 직접화법

---

8   위 논문 69쪽~72쪽.

을 사용하고 있지만 사건은 암시적이다. 전달하고자 하는 메시지는 독백하는 부분에서 밝히고 있다. 마치 변사가 말하듯이 객관적인 입장을 견지하면서 대화로 암시된 부분을 밝히는 방식이다. 심청의 출생에 관해서도 그렇다.

심 봉사의 부인 곽씨는 덕행을 갖추었지만 삼십이 넘도록 자식 없는 이유가 자신이 병신이 되어서 그렇다며 자책한다. 또한 가정 경제가 넉넉하지 못하여 심 봉사에게 첩실을 구해주지 못한다고도 탄식한다. 심 봉사는 그런 곽씨를 달래주고 명산대찰을 찾아다니며 기도를 드리자고 제안한다. 그리고 시행하여 결국 득남몽을 꾸게 된다.

꿈 가온닉 나하고 마누라흐고 우리집에 인갓씨니 홀언이 셔긔가 반공흐야 오치가 령롱흔딕 일기 션동이 학을 타고 하늘노셔 닉려와서 우리집으로 들어오는데 금관도포에 옥패소릭가 징징흐고 좌우에 금동옥녀가 옹위흐야 우리의게 졀을 흐고 안즌 양은 효자 힝실 분명흔 듯 이향이 만실흐야 우리 부쳐가 졍신이 황홀흐야 진뎡키 어렵더니 션동이 머리를 소곳흐고 입을 여러 흐는 말이 소동은 옥황상뎨 향안젼에 근시흐든 션관으로 상뎨의 명을 밧아 반도연에 가든 길에 동방삭을 잠간 만나 노상에셔 디톄흔 죄로 인간에다 내치시민 갈 바를 모로더니 틱

샹로군과 후토부인과 제불보살이 이 뜻으로 지시ㅎ기로
명을 밧아 왓스오니 어엿비 너기심을 바랍니다 ㅎ고 말
을 뜻친 후에 마누라 품안으로 달녀드는 양을 보고 깜작
놀나 씌다르니 남가일몽이 분명ㅎ구려(402쪽~403쪽)

이는 심 봉사가 자신의 꿈을 부인에게 말한 것인데 실은
부인 곽씨도 같은 꿈을 꾸었다. 정성껏 기도하여 자식을 얻
는다는 구조는 기왕의 「심청전」과 다를 바가 없다. 그러나
작가는 "그날 밤 그 냥쥬의 심사는 얼만침 죠왓슬는지 말노
형용치 못ㅎ너라"라며 슬며시 다른 해석이 가능하도록 모호
한 서술을 이어간다. 심 봉사 부인 곽씨가 자식을 잉태한 것
에 대하여 득남몽 덕분인지 아니면 득남몽을 꾸고 신바람이
난 부부의 잠자리 덕분인지 해석이 모호한 두 갈래 길로 이
끌어간다. 물론 이에 대하여 서술자는 간단명료하게 확정을
짓는다.

십년 이십년을 성산치 못ㅎ든 사름이라도 몸에 병근이
라든지 흠절이 업셔지고 완연한 긔운이 발성ㅎ고 보면
주연 성퇴가 되는 법이니 엇지 신명이 잇서 주식을 쥬는
법이 잇스며 꿈이라 ㅎ는 것은 사름의 성각딕로 되는

것이니 엇지 쯧밧게 싱길 일이 쑴에 미리 뵈이리오 ……
문명흔 밝은 시디 사룸은 도져이 밋지 안는 거시로되 심
봉사의 녯날 어리셕은 싱각으로 쑴을 쑤고 깃버홈은 용
혹무괴흔 일이요(404쪽~405쪽)

　심청이의 탄생은 정성 들인 기도의 덕분으로 얻은 득남몽
이 부부에게 신바람을 불어넣은 것이지 심청이 탄생의 직접
적인 원인은 아니라고 해석할 수 있다. 「심청전」에서는 심청
이의 탄생을 명산대찰 기도 덕분이라 하지만 이는 비현실적
이며 현대의 독자들이 공감하기 어렵다. 따라서 기도 덕분
으로 득남몽을 꾼다는 고전을 수용하면서도 그날 밤 부부가
신바람이 나서 말로 형언할 수 없을 정도로 신사가 좋았다
는 암시적인 표현으로 부부의 뜨거운 밤을 제시하고 있다.
심청의 탄생은 이날 밤의 결실인 셈이다.
　이렇게 탄생한 심청이는 산후병으로 일찍 죽은 어미를 대
신하여 아버지를 정성껏 모셔 그 효도함이 많은 사람들의
입에 오르내렸다. 심청의 나이 열여섯 되었을 때 심 봉사가
심청이를 마중하러 나갔다가 물에 빠져서 몽은사 화주승이
구해주었다. 심 봉사는 공양미 삼백 석을 부처님 전에 바치
면 눈을 뜰 수 있다는 화주승의 말에 현혹되어 삼백 석 시주
를 흔쾌히 수락한다. 효녀 심청은 이러한 사실을 알고 공양

미 삼백 석을 구하기 위하여 남도 선인들에게 인제사(人祭祀)의 제물로 몸을 팔았다. 여기까지의 내용은 「심청전」과 같고 갈라서는 지점은 심청이가 치마를 무릅쓰고 인당수에 몸을 던지는 순간부터이다.

> 아바지 나는 죽소 눈이나 어서 써서 만셰무강 ᄒ옵시고
> 불효녀 심청은 다시 싱각 마십시오 다시 션인들을 도라
> 보며 망죵인ᄉ로 ᄒ는 말이 여보 여러분 션쥬님네 만경
> 창파 험ᄒ 길에 평안히 왕리ᄒ고 만일 이리 지늬거든 나
> 의 령혼 다시 불너쥬고 우리 고향에 가시거든 우리 부친
> 맛나보고 내가 죽지 안코 사라잇다 전ᄒ시오 목멘 소리
> 로 셔른 말을 겨오 쏙 ᄯᆞᆫ친 후에 빗 아래를 구버보니 셔
> 텬의 지는 ᄒᆡ는 해상에 거리ᄒ고 음풍은 링삽ᄒᄃᆡ 수파
> 는 흉흉ᄒ다 영ᄎ 죠은 두 눈을 쏙 감고 치마를 무릅쓴
> 후 물에 풍덩 ᄲᅱ여드니 훗날니는 ᄒᆡ당화는 풍랑을 죳ᄎ
> 가고 시로 돗는 밝은 달은 ᄒᆡ문에 잠겻더라(439쪽)

이 장면까지는 독자들도 모두 아는 바이다. 그러나 파도 높은 바다에 몸을 던진 심청이가 죽지 않고 살아있음으로 인해 다른 길로 접어들게 된다. 심청이가 죽지 않고 살 수 있었던 것은 파선된 배의 밑창 때문이었다.

마참 심청이 쩌러지든 물우에 큰 비 밋창 흔아이 쩌돌
다가 심청의 몸이 그 우에 걸닌 것이라 그 비 밋창은 엇
지 크든지 널기는 셔너발쯤 되고 길이는 열발도 넘는
터이오 견고ᄒ게 모엇든 큰 비 밋창이라 어ᄂᆡ눌 엇던 비
가 풍랑에 파샹이 되야 다른 거슨 다 씌여지고 오직 견
고흔 비 밋창만 남엇는데 그 비 밋창 가온듸는 능히 사
람이 걸녀 잇슬만흔 나무토막과 널틈이 잇는 터이라 아
모리 풍랑에 흔들여도 심청의 몸은 꼭 붓터잇서 히상에
둥둥 쩌단니다가 드리부는 셔풍에 쟝산곳 뒤ㅅ덜미에
잇ᄂᆞᆫ 몽금도(夢金島) 밧게 잇는 빅사장 우에 히당화 꼿밧
헤가 걸녓더라 쟝산곳은 황히도 쟝연(長淵)군 서편에 잇
는 히협(海峽)이요 몽금도는 쟝산곳 북편 수십리 허이라

(442쪽)

　효녀 심청이 죽지 않았지만 「심청전」처럼 용궁에 다녀오
면서 환생하는 비현실적인 방식이 아니다. 물론 우연성이
있기는 해도 인당수에 몸을 던진 심청이는 파선된 뱃조각에
걸려서 목숨을 구하게 되었다. 이는 효녀 심청이의 죽음을
바라지 않는 독자들의 간절한 요구를 수용한 것으로 볼 수
있다. 그러면서 동시에 비현실적인 사건을 현실성 있는 사
건으로 재생산한 것이다. 따라서 심청의 환생이라는 무리한

구성은 필요하지 않다. 그러므로 살아있는 심청이가 왕후가 되는 과정 역시 합리적이다.

심청이가 파도에 밀려 표착한 곳은 장연군이었고 장연군수는 상급기관인 해주감영으로 보고하였다. 해주감사는 심청이가 황주 도화동에 사는 맹인 심학규의 딸이고, 아버지를 위해 인당수에 몸을 던진 사실을 알았다. 게다가 용모도 아름다워 임금께 상표(上表)하였다. 마침 왕후가 별세하고 내전이 비어있었다. 왕은 심청의 효성에 감동하여 심청을 왕비로 맞이하였다. 그리고 황주에 하교하여 심 봉사를 상경케 하였다. 다소 개연성이 떨어지는 구성이지만 꽃에 싸여서 환생하는 구성에 비하면 개연성이 높다. 비현실계와 현실계를 넘나들던 고전소설의 방식에서 비현실계를 배제하고 현실세계를 추구하려던 문학계의 당시 분위기와 일맥상통한다.

심청이는 이미 물도 많이 먹고 기운이 탈진하여 죽었는지 잠을 자는지 분간할 수 없는 지경에 이르렀다. 그동안에 몽금도 가장자리 모래밭 위에서 서해 용궁에 다녀오는 꿈을 꾸었다.

서히룡왕이 옥황상뎨의 명을 바다 심소져를 인근으로
출숑ᄒᆞ는데 오ᄉᆡᆨ긔화를 좌우에 둘넛고즌 빅옥 교자에

고이 안치고 시녀로 호여금 장산곳 인당수로 보뉘며 룡
왕과 룡왕비는 궁궐 밧게 멀니 젼송호니 심 소져가 공
쥬를 작별훌 제

(공쥬) 물과 륙디가 서로 달나 길게 뫼시지 못호거니와 소
져는 밧비 인근으로 나가 부귀영화를 누리시오

(심쳥) 룡궁의 후덕을 닙어 이와 갓치 션듸홉을 밧엇스니
은혜 빅골난망이오 이갓치 작별훈 후 빅옥교의를 삽분
뉘려 인근으로 나왓더라

사히룡왕이니 옥황상뎨니 호는 거슨 넷놀 어리석은 나
라 사람들의 거줏말노 숨여뉜 젼셜에 불과호니 옥황이
어듸 잇스며 룡궁이 어듸 잇스리오(441쪽)

심청의 효심만 아니었다면 굳이 합리적이지도 않은 용궁
이 있어서 심청이 다녀올 수 있을까. 오직 심청의 효심을 독
자들이 안타까워하는 까닭에 용궁이라는 공간을 설정할 필
요가 있을까. 용궁은 오로지 심청이의 신비성을 위해 비현
실적인 세계를 만든 것이다. 그러나 서술자는 옥황상제가
어디 있고 용궁이 어디에 있느냐면서 직설적으로 용궁을 부
정하고 있다. 비현실세계에서 현실세계로 나아가는 과정이
며 불합리한 사건으로부터 합리적인 사건으로 나아가는 과
정이다.

소져가 확실히 왕후가 되여 부귀영화가 비홀 씨 업슴이 그 부친의 눈 어두은 졍경을 싱각ᄒᆞ야 팔도에 령을 나려 밍인잔치를 베푸럿고 심 봉ᄉᆞ는 다시 현슉ᄒᆞᆫ 부인의게 쇽현을 ᄒᆞ야 만년에 ᄯᅩ한 심소져갓치 효셩 잇고 현쳘ᄒᆞᆫ 자손을 두어 부귀공명이 ᄃᆡᄃᆡ로 ᄭᅳᆫ치지 안니ᄒᆞ더라 (448쪽)

「심청전」의 결말이 심 봉사의 개안이라면 「몽금도전」에서는 심 봉사가 눈을 뜨지 못한다. 그 대신에 현숙한 부인과 자식을 얻어 부귀공명을 누린다. 이 또한 의료의 힘을 받지 않고 눈을 뜰 수 없는 현실을 인식한 결말로, 심 봉사는 개안을 하지 못했다.

「심청전」은 심청의 탄생으로부터 인당수에 몸을 던지고 용궁까지 다녀온 이야기와 심 봉사의 개안에 이르기까지 과학으로 설명할 수 없는 구성이었다. 따라서 「심청전」의 독자들은 이러한 용납할 수 없는 허구적인 구성에 공감하지 못했으며 「몽금도전」의 작가도 마찬가지로 수용한 것으로 보인다. 따라서 「몽금도전」은 독자들이 공감할 수 있어서 설득력 높은 구성을 선택했다. 비현실계를 넘어서 현실계의 문을 두드리는 것이다.

「몽금도전」의 양가성

앞에서 언급했듯이 「몽금도전」은 「심청전」의 다른 이본들에 비해 변화의 폭이 크다. 즉 기존의 「심청전」의 비현실적인 요소들을 현실적으로 바꾸었다. 그 바탕에는 과학적 합리성과 독자들의 공감이 있다. 아무리 감동적인 작품이라고해도 인물의 성격이나 사건이 비현실적이라면 독자들의 공감을 얻어내기 어렵다. 따라서 「심청전」에 대해 사전지식을갖고 있는 독자로서 「몽금도전」에 대해 갖는 기대지평은 비현실적인 요소를 배제하는 것이며 이러한 독자들의 기대가반영된 셈이다.

> 심청젼은 신명의게 비러 자식을 낫코 눈을 쓴다는 말과
> 룡궁에 드러갓다 나온 거시 쑴도 안니오 실샹 잇는 일노
> 만든 거슨 원스실에 업는 일뿐 안이라 스람의 졍졍흔 리
> 치를 위반흐고 다만 녯날 어리셕은 소견으로 귀신이 잇
> 셔 스람의 일을 주션흐는 줄노 밋는 허망흔 풍속듸로 긔
> 록흐야 후셰 스람으로 하여금 귀신이란 말에 미혹흐야
> 졍당흔 리치를 바리고 비록 악흔 힝위를 흐고도 귀신의
> 게 빌기만 흐면 관계치 안이흐고 도로혀 복을 밧을 줄노
> 싱각흐는 폐샹이 만케 되야 졈졈 효도의 본지는 업셔지

고 귀신을 밋고 인스를 문란케ㅎ는 손히가 생길 뿐이니

엇지 가석지 안이ㅎ리요

다만 심청의 집안에서 신명의게 비럿다는 말과 또 션인

들이 인제물을 드렷다홈은 그쌔 어리석은 풍쇽 스람들

이 그리ㅎ기ㄱ 쉬울 일이나 결단코 그것으로써 복을 밧

엇다홈은 지금갓치 광명흔 셰계 스람의게는 도뎌이 밋

지 못홀 말이라(449쪽)

「심청전」이 갖고 있는 비현실적인 부분을 서술자가 직접 밝히고 있다. 그리고 이렇듯 비현실적인 요소들은 신문물이 밀려 들어오던 1910년대의 사람들에게 공감을 주지 못한다고 밝히는 것이다. 공감을 주지 못하는 요소가 많으면 많을수록 독자들에게 감동을 줄 가능성은 줄어들 것이다. 그러므로 독자들의 수용 성향을 감안할 때에 비현실적인 요소가 배제됨은 자명한 이치이다. 주목할 것은 이러한 비현실적인 요소들로 인하여 효도의 본래 취지가 사라진다는 인식이다. 변개하더라도 그 중심축은 효였던 것이다.

「몽금도전」은 심 봉사의 부인인 곽씨 부인의 덕행에 관해 반복하여 상세히 제시한다. 그리고 서술하는 주체와 서술의 객체가 엄격하게 분리되어 있지만 서술자가 서술되는 자의 모든 것을 알고 있는 듯이 제시한다. 이와 같이 한 인물에 대하여 상세하게 반복적으로 제시하는 형태는 어쩌면 문학성이 전혀 없는 것처럼 보인다. 물론 인물의 성격이 조금 바뀐다고 해서 상황이 크게 달라지지는 않는다. 그러나 한 인물에 대하여 반복하여 듣고 싶어 질문하는 어린아이를 생각해 보자. 이는 결코 사람들의 생각처럼 그렇게 문학의 기능에서 낯선 것은 아니다.

> 부인 곽씨는 임ᄉᆞ의 덕셩과 쟝강의 자식과 목란의 졀긔가 겸비ᄒᆞ야 아모리 빈곤ᄒᆞᆫ 즁에라도 빈긱을 되졉ᄒᆞ며 린리를 화목ᄒᆞ야 가쟝을 공경ᄒᆞ며 가ᄉᆞ를 다사리는 범빅사에 례의를 직혀가니 과연 이졔의 청념이요 안연의 간난이라(397쪽)

> 품을 파라 푼돈 모아 냥돈 짓고 냥돈 모아 쾌를 지여 일수와 테게와 장리변을 이 ᄉᆞ람 뎌 사람 이웃사ᄅᆞᆷ 형셰 보아가며 빗을 쥬어 실슈 업시 밧아들여 츈츄졔향 봉졔사와 압 못 보는 가장 공경을 지셩으로 ᄒᆞ야가며 시종여일ᄒᆞ니 원근린리 사ᄅᆞᆷ들의게 층찬을 무수이 밧는 터이러라(398쪽)

> 불효삼천에 무ᄌᆞᄒᆞᆫ 것이 뎨일 큰 죄라 ᄒᆞᄂᆞᆫ데 우리 형세

나 부요흔 경 갓흐면 첩이라도 한아 어더 드러스면 자식
을 볼눈지 알겟슴닛가 그러나 우리 형세에 엄두가 나질
안눈구려(398쪽)

우리 부부 서로 맛ㄴ 빅년히로홀ㅅ가 ㅎ고 간고흔 살림
샤리 내가 조곰 범연ㅎ면 압 못 보는 가장님이 노여ㅎ실
까 빅번이ㄴ 조심ㅎ야 아못됴록 뜻을 밧아 가쟝공경ㅎ
랴 ㅎ야 풍한셔습 불고ㅎ고 남촌북촌 품을 파라 밥도 밧
고 반찬 어더 식은 밥은 닉가 먹고 더운 밥은 가장씌 들
여 곱푸지 안코 칩지 안토록 극진 공경ㅎ엿드니 텬명이
그 쑨인지 인연이 그 쑨인지 홀 일 업시 쥭게 되니 눈을
감ㅅ지 못홀 터이요(409쪽)

　이렇듯 곽씨 부인의 성격을 반복적으로 직접 제시하거나
간접적으로 보여주고 있다. 이는 당연히 인물의 성격을 강
조하는 것인데 그 이면에 있는 빈자리를 채워보아야 한다.
문학텍스트는 그 자체로 빈자리를 만들고 있으며 그 빈자리
를 채워 읽을 때에 독서과정이 완성될 것이기 때문이다. 어
느 작가이든 자신의 텍스트에 빈자리를 제공하면서 반드시
그 빈자리를 채워 읽을 수 있는 정보를 제공하기 마련이다.

심 봉사의 부인 곽씨갓치 현텰흔 부인도 미우 듬을거니
와 그 쯸 심청의 효도는 쳔만고에 듬은 일이라 그 모친
곽씨부인의 어진 덕힝이 그 자녀이게까지 밋쳣든지 그
갓치 만고효녀를 두어 아름다온 일홈이 쳔츄에 류젼ㅎ
야 역죠창셩의 모범이 되엿스니(450쪽)

곽씨의 덕행은 모든 사람의 본보기가 되며 그러한 덕행
이 심청이에게 이어져 효녀를 두게 되었다. 다시 말하면 심
청의 효성은 그 어미인 곽씨로부터 물려받은 것이다. 여섯
살 된 심청이의 성격을 보면 그러하다. "얼골은 국색이오/
인ᄉ는 민첩ᄒ고/효힝이 츌텬ᄒ고/소견이 탁월ᄒ며/착ᄒ기
긔린이라/부친의 죠셔공경과/모친의 긔제ᄉ를/어룬을 압두
ᄒ니/ 뉘안이 칭찬ᄒ리요"(418쪽) 곽씨의 성격을 반복적으로
말하거나 보여준 이면에는 심청으로 이어져 드러난 효(孝)가
그 중심에 있다. 과학적이고 합리적으로 변개시키는 가운데
에도 「몽금도전」에서 변하지 않은 것은 봉건적이라고 생각
하던 가치인 효(孝)이다.

긔자왈 만물 가온딕 가쟝 귀흔 거슨 인싱이라 ᄒ니 인싱
은 오륜이 잇는 까닥이라 오륜의 읏듬 되는 거슨 부모의
게 효도흠이니 일빅 가지 힝실에 근원이라 사롬이 다른

힝실과 지식이 아모리 넉넉ᄒ여도 오직 효도가 업스면
가히 힝실 잇는 사룸이 되지 못ᄒᄂ니 우리 죠션은 원리
다른 일에는 아직 미기훈 일이 업지 안이ᄒᄂ나 다만 삼강
오륜을 직혀 가는 데는 남 붓그러울 것이 업더니 만근
이리에는 도덕이 부피ᄒ야 효도를 힘쓰는 쟈가 만치 못
훔은 죠션 민족을 위ᄒ야 가히 기탄홀 일이로다(448쪽)

이처럼 작가의 의도를 직접 밝힘으로써 「몽금도전」은 심
청전의 주제인 효를 잇고 있다고 볼 수 있다.

「몽금도전」은 비현실적인 요소를 현실적으로 재생산하는
동시에 곽씨 부인을 반복적으로 기술함으로써 심청으로 이
어지는 효를 중심에 두고 있다. 그리고 그 둘은 양가적인 기
능을 갖고 있다고 할 수 있다. 효를 중심에 두고 본다면 심
청이의 일체 행동은 높이 평가받아야 마땅하다. 그러나 심
청에 대한 텍스트 안에서의 평가는 주로 미색을 갖춘 여성
이거나 아니면 효라는 틀 안에서 이루어졌다는 점을 간과할
수 없다. 이는 심청이라는 개체적 인간에 대한 참된 평가라
고 할 수 없다. 「몽금도전」이 비현실적인 요소를 과학과 합
리성을 바탕으로 한 현실적 요소들로 재생산한 점을 미루어
본다면 더욱 이해할 수 없다. 「몽금도전」의 제작 당시 시대
적 배경이 남녀가 평가하는 기준이라고 해도 사정은 달라지

지 않는다. 역시 아직 효가 지배적인 이데올로기였다고 해도 마찬가지이다. 여성성을 강조한다거나 효라는 틀 안에서 심청을 바라보는 것은 「몽금도전」이 갖고 있는 한계라고 할 수 있다. 「심청전」은 각색되었을 뿐 여성에 대한 봉건적 사고는 결코 변하지 않은 것이다.

2   아웃사이더 심청

　황석영의 「심청」[9]은 주인공인 청이의 죽음과 환생에 대한 의문으로부터 글쓰기가 시작된다. 현대소설은 비현실적인 요소를 제거하지 않고는 독자의 공감을 얻을 수 없고 외면당하기 십상이다. 원전 텍스트 「심청전」은 이런 관점에서 볼 때 오늘날의 독자들로부터 공감받기 어려운 점이 있다. 나아가 심청이는 독자들이 전혀 예상하지 못한 공간으로 움직이며 사건을 전개한다. 그리고 변화되는 공간마다 청이의 다양한 삶이 전개된다. 그러므로 재생산된 텍스트인 「심청」의 공간 이동선을 따라가며 스토리를 정리해 보자.

9　황석영, 「심청」, 문학동네, 2003.

가. 심청의 죽음과 재생

1) 심청의 탄생과 성장은 대개의 이본과 동일하나 회상의 방법으로 제시

2) 눈먼 아버지를 위하여 공양미 삼백 석에 선인들에게 팔려 간다.

3) 인신공양하지 않고 용왕제로 대신한다.

4) 렌화(蓮花)라는 이름으로 중국 첸대인의 양생술 대상으로 팔려 간다.

나. 불구덩이 물구덩이 1

1) 첸대인의 사망으로 구앙의 첩실이 된다.

2) 복락루의 화지아가 되어 구앙의 구속으로부터 자유로워진다.

3) 이동유와 사랑에 빠진다.

4) 타이완의 지룽에 있는 남풍(南風)이라는 사창가에 팔려 간다.

5) 사창가를 벗어나 단수이의 국원반관에서 예기로 활동한다.

다. 불구덩이 물구덩이 2

1) 동인도회사의 부지사장인 제임스의 첩실이 되어 로터스(Lotus) 혹은 제임스댁이라는 호칭으로 싱가포르에서 생활한다.

2) 창녀나 기녀의 아이를 돌볼 수 있는 소보원(小宝園)을 마련한다.

3) 제임스의 정처를 거부하고 렌화(蓮花)가 되어 류큐로 간다.

4) 류큐에서 렌카 마마로 불리우며 용궁(龍宮)이라는 요정을 연다.

5) 미야코(宮古)의 우에즈(王子)인 도요미오야 가즈토시(豊見親和利)의 정실이 된다.

6) 도요미오야 가즈토시(豊見親和利)의 죽음으로 인하여 나가사키로 간다.

7) 나가사키에서 마마 상으로 불리우며 요정 렌카야(蓮花屋)를 연다.

8) 도요미오야 가즈토시(豊見親和利)의 느낌이 나는 센신 스님을 만난다.

9) 유녀들의 아이를 돌보는 기아보호소를 연다.

라. 낯선 고향

1) 나가사키의 렌카야(蓮花屋)를 정리하고 고국의 인천으로 돌아온다.

2) 고향 황주의 복숭아골에서 심청지신위(沈淸之神位)라는 위패만 확인한다.

3) 연화암(蓮華庵)을 지어 만각 스님을 모시고 연화보살이라 불린다.

4) 팔십이 되어 잔병치레를 하다가 미소로 생을 마감한다.

가속하기

돌아가신 어머니 곽씨가 삯바느질에 겨워 잠시 일거리를 밀어놓고 초저녁 잠이 들었다. 그때는 심청이가 태어나기 이전인데 꿈에서 곽씨에게 관음 형상이 말하기를 자신은 "남해관음(南海觀音)인데 죄를 짓고 인간으로 정배하여 심 봉사 댁으로 내려올 제 제불보살 석가님이 온몸을 던져 세상을 공양하라 하셨으니 부디 받아주옵시고 어여삐 여기소서"라고 했다. 태몽을 꾸었다. 그리고 청이를 낳는데 안타깝게도 산후 불순으로 죽었다. 곽씨는 죽기 전에 아기의 이름을 "심청"이라 불러달라는 유언을 남겼다. 그리고 아기가 이담에 커서 낭군 만나 시집갈 제 저고리 앞자락에 달아주라며 노리개를 유물로 남겼다.

청이는 어릴 적부터 아버지의 지팡이를 잡고 앞에서 걸으며 동냥을 다녔다. 심청이 나이 열 살이 되었을 무렵 초상집에 경 읽으러 간 아버지는 건넛마을 무당 뺑덕이네가 집까지 따라와 함께 살게 되었다. 뺑덕이네는 굿하고 돌아온 차림새 그대로 내던져두기 일쑤였고 청이는 굿판에서 얻어온

식은 제물을 데워 아버지의 늦은 저녁밥상을 차렸다. 청이
는 뺑덕이네가 새어미로 들어앉음으로써 읍내 장 부자댁 큰
마님 하녀로 일을 다닐 수 있었다. 그러다가 뺑덕이네의 속
임수로 청이는 남방 선인들의 제물로 팔려 가게 된다.

　황석영의 「심청」은 이렇듯 청의 탄생과 성장 과정을 거
쳐 남방의 선인들에게 인신공양의 제물로 팔렸을 때 심청의
나이가 십오 세라고 서술한다. 스토리 지속 기간은 15년인
데 서술의 길이는 상권 29쪽에 불과하니 상권 309쪽과 하권
307쪽의 분량에 비한다면 아주 짧다고 말할 수 있다. 스토
리의 지속 기간과 서술의 길이를 서술 속도라고 하는데 이
런 관점에서 본다면 심청이가 인당수에 인신 공양의 제물로
팔릴 때까지의 서술 속도는 매우 빠른 편이다. 물론 스토리
의 지속 기간과 서술의 길이 사이의 속도가 꾸준히 동일할
수는 없다. 어떤 차원의 미학적인 작품이라도 속도의 다양
성을 인정하지 않는 그런 서술의 존재는 상상하기 어렵다.[10]
대부분의 경우에는 서술의 속도가 느린 부분에 대해서 독자
들의 시선이 멈추게 마련이다. 그러나 서술의 속도가 빠른
부분에 대해서도 눈여겨볼 필요가 있다. 특히 고전 「심청전」
을 통해서 선지식을 갖고 있는 독자들은 생산적으로 수용된

10　제라르 즈네뜨(권택영 옮김), 『서사담론』, 교보문고, 1992, 76쪽~77쪽.

텍스트에 대해 많은 기대를 갖고 있기 때문에 더욱 눈여겨 보아야 한다.

황석영의 「심청」은 심청이가 제물로 팔려 가는 배 안에서 시작한다. 다만 독자의 눈길은 "지금 세상에 남녀상열지사가 심히 어지러우매 그것 또한 보살인 너의 죄이니라. 너는 여자로 현신하여 세간을 깨우치라"(상권 14쪽)는 석가부처의 말씀에 걸어둔다. 이러한 서술은 첫째 이 세상이 남녀상열지사로 몹시 어지럽다는 점이고, 둘째 여자로 현신하라는 점이며, 셋째 세간을 깨우치라는 점이다.

벽에 못을 박는 소설의 첫머리는 결국 주인공이 그 못에 줄을 걸어 자살한다는 말처럼 심청의 탄생 비화는 「심청」을 끝까지 이끌어 가는 힘이 될 것이다.

> 당시 사회제도를 떠받치고 있던 충효에 대한 미담을 걷어내기로 했다. 그것은 봉건체제를 유지하기 위한 장치에 불과하며, 묘령의 소녀들을 이국 해변가에서 거액의 제물로 사간 장사치들이 어떻게 처분했을지는 예나 지금이나 이윤을 다투는 세상사로 미루어 짐작할 수 있다.(하권 331쪽)

「심청전」에 대한 색다른 수용양상이라는 생각에 긴장감을 늦출 수 없다. 작가 황석영은 「심청전」에서 절대선(絶對善)이라고 믿어지는 효(孝)를 제거한 지점에서 출발하겠다는 의지를 표현했다. 그러므로 심청이가 인당수에 몸을 던지기까지의 과정에서 아버지의 눈을 뜨게 하려는 효심보다는 속임수에 넘어가서 인당수의 제물이 되는 서사를 진행하고 있다.

이 사기극에서 주인공을 맡은 이는 역시 악역의 상징인 뺑덕이네였다. 심 봉사와 자신은 초상집에 굿하러 가니 심청이는 일하러 가지 말고 집을 보라고 한다. 그러고는 점심 무렵이나 되어서 뺑덕이네 혼자 핑하니 돌아왔다. 그리고 굿판을 구경시켜준다며 심청이를 깨끗이 씻겨주고는 새 옷으로 갈아입도록 권한다. 어떤 음모가 숨겨 있다는 것을 알지만 그것은 독자들의 추측일 뿐이고 텍스트 안의 심청은 아직 음모를 눈치채지 못한다. 그리하여 지난해에 장 부자댁 마님이 추석빔으로 내려주셔서 아끼느라 한 번도 입지 못했던 노랑저고리와 다홍치마를 꺼내 입는다. 엄마의 유품인 노리개를 속곳의 옷끈에 달아매기까지 한다. 심청이를 보고 시집가도 되겠다는 뺑덕이네의 말은 심청이가 어딘가로 팔려 간다는 예상을 하게 한다. 독자들은 이미 심청이가 아버지의 눈을 뜨게 하려고 공양미 삼백 석을 받고 중국 상인들에게 팔려 가는 내용을 사전지식으로 알고 있었기 때문에 뺑덕이네의 시집이라는 말을 곧 인당수의 제물이 되는 것으로 받아들이게 된다. 예상은 회상을 바탕으로 하고 기대는 사전지식을 바탕으로 하기 때문이다. 고전소설을 재생산한 텍스트는 일단 고전소설을 통해 많은 기대지평을 갖기 마련이다.

독자로서의 기대는 적중했으며 청이는 그렇게 고향을 떠나게 된다. 만신무당은 심 봉사의 고생을 들먹이며 새어머니와 자신이 청이를 대국에다 시집보내기로 했다. 이제야 자신의 처지를 확인하게 된 청이는 하도 놀라서 말도 잃고 옷고름을 물고 앉아 눈물을 똑똑 떨어뜨려 눌은 장판지를 적신다. 청나라 남경에 장사 다니는 사람이 청이의 처지를 다시 한 번 더 확인한다.

중국 선상들은 옛날부터 뱃길이 험하여 달거리 전인 열다섯 먹은 처자를 사다가 용왕님께 제사를 드려 풍랑을 면하였다더라. 요즘 같은 개명천지에 어찌 생사람을 희생으로 쓰겠느냐. 그저 형식으로만 굿과 제사를 지내고 나서 중국에 당도하여 부잣집에 시집을 가면 되느니라 남경 상인들이 돈을 추렴하여 이미 네 아비에게 은자 삼백 냥을 주었으니, 딴맘일랑 아예 먹지 말고 우리가 이르는 대로 잘 따라야 한다.(상권 19쪽)

비판적 수용

「심청전」에서 독자들이 가장 이해할 수 없는 사건은 용궁과 심청이의 환생일 터이다. 심청이가 인당수에 제물로 바쳐졌는데 어떻게 죽지도 않고 용궁에 갔다가 꽃 속에 파묻혀 돌아올 수 있는가. 판소리계 소설인 「심청전」이 소설로 정착되기 전에는 창자에 의해 판소리로 불려졌고, 그 과정에서 심청이의 효에 감동한 관객들은 그녀의 죽음을 인정하고 싶지 않았을 것이다. 이러한 관객들의 반응이 환생이라는 무리한 설정의 동기가 될 수 있다. 그럼에도 불구하고 소설로 정착되어서 현재까지 전하는 「심청전」의 오늘날 독자들은 무리한 설정을 이해하지 못한다. 개명천지(開明天地)에 살고 있는 작가 황석영도 「심청」을 쓰기 전까지는 독자로서 자신의 성향에 따라 「심청전」을 받아들이되 역시 삶과 죽음을 혼동하는 무리한 설정은 긍정적으로 수용하기 어려웠던 것으로 보인다. 그렇기에 남경에 장사 다니는 사람의 입을 통해서 인신공양의 부당함을 알린다.

오늘날 독자들은 심청이가 치마를 무릅쓰고 뛰어든 인당수 사건을 황석영 작가가 어떻게 변개할 것인지 관심을 갖게 된다. 남경 상인의 말대로 형식적인 굿을 하는데 야거리 배에서 정박해 있는 중국의 배 주위를 맴돌면서 시작하여 무당의 사설, 노랫소리, 잡색들의 악기 울리는 소리로 바다가 떠들썩하다. 부정한 귀신들인 짚과 탈바가지로 만든 제웅, 잡신들 먹일 제물들을 짚으로 짠 배에 싣고, 청이의 가슴께에 동아줄을 동인 다음 그네를 짚배에 내려준다. 그러면 짚배는 금방 젖고 청이의 몸도 젖는다. 짚배가 가라앉으면 줄을 당겨 청이의 몸이 위로 올라왔다가 간신히 머리를 내밀어 숨을 쉬면 다시 줄이 풀려 아래로 가라앉는다. 이러기를 세 번 하고 굿이 끝났다. 이때에 청이의 몸이 물에 완전히 잠겨 혼절한 청이를 보면서 굿이 잘 되었다고 서로를 치하한다. 장사치들은 물에 흠뻑 젖은 청이를 들쳐 업고 본선에 올라타고, 무당 패거리는 야거리를 타고 갯가로 돌아긴다.

이제 심청이가 치마를 무릅쓰고 물에 뛰어들지 않았으니 인당수에 빠져서도 죽지 않고 살아나는 비현실적인 구성은 재론할 필요가 없다. 독자들의 공감을 얻고 독자들이 외면하는 텍스트가 될 수 있는 가능성을 해결한 셈이다. 이러한 불합리한 점을 떨쳐버리는 것에서 「심청」은 출발하고 있다. 작가 황석영은 원전 「심청전」의 줄거리를 차용하되 적은 분량으로 빠르게 지나간다. 소설에서의 속도는 결국 그 장면의 관여하는 정도와 관련이 있기 마련이다. 그가 중요하게 수용한 부분은 앞으로 많은 분량을 천천히 서술해 나가는 과정에서 알게 될 것이다. 오늘날의 독자들이 공감할 수 있는 구성에서 출발하며 소설에서의 공감은 곧 그 소설의 성공 여부와도 관련이 깊기 때문이다.

「심청전」의 비현실적인 장면은 심 봉사의 개안(開眼)에도 있다. 황후가 된 심청이가 아버지를 찾기 위하여 맹인 잔치를 열고 심청이의 기대대로 심 봉사가 참석한다. 이 자리에서 심 봉사는 딸인 심 황후를 만나 그 반가움으로 인해 눈을 뜨게 된다. 이에 대한 해석은 다양할 수 있다. 가령 「심청전」이 설화를 바탕으로 하고 판소리화하는 과정에서 관객들의 강력한 요구가 있었다거나 아니면 봉건적인 사고 방식 안에서 효를 강조하기 위한 방편일 수 있다는 견해도 있다. 그러나 과학과 기술이 발달하여 오감을 통한 지식을 중시하게 된 오늘날에 이르러 이런 비현실적인 상상을 수긍하기란 쉽지 않다. 인정할 수 없는 작가적 상상력은 독자들이 공감하기 어려운 부분이다. 그래서 「심청」에서는 심청이와 아버지인 심 봉사가 만나는 장면이 없을 뿐 아니라 심 봉사가 눈을 뜨는 장면도 없다. 의도적으로 삭제했다기보다는 현대의 독자들 요구가 반영된 것이라고 본다. 이러한 바탕에서 「심청전」 다시 쓰기가 시작된 것이다. 황석영의 「심청전」 수용은 비판적이며, 그러한 비판적 수용을 바탕으로 재생산한 작품이 곧 「심청」이다.

연꽃이 피다

소설 속 인물을 포스터가 평면적 인물(flat character)과 입체적 인물(round character)로 구분한 것은 널리 알려진 사실이며 거의 고전이 되어 버렸다고 해도 지나친 말이 아니다. 평면적 인물은 단일한 사상이나 특질을 갖고 있어서 환경에 의해 변화되지 않는다. 예를 들자면 「춘향전」에서 춘향이의 성격은 이몽룡을 향한 사랑이 목숨과도 바꿀 수 있을 만큼 절대 변하지 않으니 열녀의 전형성을 지닌 평면적 인물이라고 할 수 있다. 또한 「심청전」으로 말하자면 심청이는 모든 행동의 근간을 이루는 것이 효이고 성장 과정부터 제물로 팔려갈 때나 심 황후기 되었을 때에도 늘 아버지 심 봉사를 걱정하는 효의 전형성을 보인다. 평면적 인물은 독자들이 쉽게 받아들이고 오래 기억하는 장점이 있는 반면에 독자의 상상력을 자극하는 데 한계가 있다. 황석영의 「심청」에서는 효의 전형성을 확인할 수 없다. 그보다는 환경에 따라서 성격을 변화시키는 입체적인 성격으로 볼 수 있다. 따라서 비극적 역할마저도 잘 수행한다. 스토리를 따라서 심청이의 입체적인 성격을 살펴보자.

용왕제를 치르고 중국인 손에 넘어간 청이는 렌화(蓮花)라는 이름으로 치부책 물목(物目)에 적힌다. '심청이'에서 '렌화'

로 이름이 바뀐 것인데 효녀 심청과 꽃으로 표현된 렌화 사이에는 유사성도 있고 동시에 대조성도 있다. 즉 맑고 깨끗한 이미지의 유사성을 지니고 있다면 사람 청이에서 사물 렌화로 의미가 이동한 셈이다. 연꽃은 흙탕물에 뿌리를 박고 있으면서 맑은 꽃을 피운다. 렌화라는 이름을 비록 중국인이 지었다고는 해도 그 의미를 심청이 적강(謫降)할 때의 임무와 견주어볼 수 있다. 남녀상열지사로 혼탁한 세상에 맑은 물을 공급하여 세상을 밝게 하는 의미를 포함하고 있는 듯하다. 거대한 자본 앞에서 청이는 사람이 아니라 물건으로 취급되기 시작한다. 「심청전」이 인당수로 끝나지 않고 오히려 반전의 장소가 되었듯이 「심청」에서도 인당수는 효녀로서의 삶을 마치고 고달픈 삶의 길을 떠나는 출발점이 되었다.

남경에 도착한 청이는 가마에 태워져 렌화라는 물건의 이름으로 첸대인의 집에 팔려 갔다. 첸대인의 큰서방이 청이의 몸값으로 어음을 내주었는데 청이는 인삼과 함께 첸대인의 양생술을 위한 물건으로 쓰일 작정이었다. 사람을 보신용이라 하고 물건과 동일하게 취급하는 판국에 청이가 놓이게 되었다. 자본주의에서 자본 즉 돈이나 물건이 중요한 것은 사실이며, 이러한 시대상을 반영하고 있다.

첸대인은 잠에 빠진 렌화의 몸을 핥고 쓰다듬으며 젊은

몸이 발산하는 기운을 받고 있다. 그리고 렌화의 뜨거워진 음문에 대추를 세 개 입으로 넣었다. 젊은이와 동침하면서 회춘한다는 노소동침의 방법에 활용하기 위한 용도로 청이가 팔려온 것이다.

> 노인이 허리를 펴고 머리맡으로 손을 뻗어 접시 위에서 실에 꿰인 마른 대추 세 알을 집어다가 입 속에 넣었다. 그는 청이의 두 다리를 위로 치켜들고 다시 엎드려 혀끝으로 대추를 한 알씩 음문 안으로 밀어넣는다. 세 알을 집어넣고는 이제 손가락으로 마무리를 한다.(상권 40쪽)

그리고 다음날 손가락을 음문 안으로 천천히 밀어 넣어서 실을 잡아당겨 매끄러운 질 속에서 대추를 꺼낸다. 딱딱하고 쭈글쭈글하던 대추의 껍질은 불어서 표면이 팽팽해졌고 부드러워졌다. 노인은 대추를 차례로 실에서 빼내어 하나씩 입안에 넣고 씹었다. 첸대인의 음경은 별로 다른 기색을 보이지 않았으나 그것이 달거리하기 전 처녀의 몸을 통하여 회춘하는 양생술이었다. 그게 젊음을 유지하는 방법이라고 믿기 때문에 청이를 첸대인의 회춘용으로 사들인 것이다. 청이는 하녀들보다는 자신의 처지가 낫다고 생각한 적도 있었으나 팔려온 사정으로는 같다고 생각했다. 오히려 하녀들은 일품이나 팔았지만 자신은 몸과 잠자리를 팔았다는 자괴감이 들었다. 그럼에도 불구하고 첸대인이 죽었을 때에는 이미 렌화로서의 역할이 끝나 천덕꾸러기 신세가 되었다. 그러나 청이의 몸속에 함께 살게 된 렌화는 청이로 돌아갈 수 없다고 속삭였다. 청이로 돌아가는 삶은 저 컴컴하고 물보라치던 높은 파도의 바다로 가로막힌 아득한 저승처럼 이미 떠나온 세상이었기 때문이다. 청이의 생각은 효녀로서의 삶을 다시는 살지 않겠다는 다짐이며, 작가의 의지이기도 하다.

첸대인의 셋째 아들 구앙(光)은 위의 형 유안(元), 춘(準)과는 배다른 형제였는데 청이에게 첫날부터 이성으로서 호감을 갖고 있었다. 첸대인이 죽자 기다린 듯이 구앙은 자신의 욕망을 실현할 기회라고 생각하여 렌화에게 접근하였다. 이미 청이로 돌아가지 않겠다고 다짐한 렌화는 구앙을 적극 이용하여 첸대인의 집에서 벗어날 음모를 계획했다.

청은 침상 위의 흐트러진 요와 이부자리를 정돈하며 그의 얼굴을 피하려는 듯했다. 구앙이 허리띠를 고쳐매고 작은 칼을 질러넣어 매무새 고치기를 끝내자 청이 다가서더니 그의 등을 잡아 돌려세웠다.

"얼른 나가요. 그리고 나를 데려가겠단 약속을 잊지 말아요."

"뭐야…. 좋다 말았잖아."

청은 투덜대는 구앙을 밀어내면서 그의 변발 끝에 꿰인
금장식을 떼어냈다.

"이건 내가 맡아두겠어요."(상권 67쪽)

렌화는 구앙의 몸을 달구어 절정에 다다르기 전에 구앙
을 자신의 몸에서 떼어놓음으로써 욕망을 지연시키고 자신
이 첸대인의 집에서 벗어나면 나머지 쾌락을 선사하겠다는
묵언의 약속을 하였다. 렌화는 구앙의 욕망을 지연시킴으로
써 구앙의 욕망은 그것이 비록 거짓욕망일지라도 오히려 점
점 기질 것을 알고 있다. 렌화 즉 청은 구앙이 자신을 그저
데려가 주기만을 기다리는 수동적 모습이 아니라 어려운 상
황에서 벗어나고자 하는 능동적인 삶으로 성격이 바뀌었다.
게다가 금장식을 떼어서 증거물로 보관한 렌화의 모습은 효
녀로서 청이의 모습보다는 예라이샹(夜來香)이 될 만하다.

렌화는 의도한 대로 구앙의 첩실이 되면서 구앙이 운영하
는 복락루(도박과 아편과 기생에 매춘까지 행해지는 놀이터)로 무사
히 자리를 옮겼다. 복락루에서 렌화는 구앙의 첩실로서 어
느 정도의 대접을 받고 있었다. 그러나 렌화의 욕망은 결코
거기에서 머물 수 없다. 삶의 주체로서 능동적 삶을 원했던

렌화에게 첩실보다는 구앙과 동등한 지위를 가질 수 있는 기회가 왔다. 즉 구앙이 자신의 형이 아편으로 인해 구속되는 일을 당하자 렌화를 구앙의 형 석방 음모에 가담시킨 것이다. 구앙의 형 구속 여부의 실권을 쥔 자가 렌화의 몸을 요구하기 때문이다. 렌화는 이때 표면상으로는 구앙을 돕는 일이지만 자신의 몸을 희생하는 보상으로 복락루의 화지우 자리를 요구한다. 이는 돈을 손에 쥔다는 의미보다는 구앙의 첩실을 벗어난다는 데 더 큰 의미가 있다. 즉 구앙과의 관계에서 종속적인 관계를 벗어나는 길이며, 동시에 복락루의 돈 많은 패가 들어오는 큰방과 귀한 손님을 모시고 특실 수입을 나눠받는 일이기도 하다. 그녀가 제시한 조건은 매우 합리적이어서 구앙과 복락루의 기생어미 일을 보는 링지아(領家) 키우와 렌화 모두가 만족할 만한 조건이었다. 구앙은 렌화를 잃는 대신에 형을 구할 수 있었고, 링지아인 키우의 입장에서는 구앙으로부터 받는 배당이 정해져있었으므로 청이에 대한 지출은 어차피 자기와는 아무런 상관이 없었다. 또한 청이를 구앙의 첩실로 대접하지 않고 자신의 수하에 둘 수 있는 이득이 있다. 청이는 약속한 대로 화지아(花家; 복락루의 종업원)가 되어 큰방과 특실의 수익금을 일정량 배분받아서 돈을 모을 수 있었다.

렌화는 복락루에서 공연을 하던 총각 이동유와 첫사랑에

빠져 작수성례하였다. 그러나 그들의 소박한 사랑은 재물을 탐내는 무리에 의해 산산조각이 났고, 나아가 렌화는 몽혼약을 먹은 상태로 지룽의 사창가로 팔려 갔다. 자신의 상황을 빠르게 간파한 렌화는 그곳을 벗어나는 방법을 강구하는데 그 지역의 따거(大哥)인 롱싼을 이용하는 것이다.

> "이제부터 너를 반쯤 죽여놓을 거야. 나는 절대로 달아
> 오르지 않을테다. 그렇지만 겉으로는 얼이 나간 것처럼
> 꾸며야겠지."(상권 219쪽)

라며 렌화는 무서운 다짐을 한다. 비록 몸을 팔고는 있을지라노 정신을 놓지는 않으려는 의지를 확인할 수 있다. 청이의 성격은 어려움에 처할수록 오히려 정신이 맑아지면서 자아를 회복해간다. 렌화의 계략은 성공하여 결국 롱싼의 도움으로 동인도회사 부지사장인 제임스의 첩실로 싱가포르에 가게 되면서 지룽을 벗어날 수 있었다. 이는 동시에 팔려 가는 신세가 아니라 자신이 선택한 삶의 길로 접어드는 순간이었다.

청이는 싱가포르에서도 연꽃으로 피어났다. 청이는 부지사장의 첩실로서 연꽃에 해당하는 영어명 로터스(Lotus)로, 혹은 제임스댁으로 대접을 받으며 지냈기 때문에 만족할 만

하였다.

　서양인의 많은 첩실들이 그들의 정처가 되기를 간절히 소망하였다. 동양인을 동물처럼 취급하는 정복자 서양인들이었지만 그들의 비위만 거스르지 않는다면 정처가 될 수도 있었다. 청이는 제임스의 변함없는 애정으로 정처를 약속받는다. 그러나 청이의 목표는 제임스의 정처가 아니다. 대개의 양인 첩들은 정처가 되는 것을 천당에라도 가는 것처럼 생각하지만 청이는 생각이 달랐다. 그래서인지 양인의 첩으로서 정처가 되기를 거부한 사람은 청이뿐이었다.

> "남편감은 내 자신이 고를 거예요. 마치 복이라도 내려
> 주듯이 나를 뽑아주는 건 참을 수가 없어요. 존슨 댁의
> 얘기 못 들었어요? 저치들은 아직도 그 짓을 할 때마다
> 우리 아랫도리를 씻게 한다구요. 요즈음 제임스는 안 그
> 러지만 처음 두 해 동안은 언제나 그랬어요. 그리고 아
> 직두 우린 서양인 앞에 나서질 못해요."(하권 54쪽~55쪽)

　라며 청이는 제임스와 헤어질 준비를 했다. 자신에게 많은 혜택을 안겨주는 서양인과 살고 있지만 굴종의 자세를 갖지 않은 청이였으며, 오히려 자신의 길을 스스로 개척하겠다는 의지를 가진 여인이 되었다. 정복자로서 서양인들의

참모습은 강력한 힘을 가진 자로서 늘 우위에 있으면서 동양인을 동물처럼 대했다. 거대한 매판 자본의 힘이 세계를 지배하던 때였다. 그야말로 약육강식의 시절이었다. 싱가포르는 동양과 서양이 교차되는 지점이기에 서양인의 침탈을 설명하기에 적합한 장소였고, 그곳에서 제임스댁은 멋지게 그들의 힘에 저항한 여인이 되었다. 청이는 이렇게 아름다운 꽃으로 피어났다.

청이는 자신의 의지와는 상관없이 팔려 다니는 신세였다. 그럼에도 불구하고 고향으로 돌아가지는 않겠다고 몇 번이고 다짐을 했다. 그리고 자신이 위기에 처했을 때에는 난관을 헤쳐 나가려는 의지가 강하다. 게다가 어떤 폭력에도 굴복하지 않고 오히려 당당한 모습을 보이고 있다. 어느 곳에 가든지 주변 사람들을 사랑으로 대했기 때문에 청이의 주변의 인물들은 청이가 난관을 헤쳐 나갈 수 있도록 도움을 주는 인물들이 된다. 양생술의 대상에서 시작된 청이의 길이 남녀상열지사의 상업적 표현 형태인 사창가까지 이르게 되었다. 이제 심청이에게서 효를 확인할 수는 없다. 독자들의 기대가 무너지더라도 이를 부인할 수 없다.

청이의 사랑과 좌절

1) 길에 핀 꽃송이

청이는 지속적으로 팔려 다니는 가엾은 신세가 되었다. 그네의 어깨를 지속적으로 짓누르는 것은 강력한 자본이었다. 힘을 가진 자가 그 힘을 이용하여 착취하면서 자신의 우월적인 지위를 지속하려는 욕망으로 인해 굴레를 벗어날 수 없다. 그리고 시간이 지나면서 스스로 벗어나고자 하는 의지를 잃게 마련이다. 이러한 종속적 관계는 개인을 넘어 국가 사이에도 동일하게 작용하여 개인과 국가는 평행선을 긋는다. 그럼에도 불구하고 열다섯 살에 시작된 이 지난한 길에서 뜻을 곧게 세우고 견딜 수 있기까지는 사랑의 힘이 컸다. 온갖 환락의 놀이터인 복락루에서 청이는 구앙의 첩실이라는 종속적인 관계에서 고용인과 직원의 관계로 전환했다. 설령 힘이 들고 어려움이 있더라도 첩실로 안주하면서 살 수 없었기 때문이다. 그리고 그 복락루에서 첫사랑을 이루기도 한다.

복락루에는 구앙이 초대한 광대들이 여섯 명이 있었는데 평생 호궁을 탄 쑤(徐)노인과 생황을 부는 쑤의 아내 샨에(善月) 아들 푸시(福石) 그리고 쑤노인의 손녀로 비파를 타는 샤

오바오(小寶) 거기에 가족이 아닌 인물이 두 명 섞여 있다. 푸시와 함께 음률을 배웠다는 샹자오(相交)와 이동유(李東雨)였다. 그 가운데 동유는 나이가 스무 살쯤 되어 보였는데 몸매가 호리호리하고 눈은 크게 빛났으며 얼굴이 희고 이마가 훤칠했다. 그리고 총명해 보였다. 청이는 동유가 참 잘생겼다고 첫인상을 말했다. 주변의 인물평과 청이의 첫인상은 이성에 대해 관심이 높은 연령대의 두 사람에게 연인 관계를 기대하게 한다. 하지만 순수한 사랑에는 신분의 차이 같은 혼사 장애가 반드시 있기 마련이다. 링지아인 키우마저 "광대란 돈도 없고 힘도 없지. 이리저리 팔려 다니니까 우리보다두 못한 신세야."라며 은근히 혼사를 반대하면서 독자들의 가슴을 아프게 한다. 혼사 장애로 이동유의 떠돌이 생활과 경제적인 어려움을 들었다. 그러나 청이는 동유가 이리저리 팔려 다닌다는 말에 가슴이 아릿해지는 동병상련을 느꼈다. 오히려 처지의 비슷함이 사랑의 씨앗이 될 수 있었다.

광대패들이 복락루에서는 첫 공연에 다른 악기들의 연주를 멈춘 가운데 동유가 가운데로 나서며 비파를 뜯으면서 노래를 불렀다.

　　향수의 눈물을 객지에서 흘리며
　　하늘가 외딴 돛배 멀리 바라보노라

나루터를 못 찾아 뱃길을 물으려나

기슭에 찬 물결 석양 아래 도도하네(상권 121쪽)

　동유의 목소리는 청아하고도 고왔다. 고향에 대한 그리움
을 자아내는 '향수'와 멀리 바라보는 '외딴 돛배' 정착하지 못
하고 묻는 '뱃길' 그리고 도도한 물결. 마치 여기저기 팔려
다니며 객지에서 연주를 하는 동유 자신의 처지를 노래하는
듯하다. 청이는 동유의 노래를 듣고 자신도 모르게 눈물을
흘렸다. 떠돌이 생활은 고향에 대한 그리움을 동반하는 것
이니 청이 역시 동유의 노래를 듣고 고향과 아버지에 대한
그리움으로 눈가를 적신다.

　　청이는 탁자 위에 올려둔 자기의 손등에 뭔가 똑 떨어져
　　서 무심결에 다른 손으로 닦아내다가 그게 눈물임을 깨
　　달았다.
　　바다 멀리 집을 떠나와 처음으로 어린 날의 동네 고샅길
　　이며 뒷산과 고개를 넘어 이웃 마을까지 동냥밥을 빌러
　　다니던 일들이 생각났다. 청이는 눈을 감았다.(상권 122쪽)

　청이가 눈을 감는 것은 도화동에 살 때의 모습을 회상하
는 몸짓이다. 북풍한설에 눈먼 아비를 홀로 남겨두고 배중

의 갓만 남은 헌 저고리 자락 없는 무명 휘양, 뒤축 없는 짚신짝 버선 없이 발을 벗고 헌 바가지를 손에 들었다. 차림새 하나하나가 매우 궁색하며 손을 불며 마을의 집집으로 찾아드는 모습이 눈물겹다.

청이는 동유에 대하여 동질감을 넘어서 사랑을 느끼게 되었다. 청이는 묘회에서 순서가 끝나자 제 시름에 겨워 살며시 묘회장을 빠져나왔다. 이어서 고향에 대한 향수가 이어지니 아마도 묘회가 열리는 동안에 고향에 대한 그리움이 솟구쳐 회상을 하게 되는 것이다.

복사골은 그 어디쯤인가. 낮은 산이 두 겹 담처럼 나란히 구불거리며 내려오다 넓어지는 곳의 한 등성이에 초가집들이 나무 등걸 아래 버섯 모양으로 옹기종기 모여 있다. 동네 앞으로 나오는 큰길을 따라 시내가 흐르고 시내 가운데에 놓인 징검돌은 자라처럼 엎드려 있다. 아버지가 내민 지팡이를 해진 몽당치마를 입은 계집아이가 조심조심 징검다리를 건너간다. 한 발을 딛고는 돌아보고 또 한 발을 딛어 징검돌을 건너서 뒤쫓아 발을 천천히 내미는 아버지를 조마조마 돌아본다. 동구의 나무 밑에 매어둔 황소와 새끼 소가 서로 다른 목소리로 부른다. 어디서 장끼가 껑껑 울더니 푸드득 하면서 뒷산으로 날아 넘어간다. 가지가 부러지도록 감이 다닥다닥 열린 감나무가 팔을 벌린 돌담가에서 아이들이 장대로 감을 딴다. 또는 터지기 시작한 밤송이에서 알밤을 털기도 한다. 어디서 산비둘기가 해금을 켜듯 잔망스럽게 운다. 그래 함지만 한 보름달이 뒷산마루로 올라오면 마을 전체가 그림이 되어 흐릿하게 번진 먹처럼 아련해졌다. 아이들이 어울려 부르는 노랫소리가 먼 데서 들려온다. 청이는 그 소리를 따라 아직 잊지 않은 제 나라 말로 흥얼흥얼 노래를 부른다.

달아 달아 밝은 달아
낮이며는 어디 갔다
밤이며는 돌아오니
달아 달아 밝은 달아
너의 집이 어드메냐
내일 모레 놀러가게(상권 132쪽~133쪽)

시적 대상인 달과 대화하는 형식을 취했지만 화자의 향수병(鄕愁病)을 담은 노래이다. 이어서 고향의 달노래를 들려주는데 렌화가 아닌 청이가 되어 노래를 흥얼거린다.

달아 달아 밝은 달아

이태백이 노던 달아

저기 저기 저 달 속에

계수나무 박혔으니

산도 좋고 물 좋은데

초가삼간 집을 짓고

양친부모 모셔다가

천년만년 살고지고(상권 134쪽)

역시 달을 시적 대상으로 하면서 고향에 계신 아버지를 모시고 살고 싶은 청이의 간절한 욕망이 담겨 있다. 그러면서 서듬 동유에게 자신의 이름은 렌화기 이니라 청이라고 각인시킨다. 중국에 팔려 와서 살고 있지만 결코 중국인이 될 수 없음을 각인시키는 것이다. 동시에 자신에 대한 다짐이기도 하다. 청이와 동유는 작수성례의 예를 갖추었다.

청이와 동유는 작수성례(酌水成禮)라는 혼례 방법을 듣고는 있어서 장강의 물을 떠놓고 천지신명께 알리려는 것이었다. 두 사람은 잠시 섰다가 누가 먼저였는지도 모르게 마주 보며 천천히 엎드려 절을 했다. 그렇게 삼세 번을 하고나서 두 사람은 다시 말없이 상 앞에 마주 앉았

다.(상권 134쪽)

이로써 청이와 동유는 부부의 예를 갖추게 되었으며, 가진 재산이 없는 두 사람은 부모로부터 물려받은 작은 것들을 정표로 나누어 갖는다. 청이는 어머니가 청이 시집갈 때 허리에 매달라고 만들어 주었던 노리개(은으로 만든 작은 원앙 한 쌍에 빨강 파랑 노랑의 명주실 매듭을 늘어뜨린 노리개)를 동유에게 정표로 주었다. 동유는 아버지가 생전에 쓰시던 부채의 손잡이 끈에 매달았던 장식인 손톱만 한 크기의 옥돌 거북 형상을 청이에게 주었다. 지금까지 팔려다니기만 했던 청이가 자신의 의지로 동유를 사랑했고, 동유도 팔려다니는 생활을 하지만 청이에 대한 사랑으로 혼인을 하였다.

그러나 청이와 동유의 사랑은 채 꽃을 피우기도 전에 그들의 패물과 청이의 몸을 상품으로 생각한 무리들의 속임수에 의해 산산이 부서진다. 청이의 몸을 노려 겁탈하려던 이를 해치게 된 동유는 청이와 함께 피신하는 처지가 되었는데 그 도중에 함께 노래하던 샹자오를 약속 장소에서 만났다. 샹자오는 두 사람의 술에 몽혼약을 타서 수면에 빠져들게 했다. 샹자오의 음모는 청이의 패물을 목표로 하고 있었다. 믿었던 사람마저 물질의 노예가 되어 배신하는 꼴이 되었다. 토우는 청이를 슈마지아에 이백오십 냥에 팔아넘겼고, 슈마지아의 노파는 낡은 데서 장사 못한다며 다시 배에 넘겼다. 노파의 아들이 청이를 미에치(滅恥; 부끄럼을 없애도록 여럿이서 윤간하는 일)했고 청이가 몽혼주의 마취에서 깨어난 것은 늦은 아침 무렵이었다.

동유는 마취에서 깨어나 그동안에 있었던 일을 알고 샹자오를 찾아 나선다. 그러나 샹자오는 이미 말굽 은 한 덩이를 아편에 탕진했으며, 몽롱한 상태로 지내고 있었다. 봇짐 또한 지안토우들에게 빼앗긴 사실을 알았다. 더욱 기가 막힌 것은 청이가 팔려 갔다는 사실이었다. 흥분한 동유는 칼을 들어 샹자오를 죽이고 그로 인하여 번소에 갇히는 신세가 되었다. 그러나 천성이 착한 동유는 그 안에서 하키 사람으로 앙(楊)씨라는 사람을 만나 그를 따르는 제자들의 도움으로 번에서 탈출하였다. 동유는 양선생의 제자들이 하는 말을 들으면서 슬픔과 회한을 날려버릴 수가 있었다. 그리고 그들과 함께 활동하며 배상제회(拜上帝會)에 들게 되었고, 양선생의 전령이 되어 여러 지방을 돌아다녔다. 양귀들에게 땅과 백성을 내주어버린 무능한 청조(淸朝)는 태평천국을 위해서 멸망할 때가 왔다고 그는 굳게 믿고 있었다.

허무하게 끝난 청이의 첫사랑. 그러나 청이가 렌카라는 이름으로 류큐에서 요정 "용궁"을 차렸을 때에 전혀 예상하지 못한 사랑이 찾아왔다. 그는 미야코(宮古)의 우에즈(王子)

도요미오야 가즈토시(豊見親和利)였다. 그는 렌카가 화인이라
는 소문과 산신 연주와 수야오를 잘한다고 해서 청이를 찾
아왔다고 말했다. 이에 렌카가 자신은 원래 화인이 아니고
꺼우리 태생이고 어려서 눈먼 아버지를 모시다가 그만 난징
으로 팔려 왔다고 말했다. 가즈토시는 조선이라는 나라 이
름을 알고 있었다. 그리고 렌카가 자신의 솜씨를 겸손하게
말하자 "노래란 사람이 고생을 많이 하면 잘하게 되는 법."
이라며 "그래서 우리네 류큐 백성들은 누구나 노래를 잘하
지."라며 렌카를 달래주었다. 렌카는 가즈토시가 조선을 알
고 있어서 고향 사람 같은 착각을 일으켰다. 후미코는 나중
에 들어와 인사를 올리며 자신이 미야코 섬이 고향이라 말
하고는 어릴 적에 대륙으로 갔다가 얼마 전에 고향으로 돌
아왔다고 했다. 이 말에 도요미오야는 자신들의 잘못이라며
다시는 나가지 말고 류큐에서 살라고 말했다. 역시 우에즈
다운 모습이었다. 첫 만남이었지만 낯설지 않았고 포근함이
느껴졌다.

  새해가 되어 용궁의 마당에 벚꽃이 필 무렵에 귀한 손님
도요미오야 가즈토시가 낮에 하인 하나를 데리고 용궁에 왔
다. 간단하게 차를 한 잔 마시고 가려 했으나 비가 오는 바
람에 그리 하지 못하고 방으로 자리를 옮겨 술을 마시게 되
었다. 벚꽃과 내리는 비가 두 사람의 마음을 흔들어 놓은 매

개물이었다. 청이는 도요미오야가 자신의 영지인 미야코 섬 출신인 후미코를 대하는 따뜻한 시선과, 그네가 고향을 떠난 것은 자기의 잘못이라고 말했을 때부터 호감을 가졌다.

정에 굶주린 청이에게 그런 모습의 가즈토시는 기대고 의지할 만하였다. 그런데 가즈토시는 이미 혼인하였고 아들도 있었다. 그러나 도요미오야 가즈토시의 아내인 테이 마키(程眞希)는 처녀적부터 심장이 약하여 햇빛에 나서거나 조금만 놀라도 졸도하기 일쑤였다. 지금은 문지방에서 넘어져 졸도를 한 뒤로 제정신이 돌아오지 않았고, 식구들도 몰라볼 정도가 되었다. 도요미오야 가즈토시의 정성에도 병은 낫지 않았고 도요미오야 가즈토시는 혼자서 술을 마시는 날이 많았다. 이런 까닭에 청이와 한 몸이 되는 것은 자연스러웠다.

이후에도 가즈토시는 나하의 부둣가에 자주 나왔는데 그 까닭의 하나는 아지인 아키야시가 뻔질나게 남방으로 배를 띄워 뒷바라지할 일이 많았기 때문이었다. 다른 하나는 아무런 자극도 없고 앞날도 희미하기만 하던 류큐 사족의 삶에 위안이 된 청이를 보기 위해서이다. 그런 그가 청이와 용궁에서 만난 지 거의 일 년이 되어갈 무렵에 연푸른 옥가락지 한 쌍이 담긴 옻칠한 갑을 꺼내어 청이에게 내밀면서 청혼하였다.

"청이는 이제 그의 부인 테이 마키에 대해 더이상 말을 꺼내지 않았다. 청이는 가즈토시를 너무도 사랑했고 그와 함께라면 일 년 사시사철이 언제나 새로울 것 같았다. 청이는 그의 침착함과 부드러움이며 어딘가 깊은 수심에 어린 눈빛을 보면 언제나 가슴이 두근거리는 것이었다."(하권 123쪽) 가즈토시가 첫사랑은 아니었지만 팔려 가는 몸이 아니라 순수한 사랑을 느낀 사람이었다. 그래서 후실임을 알지만 같이 있고 싶다며 청혼을 받아들였다. 혼인 예식은 미륵사에서 화려하고 엄숙하게 진행되었다. 초혼이 아닌지라 하객도 그리 많지 않았고 식순도 간편하게 생략한 것이 많아서 조촐해 보였다. 축하연은 가즈토시의 슈리 저택에서 열렸다. 이튿날 조상님들의 위패를 모셔둔 불단에 가족의 평안을 기원하고 혼례를 알리는 참배를 올렸다. 그 길로 별채를 찾아가 가즈토시의 부인인 데이 마키에게 큰절을 올렸다. 마른 나무삭정이 같은 그네의 손가락을 만지작거렸지만 온기가 있을 뿐 움직이지 않았다. 가즈토시와 테이의 사이에서 낳은 자식 요시히로(義廣)가 앞으로 나와서 인사를 올렸다. 얼마 가지 않아서 테이 마키는 사망했고 청이가 정처가 되었다.

그러나 청이가 행복하게 시간을 보내는 동안에도 사츠마번에서는 인두세를 징수했다. 가족의 머릿수대로 세금을 정하게 된 악법이었다. 백성들은 슈리 왕부의 궁핍한 재정에 따른 막중한 과세와 사츠마의 다이칸과 결탁한 지방 토우들의 착취라는 이중적인 압박에 시달리고 있었다.

그래서 가즈토시가 관내 섬들을 직접 돌아보고 사츠마 측과 세금을 조정할 생각이었다. 당연히 다이칸들은 긴장했다. 그러나 청이는 이런 이야기를 듣고 노인잔치를 가즈토시에게 권했다. 청이는 노인잔치를 통하여 민심을 듣고 직접 겐지를 나가서 확인한 연후에 수정할 것은 수정하고 보완할 것은 보완할 계획이었다. 청이는 이미 권력이 백성으로부터 나온다는 것을 알고 있었다.

겐지에서 돌아온 가즈토시는 현지에서 새로 작성한 토지대장과 거주가 명부에 의하여 세금을 받도록 조처했다. 청이는 농사일과 육아와 밥짓고 빨래하며 밤잠을 못 자고 베까지 짜야 하는 부녀자들의 일손을 줄여야 한다고 작심하고 가즈토시에게 알려주었다. 인두세의 납세액이 줄어든 백성들은 칭송이 자자했다. 이처럼 청이는 가즈토시가 선정을 펼칠 수 있도록 내조자로서 역할을 잘 해냈다.

하지만 행복에는 늘 시기·질투하는 신이 따라다니게 마련이다. 사츠마 번주 시마즈 나리아키라가 죽자 새 다이묘인 시마즈 히사미츠의 가신들은 바쿠후 측과의 관계 개선을 위하여 류큐의 시조쿠들을 희생시키기로 결정했다. 그로 인하여 마지막까지 투옥생활을 하던 남편 도요미오야 가즈토시가 사사(賜死)되었다. 죄명은 서양인과의 무단 교역이었다. 청이는 남편의 몸을 깨끗이 닦고 그 옆에 누워서 작은 목소리로 류카를 세 번이나 느리게 불렀다.

　　온나 마을 소나무
　　금지 팻말 서 있어도
　　사랑하는 것까지야
　　금하는 건 아니겠지(하권 217쪽)

　청이는 남편을 화장해서 로쿠 영감에게 들려서 류큐의 아키유시에게 보냈다. 동유에 이어 가즈토시와의 사랑마저도 실패로 돌아가고 말았다.

　가즈토시의 유골을 류큐로 보낸 청이는 나가사키에 가서 렌카야라는 요정을 냈다. 거기에서 청이는 마마 상이 되어 헨드릭 헬스라데(기쿠와 잠자리를 나눈 네델란드 장교이며, 영어교습소 선생)의 주선으로 운명처럼 센신(洗心) 스님을 만났다. 가즈토시와 비슷한 느낌을 주는 센신 스님은 오사카 출신으로 일본명 하시모토 게이스케였다. 란학(蘭學)을 공부한 사람으로 주로 권력가보다는 백성을 위하고, 부자보다는 빈민을 위하니 권력과는 거리가 먼 사람이었다.

　하루는 헨드릭 헬스라데와 영어 교습소의 교원 그리고 센신 스님이 신치(新地) 당인 거리에서 저격 겸 술을 마셨다. 센신 스님이 자리를 마치고 숭복사로 돌아오는 길에 바쿠후 측 하급 무사로 짐작할 수 있는 자에게 습격을 당해 칼에 베인 채 렌카야로 숨어들었다. 마마 상(청이를 그렇게 불렀다)은 다친 센신 스님을 잘 치료했으며, 그의 정신적 공포를 없애기 위하여 잠자리를 함께 했다.

막판에 몰린 바쿠후들은 란학자(蘭學者)이건 존왕양이파이건 무조건 습격의 대상으로 삼았으며, 무조건 서양세력을 반대했다. 센신 스님은 이십여 일을 렌카야에 머문 후 오사카로 떠났다가 다시 나가사키로 돌아왔다. 이미 그는 하시모토 게이스케로 잘 알려져 오사카에 갈 수 없었거나 아니면 청이에 대한 그리움이 회향의 동인일 수도 있다. 그러나 청이가 그를 찾아갔을 때에 그는 이미 정체를 알 수 없는 사람에게 목숨을 잃은 후였다.

비명에 죽은 류큐 사족 도요미오야 가즈토시와 분위기가 닮아서 마음이 끌렸던 것은 사실이었다. 그러나 하시모토에게서 도요미오야와 달리 어딘가 나약한 비애감이 전혀 느껴지지 않았고 오히려 낙천적이고 강인해 보이기도 했다. 도요미오야가 망해버린 속국의 사족으로서 처음부터 자신의 처지에 한계를 느끼고 있었던 데 반해

서 하시모토는 젊어서부터 세상 바로 세우기에 목숨을
걸었던 때문이었을까.(하권 290쪽)

청이에게 하지모토 게이스케 즉 센신 스님은 가즈토시 이
상의 새로운 세계였으며 그의 죽음을 통해서 사회에 대한
눈을 뜨게 되었다. 청이가 사랑한 대상들은 모두 약자들이
었으며, 그런 까닭으로 모두 죽음이라는 비극적 결말을 맺
게 된다. 청이의 사랑은 좌절의 연속이었으며 그 대상은 힘
이 없는 약자였다는 공통점이 있다.

2) 또다른 사랑

청이가 처한 곳은 낮은 곳이었다. 첸 대인에게 팔려 갔을
때에 사람 대접을 받지 못했으며, 복락루에서 구앙의 첩실
로 있을 때에도 그랬다. 싱가포르에서 제임스의 첩실로 있
을 때에는 화려해 보였지만 서양인들의 우월감에 짓눌려 실
제 삶은 굴종적이었다. 나가사키에서 요정 렌카야를 운영할
때에도 마마 상으로 불렸지만 화인과 일본인의 사이에서 억
압당한 느낌이었다.

렌카야를 운영하면서도 청이에게는 늘 약자의 설움 같은
것이 있었다. 상하이 선주들과 나가사키 회소(會所)의 일본

인 상인 두 명과 통사가 예약 손님으로 왔다. 그 자리에서 개화에 대한 이야기가 오갔는데 상하이 대선주 탕(唐)이 "개화는 비상처럼 어떤 때엔 독이고 또 다른 때엔 약이 되기도 합니다. 어쨌든 자유무역은 천지개벽입니다."라고 하자 청이는 "천지개벽에 무너지고 쓰러진 것들은 어떻게 하나요?"라며 "강한 자들은 잘 살아나가지만, 난세에는 안쓰러운 것들이 많습니다."라고 응답한다.

싱가포르에서 제임스의 첩실로 살 때에 청이는 양인 첩들이 모이는 공간에서 챨스 부인·헨리 부인과 친근하게 지냈으며, 그네들과 뜻을 모아서 창녀나 기녀의 아기들을 돌볼 수 있는 공간을 마련했다. 허푸 징리의 도움을 받아서 집을 마련하고 아기들을 돌볼 사람 두 명을 구하고 아기들을 모았다. 금방 스무 명이 넘게 아기들을 모았고 일손이 부족하여 양인 첩들이 계를 조직하여 삼십 명이 되었다. 집 이름은 허푸 징리가 소보원(小宝園)으로 지었고 작은 간판에 글씨도 써 주었다. 청이가 이런 생각을 하게 된 기저에는 독자들이 잘 알다시피 청이의 어린 시절 사정 때문이었다.

> "나는 아기들이 좋아요. 나두 어려서 남의 젖 얻어먹고 자랐거든요. 그것두 앞 못 보는 아버지 혼자서 날 키웠대요."(하권 44쪽)

아기들의 집 소보원은 서양 회사들이 약품이나 식품을 많이 지원해주고 선교부에서도 사람을 지원해주는 등의 지원에 힘입어 순조롭게 운영되었다. 아기들은 두 배로 늘어 사십 명에 이르렀다.

나가사키에서 렌카야를 운영할 때에는 기리의 사건을 계기로 하여 청이는 린 대인과 함께 마치부교를 찾아갔다. 이미 구라누시 린 대인이 마치부교에게 문서로 기아보호소 설립의 뜻을 밝혀둔 터라 어렵지 않았다. 부교 역시 청이가 하려는 일에

> "차질이 없도록 야쿠쇼에서 모든 일에 협조하고, 겐반에
> 도 연락하여 나누시와 초자들이 성금을 내어 기아보호
> 소를 여는 데 도움을 드리도록 하라. 위로 부교께도 내
> 가 말씀드리도록 하겠습니다."(하권 265쪽)

며 적극 협조해 주었다. 렌카야의 마마 상이 계획한 기아보호소는 완공되었으며, 운영은 싱가포르에서의 경험이 밑바탕이 되었다. 열 살 이상의 아이들은 겐반의 도움을 받아서 업소의 심부름하는 아이로 취직을 시켰고, 서너 살부터 열 살 미만의 아이들을 보호하도록 했다. 아이들은 주로 겐반과 니시야쿠쇼(西役所)에서 유녀들의 의사를 물어 최소의

양육비만 내고 아이들을 입소하게 했다. 혼혈아들이 많았으며, 60여 명에 달했다. 회소의 도움과 구라누시 모임의 협조 그리고 각 영사관에서 보내온 기금과 유녀·기녀들의 작은 정성 등의 도움으로 잘 운영되었다. 렌카야의 마마 상은 홍등가 구미가시라(組頭) 가운데 대표적인 나가사키의 마마 상이었다.

청이가 돌보고자 하는 아이들은 사회로부터 버림받고 보호받지 못하는 아이들이었다. 태어나자마자 사회에 던져져 힘겹게 살아온 어린 시절의 자신의 모습이 이들에게 이입된 것이다. 그래서 더욱 버림받은 아이들을 돌보려고 했을 것이다. 관점을 달리한다면 지금 살고 있는 사회에 동참하는 일이며, 사신이 받은 깃을 환원하는 셈이다.

회상과 향수병(鄕愁病)

이방인으로 살고 있는 청이에게는 늘 고향에 대한 그리움이 있다. 그래서 언젠가는 돌아가야지, 돌아가서 그리워한 만큼 멋지게 살아야지라고 생각한다. 그리고 누군가 살짝이라도 감정의 끄트머리를 건드리기만 하면 금방 그 그리움을 들켜버리고 만다. 렌화가 화지아로 있던 복락루에서 광대패들의 첫 공연은 바로 그 향수를 촉발하는 기능을 한다. 다른 악기들의 연주가 멈춘 가운데 동유가 가운데로 나서며 비파를 뜯고 노래를 한다.

> 향수의 눈물을 객지에서 흘리며
> 하늘가 외딴 돛배 멀리 바라보노라
> 나루터를 못 찾아 뱃길을 물으려나
> 기슭에 찬 물결 석양 아래 도도하네(상권 121쪽)

목소리는 청아하고도 고왔다. 구앙은 재간이 대단하다며 청이에게 큰 예인이 될 거라고 평했다. 청이가 눈을 감은 것은 도화동에 살 때의 모습에 대한 회상의 행동이다. 회상은 지난 일에 대한 기억을 더듬는 일이며, 그 회상을 통해서 앞으로의 날을 예상할 수가 있다. 회상과 예상은 때로 빗나가기도 하고 적중하기도 하지만 그런 과정이 곧 역동적인 삶의 모습이다. 스토리로 본다면 당연히 이러한 도화동 시절의 이야기가 앞에 나와야 되겠지만 「심청」에서는 청이의 회상으로 잠깐 서술하고 있으며 위치로 보아도 결코 앞자리라고 할 수는 없다. 객지로 팔려 다니며 연주하는 동유의 노래를 듣고 청이가 감동한 것은 청이 역시 고향을 떠나왔기 때문이며 자신도 팔려왔다는 생각을 하고 있었기 때문에 동유의 노래에 공감할 수 있었다.

　이어서 고향에 대한 향수가 이어지니 아마도 묘회가 열리는 동안에 고향에 대한 그리움이 솟구쳐 회상을 하게 되는 것이다.

　　복사골은 그 어디쯤인가. 낮은 산이 두 겹 담처럼 나란히 구불거리며 내려오다 넓어지는 곳의 한 등성이에 초가집들이 나무 등걸 아래 버섯 모양으로 옹기종기 모여 있다. 동네 앞으로 나오는 큰길을 따라 시내가 흐르고 시내 가운데에 놓인 징검돌은 자라처럼 엎드려 있다. 아버지가 내민 지팡이를 해진 몽당치마를 입은 계집아이가 조심조심 싱섬다리를 건너간다. 한 발을 딛고는 돌아보고 또 한 발을 딛어 징검돌을 건너서 뒤쫓아 발을 천천히 내미는 아버지를 조마조마 돌아본다. 동구의 나무 밑에 매어둔 황소와 새끼 소가 서로 다른 목소리로 부른다. 어디서 장끼가 껑껑 울더니 푸드득 하면서 뒷산으로 날아 넘어간다. 가지가 부러지도록 감이 다닥다닥 열린 감나무가 팔을 벌린 돌담가에서 아이들이 장대로 감을 딴다. 또는 터지기 시작한 밤송이에서 알밤을 털기도 한다. 어디서 산비둘기가 해금을 켜듯 잔망스럽게 운다. 그래 함지만한 보름달이 뒷산마루로 올라오면 마을 전체가 그림이 되어 흐릿하게 번진 먹처럼 아련해졌다. 아이들이 어울려 부르는 노랫소리가 먼 데서 들려온다. 청이는 그 소리를 따라 아직 잊지 않은 제 나라 말로 흥얼흥얼 노래를 부른다.

달아 달아 밝은 달아
낮이며는 어디 갔다
밤이며는 돌아오니
달아 달아 밝은 달달아
너의 집이 어드메냐
내일 모레 놀러가게(상권 132~133쪽)

시적 대상인 달과 대화하는 형식을 취했지만 화자는 달의 집에 놀러가고 싶다는 내용을 담아서 말하고 있다. 이는 귀향의 욕망을 담은 노래라고 볼 수 있다. 이어서 고향의 달 노래를 들려주는데 이때는 렌화가 아닌 청이가 되어 노래를 흥얼거린다.

지룽으로 돌아온 링링은 씨아란의 억압에 못 이겨 손님을 받았고 뱃속의 아이는 점점 자랐다. 결국 비가 몹시 내리던 날 링링은 바오쭈를 가져오던 남자 란(藍)의 아기(아퉁이 비오는 날 파초 같다며 유자오; 雨蕉라고 명명하였다)를 낳았고 생명의 탄생과 함께 링링은 죽음을 맞이했다.

링링의 장례가 치러진 후 열흘이 지나서야 란은 바오쭈를 마련하여 난펑으로 찾아왔다. 그러나 아기를 기를 수 없는 처지의 란은 하는 수없이 바오쭈로 준비한 돈을 놓고 다시 일터로 돌아갔다. 여자가 없는 일터에서 도저히 아기를 키울 수 없음을 알았기 때문이며 그 아기를 결국 청이가 맡게 되었다. 청이는 그 아기와 자신을 동일시하였다. 그리하여 아퉁이 폐결핵으로 죽자 지룽을 떠나서 단수이로 갈 마음을 먹는다. 지룽의 따거를 찾아가서 단수이로 가게 해 달라고 요청하여 허락을 받았다. 빚은 자신이 가지고 있던 홍리로 일부를 갚고 나머지는 단수이에 있는 죽원반관의 샹 부인이 삯아줄 것이라고 따거에게 말했디. 이튿날 따거의 팡차오에 이르러 따거를 찾으니 집에 갔다고 하며, 키자오가 단수이 까지 데려다주기로 했다고 한다. 키자오는 당연히 유자오에 대해 물었다. 이에 청이는 머리를 똑바로 쳐들고 "얘는 내 딸입니다. 당연히 엄마를 따라서 가야겠지요."라고 말했다.

웬지 부인은 고향을 회상하면서

옥빛의 바다와 맹그로브 숲이며, 흰 백사장과 야자나무
가 한들대는 해변을 지나면 언덕을 등지고 낮은 집들
이 정답게 옹기종기 모여있다구. 고깃배들이 팔랑거리

는 물가에 떠있고 바람이 지나가는 처마밑에 누우면 대
나무 베개 속으로 잔잔한 파도 소리가 스며들어, 그곳의
해변은 찬란하지만 따갑지가 않아. 바람이 햇볕을 식혀
주기 때문이야.(하권 72쪽)

　라고 소개한다. 단수이를 떠나기 전에 송별연을 열었다.
모처럼 렌화가 호금을 연주하고 유메이가 수야오를 불렀다.

　　고향 가는 동무를 떠나보내려니
　　섭섭하단 말도 꺼내지 못하였네
　　식구들 달려나와 서로 안고 반기겠지
　　나 아는 노인들도 아직 살아 있을까

　　맑은 강물 빨래터에 여인들 웃음소리
　　홀로 돌아앉아 옷고름 떼어 보내노라
　　저 물 흘러가서 향촌 시냇가에 닿는다면
　　누군가 내 아잇적 이름 물을 이 있을거나(하권 73쪽)

　고향은 누구에게나 그리운 곳이다. 설령 시간이 흐르고
공간이 다른 공간의 지배를 받아서 알아볼 수 없는 지경이
되었다고 해도 고향이 그리운 것은 마찬가지다. 물론 오늘

의 고향이 예전의 고향은 아닐 터이다. 그러나 고향을 떠난 이는 누구나 시간을 거슬러 올라가고 공간을 예전으로 되돌려 놓고 싶어 한다. 유메이의 수야오는 렌화의 향수를 대신하고 있는 셈이다.

가난한 섬의 농사꾼 딸들이 그랬듯이 요시야 치루는 열 살도 못 된 나이에 유곽에 팔려와 가인이 되었다. 치루가 팔려 오다가 나하로 오는 도중에 건너야 할 마지막 다리에 이르러 불렀다는 이 노래가 청이의 사정과 너무 비슷했다. 그런 까닭으로 심청은 저도 모르게 가슴을 찌르는 것 같은 느낌이 들면서 눈물이 고였다.

이어서 요시야 치루의 노래를 세리가 불렀다.

구바 잎이 산들산들

시골 산천 조용하네

밧줄에 묶인 소의

울음소리 들리는 고향(하권 88쪽~89쪽)

감동한 청이는 산신을 달래서 수야오를 불렀다. 처음에는 산신이 어색했으나 중국의 비파, 타이완의 호금과 비슷해서 금방 익힐 수 있었다.

우항(雨港)에 오늘도 비가 내리네

바다 위에 내리는 비는 안개가 되어

님 떠난 뱃길을 지워버리네

처마 끝에 떨어지는 빗물이여

마셔버리는 빈 술병을 채우네(하권 89쪽)

류카가 4행이라면 수야오는 5행이었다. 그러나 형식만 다를 뿐 그 담긴 내용이나 애절한 곡조는 비슷했다. 청이가 마마로서 여러 사람 앞에서 솜씨를 보여줌으로써 그들과 하나가 되는 계기를 마련한 셈이다. 우마치나는 요리도 중국 것과 일본 것이 섞여서 되었고 말도 중국 말과 일본 말을 섞어 쓸 줄 아는 사람이 많았다고 한다.

사즈토시가 겐지를 나서자 렌카는 후미코를 앞세워 후미코의 고향인 시모지초(地下町)의 나미무라(波村)에 갔다. 그곳에서 후미코는 어머니에 이어 유타가 된 미아를 만났다. 후미코는 돌아가신 부모님을 위해 굿을 하겠다며 잔류를 희망했으나 청이가 밤에 굿을 하도록 하고 함께 참석했다. 그 과정에서 후미코는 어릴 적 이름인 카이를 되찾았고, 부모님이 아우시마 다우시마에 계신 걸 알았다.

아우시마 다우시마는 죽은 혼이 용궁으로 돌아가기 전

에 머무른다는 섬의 이름인데 그곳에서는 바쇼우 조후 짜는 부역도 없고 쌀과 고기가 흔천이오 높은 놈 낮은 놈도 없더라. 남정네도 아우시마 다우시마에서는 여편 네와 처지가 같아서 욕질도 못 하고 매질도 못 하고 바 람피우는 짓도 못 하고 고분고분 말도 잘 듣고 노상 집 에도 또박또박 들어오고.(하권 161쪽)

라 하였다. 후미코는 여기에 덧붙여 말하기를 어려운 세 상 다 지나갔으니 다른 걱정 하지 말고 오야코 마님 모시고 잘 살라고 당부한다. 그러면서 다시는 타관에 나가지 말고 고향에서 살다가 나중에 아우시마 다우시마에서 함께 살자 고 어미님의 입을 빌어 말한다. 청이에게도 엄마의 입을 대 신하여 말한다. "나 떠난 뒤에 아버지 모시고 어찌 살다가 대륙을 건너 바다 나라에까지 왔느냐. 서럽고도 서럽구나." 라며 청이를 달랜다. 청이는 울며 유타의 목을 그러안고 "인 당수 깊은 물에 빠졌다가 건져내어 다른 몸으로 태어나니 저는 이미 청이가 아니라 렌카여요. 어머니 아버지 주신 몸 이 아니고 세상 티끌 모여서 이루어진 다른 몸이니 넋만 엄 마 딸이어요. 오늘 엄마가 저를 찾아와 만났으니 여한이 없 지마는 외로우신 아버지는 뉘를 보고 반기실가."(하권 161쪽) 라며 자신의 변한 모습과 고향의 아버지를 걱정한다.

청이 엄마를 대신하는 유타 마이는 청이가 귀한 몸이 되었으나 이곳이 타관임을 말하고 죽어 오야코 님을 따라 죽어서 아우시마 다우시마에 간다고 한들 우치나 사람들만 있을 터라고 한다. 태어난 곳과 돌아갈 곳이 서로 다름을 안타까워한다. 떠나면서 유언처럼 다가올 일에 대한 예상을 던진다.

"나는 간다 내 딸아. 세상살이는 허망한 일. 네 남편이 천리타국으로 떠날지라도 낙심하지 말거라. 네 남편이 먼저 떠나더라도 슬퍼하지 말거라. 너는 잘 살다가 고향에 돌아갈 게야. 고향 땅에 묻히게 될 게야."(하권 162쪽)

팔십이 되었을 겨울 함박눈이 내리던 날 만각 스님의 알림으로 왕진 의사가 강심제 주사를 놓고 갔으며, 기리를 반갑게 맞이한 심청은 간단한 유언을 남기고 숨을 거두었다.

예전 어느 강변 마을에 아름다운 여인 하나가 나타났더란다. 나는 부모형제도 없는 사람으로 재물도 영화도 원치 않으나 내가 가진 경전을 외우는 이에게 시집을 가련다고 그랬지. 여러 사내들이 다투어 그네와 정분을 나누었으나 마지막에 마씨댁 총각이 경전의 외워 장가를 들

게 되었구나. 혼인을 하자마자 몸이 아프다며 방에 들어
가 쉬던 여인이 죽더니 삽시간에 육신이 재처럼 흩어져
금색 뼛가루가 되고 말았다더라. 며칠 후에 한 선승이
지나가다 보고 그이는 관음의 화신이었다고 그러더란
다. 정분의 허망함과 살림의 덧없음을 깨우치려고 잠깐
보이셨다는구나.(하권 306쪽~307쪽)

그녀의 얼굴은 실컷 울고 난 사람의 웃음처럼 아주 희미
하게 웃고 있었다. 희미한 웃음은 모든 것을 분별하지 않는
깨달음이다. 모든 것을 알지만 굳이 안다고 말하지 않고 내
면으로 삶을 두터이 하는 모습이다. 삶과 죽음을 편안하게
받아들이는 모습이다. 멀고도 먼 길을 돌아 찾아든 고향.
아버지가 눈을 떴는지 뺑덕 어미는 과연 잘 살았는지 궁금
하지만 그런 것조차 그대로 수용한 모습이다. 이제 분노할
그 무엇도 없고 원망할 그 무엇도 없다. 그저 삶을 살았을
뿐이다.

3　　　　　　　심청이가 연인을 만들다니

　　고전소설 「심청전」이 제목처럼 심청이를 주인공으로 하고 있듯이 방민호의 「연인 심청」[11] 역시 심청이를 주인공으로 하고 있다. 그러나 "연인"이라는 단어가 앞에 있는 것이 예전의 「심청전」과는 다른 점이다. 제목도 텍스트의 일부라고 볼 때에 독자로서는 지금까지 이어 온 효(孝)라는 거대 담론을 벗어날 것이라 기대한다. 나아가서 이 소설에서는 사랑이라는 담론을 추가하거나 아니면 사랑이라는 담론만을 수용한 텍스트일 거라는 기대도 곁들이게 된다.

　　이런 기대와 함께 텍스트를 펼치니 심청이의 탄생과 성장에 관한 부분은 청이의 생모가 남긴 편지로 간략하게 서술

11　방민호, 「연인 심청」, 다산북스, 2015.

하고 있다. 그리고 심청이는 이미 자라 다섯 살이다. 심청이의 탄생과 성장에 대해서는 원텍스트 「심청전」의 내용과 크게 다르지 않기 때문에 굳이 따로 서술하지 않고 편지라는 방식으로 간결하게 서술한 듯하다. 따라서 독자들의 텍스트 읽기는 다섯 살에서 시작하게 된다. 그러나 텍스트를 엮어가는 방식이 고전소설처럼 시간의 순서를 따르지 않고, 인과관계를 따라 엮어가는 구성(plot)의 방식이다. 따라서 독자들의 이해를 돕기 위해 필자가 시간 순서에 따른 스토리 층위로 다시 정리한다. 이를 살펴보면 원본과는 꽤나 다른 부분이 많다. 이를 통해 작가가 심청전의 독자로서 수용할 때에 예전의 독자들과는 차별화된 관점으로 수용했다는 것을 알 수 있다. 모든 수용되는 깃은 수용지의 성향에 의존한다는 점을 감안하면 당연한 귀결이다.

가. 심청의 출생

1) 고귀한 가계(家系)의 만득독녀(晩得獨女)

2) 선인적강(仙人謫降)의 태몽을 꾸고 잉태되어 출생한다.

나. 심청의 성장과 효행

1) 심청의 모친이 일찍 죽는다.

2) 심 봉사가 젖, 곡식을 동냥하여 심청을 양육한다.

3) 심청의 비범성이 나타난다.

4) 심청이가 윤상이를 만나 연심을 품는다.

5) 심청이 정성껏 부친을 봉양한다.

6) 심 봉사가 투전판에서 돌아오다가 물에 빠진다.

7) 몽운사 화주승이 심 봉사를 구출한다.

8) 눈을 뜰 수 있다는 화주승의 말에 백미 삼백 석 시주를 약속한다.

9) 심청이 공양미 삼백 석에 선인(船人)들에게 팔려 간다.

10) 선인들이 심 봉사의 생활대책으로 백 석을 추가로 준다.

다. 심청의 죽음과 재생

1) 윤상이는 심청이가 탄 배의 뱃사람이 되어 함께 도망갈 것을 도모한다.

2) 심청이 인당수(인단소, 임당수)에 몸을 던진다.

3) 심 봉사는 애랑이와 사랑놀음에 빠져 가산을 탕진한다.

4) 심청이 용궁에 간다.

5) 심청이 장래를 예언받는다.

6) 심청이 연꽃을 타고 용궁에서 돌아온다.

라. 부녀 상봉과 개안(開眼)

1) 송나라에서 돌아오는 배에서 윤상이가 해상의 연꽃을 발견한다.

2) 선인들이 황제에게 연꽃을 바친다.

3) 황제가 꽃 속의 심청을 발견한다.

4) 심 봉사는 애랑이가 야반도주하자 심신이 쇠약해져 도화동으로 돌아온다.

5) 심 봉사가 성병을 치료해 준다는 뺑덕 어미를 믿고 고향을 떠난다.

6) 심청이 왕비로 책봉되고 윤상이는 궁지기가 된다.

7) 왕비가 된 심청이가 맹인연(盲人宴)을 소청(訴請)하여 연다.

8) 심 봉사는 황 봉사와 맹인연에 참석한다.

9) 부녀가 상봉하고 심 봉사 개안한다.

10) 윤상이는 심청이와의 관계를 끝까지 발설하지 않고 죽음을 택한다.

11) 심청이는 윤상에 대한 죄책감에 시달린다.

변하지 않은 것은 심청이의 효성이고 변한 것은 심 봉사의 폭력과 탈선이다. 그리고 심청이의 연인으로 윤상이라는 새로운 인물을 창조한 점이 독자들이 예상할 수 없었던 부분이다. 게다가 심 봉사가 성병에 걸렸다는 설정 역시 차별화한 설정이다. 이러한 소설적인 장치들이 어떻게 역동적으로 역할을 할 것인가.

탈선 심 봉사 하나

방민호의 「연인 심청」은 심청이가 여덟 살인 때에 아버지를 위해 붕어탕을 끓여드리기 위해 한겨울에 붕어낚시를 가는 것으로 시작한다. 귀덕이와 윤상이가 함께 낚시를 했으며, 잡은 붕어로 어죽을 끓여서 함께 먹고는 아버지를 위해 가지고 와 대접한다. 여덟 살이라는 적은 나이와 한겨울 낚시라는 사건 속에 심청이의 효심을 담고 있다. 독자들은 텍스트 첫머리의 심청이의 갸륵한 효심이 끝까지 「연인 심청」을 이끌어 가는 힘을 갖게 될 것으로 기대한다. 이러한 기대에는 「심청전」이 심청이의 효심을 바탕으로 쓰였다는 것을 사전지식으로 갖고 있기 때문이다. 그러나 이러한 기대가 끝까지 독자들의 기대에 부응할지는 알 수 없다. 또한 심청이의 효심을 받게 된 심 봉사는 과연 심청이의 효심을 드높이기 위하여 어떤 일을 저지르게 될지 텍스트를 손에서 놓을 때까지는 눈여겨보아야 한다.

귀덕 어미는 그런 심 봉사가 딱하디 딱하지만 차마 이젠 과거를 그만 두라고 말할 수 없다. 상민이나 다름없이 되었다지만 어떤 사람에게는 제가 의지하는 것이 사라져버리는 순간 살아갈 힘을 잃어버린다는 것을 알고 있

기 때문이다.(17~18쪽)

　귀덕 어미가 곁에서 볼 때 답답할지 모르겠으나 그건 순전히 심 봉사의 일이지 결코 보편적인 생각으로 이래라 저래라 말할 수 있는 게 아니다. 다만 그의 공부가 방향을 잘못 잡고 있다면 안타까울 것이다. 가령 심 봉사가 『맹자』의 「공손추장」 호연지기 대목을 외우다가 막혔다. 그 막힌 부분이 송나라의 농부가 곡식들이 자르는 것을 도와준답시고 벼싹들을 조금씩 위로 뽑아 올려주고 집에 돌아가 자랑하는 대목이다.

　오늘 정말 지쳤다. 곡식들 사라는 것을 도와주느리고 말야. 이 말을 들은 아들이 다음 날 들에 나가보았더니 싹들이 몽땅 말라비틀어졌다. "세상에 이렇듯 싹이 자라는 것을 돕겠다고 뽑아 올리지 않는 사람이 별로 없다. 김을 매지 않고 내버려두는 사람은 무익한 데 그치지만 이렇듯 무리하게 싹을 뽑아 올리는 사람은 무익함을 넘어 도리어 해가 되는 사람이다.
　그러니까 맹자는 거침없이 넓고 큰 마음이란 성급하게 싹을 뽑아 올리듯 한다고 길러지는 게 아니라고 말한 것이다. 그러나 하필 심 봉사가 이 대목을 외우지 못하는 건 무슨 까닭인가. 눈을 뜬 다음에야 글공부도 하고 과거에도 나갈 것을, 눈도 뜨지 못한 이가 밤낮 과거만 생각하니, 이야말로 심 봉사가 송나라의 농부와 다른 것이 무엇이랴.(17쪽)

심 봉사가 과거 공부에 집착하는 모습을, 잘못된 일을 하고도 잘못인 줄 모르는 송나라의 농부에 빗대어 말하고 있다. 심 봉사는 심청이를 등에 업고 다닐 때부터 청이에게 과거 급제라는 말을 수없이 했다. 그리고 과거에 급제만 하면 이렇듯 구차하게 목숨만 이어가는 삶에서 벗어날 수 있다고 생각하였다. 심 봉사가 공부에 매달리는 것은 과거에 합격하여 명성과 재물을 얻으려는 데 있다. 즉 과거를 매개로 하는 거짓된 욕망에 사로잡혀 있었다. 그래서 심청이는 오히려 책상 앞에 앉아있기만 하는 아버지로 인해 자기 앞에는 막막한 내일만이 기다리고 있을 것 같다는 예감을 갖는다.

심청이가 열다섯 살이 되었을 무렵, 윤상이에 대한 연심을 키워가던 그때에 심청이가 따사로운 날에 건장한 사내와 답청놀이 가는 꿈을 꾸었다. 봄을 맞은 들에는 풀꽃이 돋고 가까운 산에 핀 진달래 연분홍 꽃들은 산을 점점이 수놓고 있었다. 사내는 윤상이 같았다. 심청이는 사내를 따라 냇둑 위를 멀리멀리 물을 거슬러 걸었다. 둑길이 좁아지면서 산기슭에 가까워졌다. 냇물도 자꾸 좁아지면서 산기슭에 가까워졌다. 그런데 앞에 가는 사내는 아무 말이 없었다. 어느새 주위는 아름다운 봄빛이 사그라들고 어둡고 춥고 쓸쓸한 빛을 띤다. 그런데 조금 전까지 윤상이라고 생각했던 건장하고 젊은 사내는 어디로 가고 추레한 옷에 얼굴 가득 주름살이 잡힌 늙은 사내가 턱, 하니 버티고 섰다. 설상가상으로 늙은 사내가 청이를 향해 바싹 다가선다. 겁에 질린 청이는 뒤로 물러서지만 늙은 사내는 청이 얼굴에 자기 얼굴을 바싹 들이댄다.

> 청이는 놀란 가슴을 진정시키며 방금 전 꿈에 본 사내
> 얼굴을 다시 떠올린다. 입가에 잔뜩 침을 흘리며 쥐수염
> 에 주름투성이 얼굴을 자기에게 들이대던 남자, 그것은
> 분명 아버지 심 봉사였다. 아버지는 아버지인데 아주 같
> 지는 않았다. 어디선가 한 번 먼 옛날에 만났던 것 같은
> 사람이건만, 그리고 그것이 아버지인 것도 같건만, 아버
> 지와 아주 똑같은 사람이 아닌 것도 같다.(38쪽)

소설에서의 배경은 비유적으로 작용해서 분위기를 이끌어간다. 그리하여 독자들은 그 분위기를 통해 앞으로 벌어질 사건에 대해 예상하기를 서슴지 않는다. 청이가 꾼 꿈의

시간과 공간적 배경도 그러하다. 진달래 연분홍 꽃들이 산을 점점이 수놓은 아름다운 풍경에서 아름다운 봄빛이 사그라들고 어둡고 춥고 쓸쓸한 빛을 띤 풍경으로 바뀌었다. 계절은 봄이건만 봄답지 않은 배경으로 변해갔으니 앞으로 펼쳐질 청이의 미래가 결코 아름답지 않을 것이라는 예상을 할 수 있다.

그런데 꿈에 등장하는 인물 또한 젊고 건장한 오라버니 윤상이에서 늙고 추레한 청이의 아버지 심 봉사로 바뀌었다. 청이의 앞날에 먹구름을 안고 올 인물이 윤상이거나 심 봉사일 것이라는 예상이 가능해진다. 이는 작가의 전략으로 두 갈래길을 만들어 독자들을 모호하게 만들며 동시에 다양한 해석을 가능하게 한다. 소설에서의 모호성이란 결국 독자들에게 복선을 견인하면서 텍스트를 손에서 놓을 수 없게 만드는 효과를 가져온다. 역시 소설에서의 배경은 개연적이다.

하루 종일 서책을 만지작거리는 일 외에는 이렇다 할 소일거릴 갖지 못한 아버지가 먹는 일에 탐닉하는 것을 청이는 그런대로 이해할 수 있었다. 하지만 한 번 맛의 기쁨에 현혹되면 더 맛있는 것을 찾게 되고, 기름진 음식이 주는 만족에 빠지면 매일 고기를 먹지 않으면 견디기 어렵게 된다.

유족한 이가 맛있게 배불리 먹는 일은 아름답지 못해도 자연스럽다 하겠지만, 궁핍한 이가 충족되니 않는 만족을 찾아 헤매는 것처럼 비참한 일도 없다. 더구나 심 봉사네처럼 삯일 없이는 목숨을 이어갈 수도 없는 처지에 먹을 것에 눈 밝히는 것처럼 비천해지는 경우도 따로 없다.(39쪽)

　타고난 천성으로 야망이 컸던 심 봉사가 꿈을 이루지 못하게 되자 절망이 커서 타락을 향해 가는 위태로운 상황이었다. 청이는 비록 아버지가 앞을 볼 수는 없어도 마음만은 깨끗한 선비이길 바랐지만 아버지는 언젠가부터 밥상을 앞에 두고 품격을 잃어갔나.

　그래서 공부는 뒷전이고 투전판에 끼어 뒷자리에서 구경이나 하다가 막걸리 한 잔 얻어먹는 것으로 만족한다. 하기야 앞을 볼 수 없는 맹인이고 보면 투전판에서 돈을 걸고 함께 놀 수 있는 처지는 아니다. 끼니마저 잇기 어려운 처지를 생각하면 더욱 그러하다. 심 봉사는 낮에 글공부하느라 지루했다며 투전방에 자주 마실을 갔다. 심청이가 마실 가는 아버지를 배웅하면서 돌다리를 건널 때에 조심조심 건넌다든지 마실방에 가서는 심청이에게 데리러 오지 않아도 된다고 말할 때에 혹시 심 봉사가 집으로 돌아가다가 물에 빠지지 않을까 예상해본다. 고전에서 독자들은 이미 심 봉사가 물에 빠져 몽은사 화주승에게 공양미 삼백 석을 시주하기로 약속한 것을 사전지식으로 갖고 있기 때문이다.

독자로서의 예상은 빗나가지 않았다. 양반이 투전방에 납시었다는 비아냥을 들으면서 얻어먹은 막걸리 한 잔과 술잔을 받다가 뺑덕 어미에게 손목을 잡히고 뺑덕 어미의 분냄새에 취해 심 봉사는 돌다리를 건너다가 물에 빠진다. 심청이를 마중하다가 물에 빠진「심청전」에 비하면 심 봉사는 물에 빠져 곤경에 처하는 장면마저 타락한 모습이다.

물이 깊지는 않았다. 그러나 우수 경칩이 지났다고 해도 물은 차가웠다. 몽운사 화주승이 구해주고 예상한 대로 부처님 앞에 정성을 드리기 위하여 권선문에 '도화동 심학규 공양미 삼백 석'이라고 쓴다. 화주승의 역할은 공양미 삼백 석을 시주받는 것으로 그치지 않는다. 화주승이 안악, 신천, 송화 지나 장연까지 탁발을 다닐 거라며 몽금포에 가면 송나라 배들이 참 볼만하다고 자랑삼아 말한다. 그리고 송나라 상인들이 비단과 차와 서적에 상아까지 가지고 오고 인삼과 금·은·동에 나전칠기까지 가져갈 궁리를 한단다. 하물며 처녀들을 사서 인당수의 가친 물결을 잠재우는 데 인신공양한다는 말까지 한다. 화주승은 심청이가 인당수에서 몸을 던지는 동기를 제공하는 역할도 한다.

스토리는 고전에서 읽은 바와 다르지 않지만 심 봉사의 성격은 완전히 다르다. 딸을 위해 젖동냥을 다니고 어린 나이에 일을 해야만 하는 심청이를 위해 마중을 하던 아버지의 모습이 아니다.

심청이는 자신이 삼백 석에 팔려 가게 된 일을 아버지에게 말하지 않았다. 그러나 심 봉사는 삼백 석을 마련하기 위해서 궁리하다가 심청이를 장 상서댁에 수양 손녀로 보낼 계획을 세운다.

> 이제 심 봉사는 딸을 어떻게 회유하느냐를 궁리하기 시작한다. 그럴듯한 집안이라면 어찌 여식이 아비 말을 따르시 않으라민 칭이기 철이 들어가며 아비 노릇 한 번 제대로 한 것 없으니 말에 위엄이 서지 못할 게 걱정이다. 또 귀덕 어미의 말에 따르면 눈치가 그렇다는 것이지 장 상서댁 큰마나님이 정말 그렇게 생각하고 있는지도 알 수 없다.(98~99쪽)

행선 날짜는 닷새 남았는데 아버지는 자기 나름대로 판단하여 심청이를 달랜답시고 낯빛을 밝게 한다. 청이는 아버지에 대한 걱정으로 장 상서댁 큰마나님께서 저를 손녀로 삼고 싶다는 거짓말을 한다. 점입가경으로 심청이의 말에 대갓집에서 딸을 삼는데 그럼 애비한테 뭐라도 준다더냐라고 대꾸한다. 하나뿐인 여식이 슬하를 떠나는 데 슬퍼하기보다는 무엇을 재물로 얻을 것인가 생각하니 딱한 노릇이다. 재물에 눈이 먼 아버지와 그 아버지를 위해 목숨을 바치는 딸은 대조적인 캐릭터이다. 심 봉사는 심청이의 목숨을 강요하는 폭군의 모습이다.

자식과의 이별보다는 자신의 눈을 뜨는 일이 더욱 중요하다고 생각하고 있는 심 봉사. 심청이가 선인들에 의해 제물이 되어 이별하는 장면에서 심 봉사가 허공을 향해 청이를 끌어안으려는 듯 허우적거린다. 심 봉사 눈에서는 굵은 눈물이 흘러내리고 입에는 마른침이 흐른다. 서술자는 더 이상 참지 못하고 독자들이 심 봉사의 눈물에 속지 않도록 개입한다. "누군가 이 광경을 위에서 지켜보았다면 심 봉사의 몸부림에 어딘가 과장기가 섞여 있다고 생각하게 될지도 모른다. 하나 사람의 속을 구경꾼들이 어떻게 쉬이 깊이 알랴."라며 심 봉사의 행동을 위선적으로 파악하고 있다.

지나간 일이지만 어린 딸내미를 업고 젖동냥을 다닐 적에는 어른이 어린애가 젖 빠는 소리에 동해서 "새댁, 나도 그 동냥젖 한번 얻어먹을 수 있겠소. 내, 너무 허기가 져서 말이야."라며 허기를 핑계로 음심(淫心)을 드러내어 동네 아낙네들의 놀림을 받았다. 여러 번에 걸쳐 일어난 사건이지만 단 한 번만 서술하였다. 이런 경우에는 아무리 그 서술이 거칠다고 해도 여러 번에 걸친 사건을 한 문장 속에 아우르는 방식을 취하게 된다. 즉 비록 한 문장이지만 심 봉사의 음흉한 속셈을 담고 있는 서술이라고 볼 수 있다.

게다가 양반끄트머리인 심 봉사는 천한 신분의 이쁜이를 건드렸고, 신세를 망쳤다고 생각한 이쁜이는 자살을 했다. 그렇지만 심 봉사는 자살한 이쁜이를 나 몰라라 하고 석 달 만에 양반들끼리 혼인을 해버렸다. 이는 한 번의 사건을 한 번 서술한 형태로서 가장 흔한 것이어서 사건 자체가 상식적이라고 말할 수 있다.

이렇듯이 심 봉사가 탈선적인 행동을 반복적으로 일삼는 것이 심청이에게는 폭력이라고 서술자는 말힌다. 그리고 그 폭력은 심청이가 인당수에 제물이 되는 것으로 종결된다. 명성과 재물이라는 모방된 욕망을 위해 반복적으로 공부하는 모습과 눈을 뜨기 위해 무남독녀인 심청이를 거침없이 팔아버리는 사건은 확실히 고전 「심청전」의 선을 넘어섰다. 독자들은 이런 사건들을 충격적으로 받아들이게 될 것이며, 기대가 어긋난 그 자리에서 「연인 심청」에 대한 기대를 수정해야만 한다. 비록 윤상이와 심청이가 심 봉사를 일컬어 '아버지답지 못한 아버지'라고 규정지을지라도 역동적이라는 점은 부인할 수 없다. 아버지는 하늘과 다름없는 분이지만 그 하늘에는 먹구름이 껴 있어서 그 먹구름을 걷어내지 않고서는 사람답게 살 수가 없는 폭력으로 인식한다. 그럼에도 불구하고 독자들은 긴장감을 갖고 펼친 텍스트를 접지 않는다는 점에서 매우 흥미롭다.

탈선 심 봉사 둘

앞에서 언급했듯이 양반끄트머리인 심 봉사는 같은 동네 이쁜이를 건드려서 결국 이쁜이가 스스로 목숨을 끊는 지경까지 이르게 하였다. 그러고는 눈 딱 감고 석 달 만에 양반들끼리 혼인하여 장연댁을 맞아들였다. 과거를 목표에 두고 책장을 넘겼으나 어느 순간부터 공부는 뒷전이고 투전판에 끼어 뒷자리에서 구경하다가 막걸리 한 잔 얻어 먹는 것을 즐거움으로 갖게 되었다. 게다가 심 봉사는 자신의 눈을 뜨려는 강력한 욕망을 갖고 있으며 그런 욕망을 충족하기 위하여 자신의 딸인 심청이의 생명마저도 위협하는 폭력을 행사하였다.

심 봉사가 펼치는 폭력적인 탈선의 사건들은 여기에서 그치지 않는다. 독자들이 전혀 예상할 수 없는 탈선적인 사건을 끊임없이 이어간다. 그렇지만 독자들이 텍스트를 덮는 일은 없을 것이다. 지혜로운 작가는 독자들이 참을 수 있는 한계를 잘 알고 있어서 그 한계를 넘어서지 않기 때문이며, 기대의 충족과 실망이 결국 역동적인 독서과정이기 때문이다.

청이가 인당수에 몸을 던진 이후에 심 봉사는 만복이 아버지의 꼬임에 넘어가 서경 기생이라는 애랑이와의 사랑놀이로 심청이의 몸값으로 받은 돈을 탕진하기 시작한다. 자신의 행동에 대한 죄책감은 전혀 없고 오히려 자신의 행동에 정당성을 부여하면서 주색(酒色)에 빠져든다. 자신이 살던, 복숭아꽃 피는 도화동이 도화동이 아니라 애랑이와 주색에 빠져 지내는 이곳이 곧 도화동(桃花洞)이라 생각한다. 그러니 그 즐거운 탈선을 멈출 리 없다.

> 그러나 심 봉사는 자기가 어찌 하려는지 안다. 갈 데까지 가보는 것이다. 스무 살에 안맹한 이후로 언제 한 번 이렇듯 폭죽이 펑펑 터지는 듯한 놀이가 있었더냐. 인생이란 어차피 폭죽 같은 것이 아니더냐. 피고 나면 지는 꽃이요, 타고 나면 한 줌 재로 화하는 것이 아니더냐. 내 이제 겨우 환한 기상을 떨치려는데 이깟 돈 몇 푼에 풀죽어 복사꽃이 피는지 지는지 모르는 도화동 쓸쓸한 누옥으로 돌아간단 말이냐.(183쪽)

독자의 입장에서 탈선이라고 말하지만 입장을 바꾸어서 심 봉사의 처지로 생각한다면 가능한 일이기도 하다. 아내가 심청이를 낳고 산후통으로 사별해서 심청이를 안고 젖동냥을 다니면서 키웠다. 그렇다고 육체적인 욕망마저 무시할 수는 없는 노릇이다. 게다가 과거 공부하면서도 늘 재물에 대한 욕망을 갖고 있었던 심 봉사인지라 재물을 얻고 그 재물을 사용할 곳을 찾는 것은 어찌보면 매우 순조로운 진행이다. 도구가 있으면 사용처를 생각하는 것이 일반적인 일 아닌가.

다만 그 재물이 자신의 눈을 뜨게 하려고 인당수에 몸을 던진 심청이의 몸값이라는 점을 망각하고 있어서 독자들의 비난을 받게 될 것이다. 재물이란 아무리 많아도 아껴 관리하지 않는다면 손가락 사이로 빠져나가는 물과 같은 것이다. 심 봉사가 많은 재물을 받았다고는 하나 공양미 삼백 석의 반을 주색잡기에 쏟아 붓고도 만족할 줄 모를 뿐 아니라 부끄러움도 없으니 당연히 비극적으로 끝을 보게 되리라는 예상을 쉽게 할 수 있다.

애랑이와 만복이 아버지는 심 봉사의 재물을 탈취하려는 공동의 목표를 갖고 있기 때문에 동지가 되었다. 따라서 그 목적을 달성할 때까지는 힘을 합칠 수밖에 없고 심 봉사의 재물은 차차 줄어들게 된다. 눈먼 봉사 한 명을 두 눈 멀쩡히

뜨고 있는 간교한 두 사람이 속이는 일은 손바닥 뒤집는 것만큼이나 쉬운 일이다. 따라서 그들은 원하는 정도의 재물을 손에 넣자마자 미련없이 심 봉사를 버린다. 심 봉사는 그야말로 닭 쫓던 개 지붕 쳐다보는 격이 되고 말았다. 애랑이와 만복이 아버지는 이후에 어떻게 되었을지 텍스트 안에서는 그에 대한 서술이 없다. 그러나 독자들은 그 둘의 불행한 앞날을 충분히 예상할 수 있다. 공동의 목표를 갖고 있을 때에는 힘을 합해서 목표 달성에 힘을 쏟게 마련이다. 그러나 목표를 실현하는 동시에 더 큰 빵을 갖기 위해서 애랑이와 만복이 아버지는 다시 사생의 결투를 벌일 것이기 때문이다. 물론 작가가 전혀 언급하지 않은 텍스트 밖의 상상이다.

그뿐인가. 무절제한 쾌락과 고통은 동일한 것이다. 방탕한 생활을 오히려 가장 큰 즐거움으로 알며 지낸 심 봉사는 애랑이로부터 성병까지 얻게 되었다. 애랑이와 붙어 지내는 일이 예상 밖의 일이라 충격적인 데다 나아가 전혀 예상치 못한 노릇이다. 도대체 이 성병은 어떤 사건의 마중물이 되는 것일까. 물론 심 봉사에게 분노한 독자들을 대신해서 작가가 내린 징벌로 이해할 수 있지만 작가적인 전략을 모르는 채 아직 단정적으로 말할 수는 없다.

심 봉사가 장 상서댁에서 빌려 본 「산해경」의 괴물들을 떠올리면서 자신의 모습이 혼돈과 같은 괴물이라고 자성하지만 이미 저질러진 불행이다. 나아가 혼돈은 남해 왕과 북해 왕이 사람처럼 일곱 개 구멍을 뚫어주자 그만 죽어버렸다고 한다. 자신의 모습이 혼돈과 같은 괴물이라면, 눈을 뜨는 순간 자기는 죽어버리는 게 아닐까 두렵다. 결국 자기는 어둠으로 집을 삼고 옷을 삼고 몸을 삼아 한평생을 어둠의 꿈같이 살다 가야 하는 운명이 아닐까 생각하며 심각한 우울감에 빠진다.

> 심 봉사가 살던 시절에 화류병은 쉽게 다스려질 수 없는 병이었다. 투정창이니 음식창 같은 것에 걸리면 약 처방을 잘 하고 섭생에 각별히 주의해서 용케 낫는 사람도 없지 않으나 건강이 부실한 위에 이런 병들이 겹치면 대개 증세가 몇 년이고 이어가며 몸이 문드러지고 썩어가는 고통을 겪지 않을 수 없었다. 국부에서 시작된 염증이나 궤양이 온몸으로 번져가 허벅다리나 정강이나 발 끝이 붉게 멍들고 짓무르고 피부가 뜨고 심지어는 귀까지 어두워지기도 했다.(274쪽)

비록 두 눈으로 자신의 모습을 볼 수는 없지만 상상해본다. 자기 손으로 만져 봐도 팔다리는 앙상하게 말라버렸다. 얼굴도 하관이 쏙 빠진 데다 수염도 풍성치 못해 몹시 근천

스럽게 보일 것 같았다. 사타구니 근처에서 번져나가던 피부 염증은 사라지는 듯하더니 갑자기 더 맹렬한 기세로 나타나 온몸에 무섭게 퍼지고 있다. 몹시 가렵고 아픈 것이 잠을 편안하게 잘 수 없는 형편이다. 심 봉사는 자기 모양이 꽤나 볼썽사나울 것이라 생각하였다.

그러나 이러한 처량한 모습은 잠깐이고 환락에 빠져있던 심 봉사는 애랑이를 잃고 그 빈자리를 뺑덕 어미로 채워 다시 환락의 길을 걷는다. 어느 독자도 예상하지 못한, 낯설게 쓴 심청전이 아닐 수 없다.

> 밥 잘 먹고 술 잘 먹고 떡 잘 먹고 고기 잘 먹고 쌀 퍼주고 술 사먹고 쌀 퍼주고 고기 사먹고 이웃집 밥 뺏어머고 행인 잡고 욕설하고 담배 달라 추근추근 나무꾼 잡고 쌈질하고 잠잘 때도 이를 갈고 이리 뒹굴 저리 뒹굴 잠꼬대로 쌍욕하고 한밤중에 징징 울고 정자 밑에 큰 대자로 술 취해서 늘어지고 남의 집안 혼사 일에 훼방 놓기 자로 하고 신랑 신부 잠자는 데 가만가만 다가가서 봉창에다 입을 대고, 불이야……(262쪽)

심 봉사가 뺑덕 어미와 순수한 사랑을 나눌 수 있으리라 기대하는 것은 아주 순진한 생각이며 어리석은 판단이다.

작가가 필자와 같은 생각으로 뺑덕 어미를 보았을까 아니면 많은 독자들의 시선으로 보았을까. 작가는 고전을 인용하여 뺑덕 어미의 악행을 서술하였다. 시대적인 편차에도 불구하고 뺑덕 어미의 악행은 변함이 없고 독자들이 받아들이는 감정도 다르지 않기 때문이다.

그러나 독자들의 판단과는 다르게 심 봉사는 뺑덕 어미에 대해 잘 알지 못하고 투전방에서 스쳤던 손길과 몸에서 번지던 싸구려 분냄새에 대한 환상을 버리지 못하고 있는 것이 문제이다. 기생이라고 하면 색주가 계집들과 격이 달라서 노래와 춤과 시를 할 줄 알아야 하고 품격을 갖추어야 한다. 그러나 뺑덕 어미의 재능은 그와 거리가 먼데도 불구하고 어떻게 기적에 오르게 된 것인지 모른다. 그녀는 품행이 지저분하기로 호가 나서 도화동 남정네들이라면 다 아는데 심 봉사만 이 사실을 모르고 있다.

젊었을 때 뺑덕 어미 난정이는 그런 이름 높은 기생들의 그늘 밑에서 미모도 재주도 없는 몸으로 뭇사내들의 정을 받고자 안달이 나 있었다. 주연에서도 늘 먼저 취해서 사내들에게 눈웃음을 치고 아양을 떨고 찍자를 붙었다. 주정이 어찌나 되고도 긴지 좌웅의 사내들이 웃어주다 못해 눈살을 찌푸리며 헛기침을 하는 일이 날에 날마

다 이어졌다.(263쪽)

그런데 이런 사내들 중에는 꼭 담력 없고 부끄러움 잘 타는 암사내가 있어, 이런 기생과 관계한 일이 세상에 알려질까 전전긍긍하는 사태가 벌어지곤 한다. 한량들 세상에 망신살이 뻗칠까 두려워하는 것이다. 그러나 그런 소심함이야말로 난정이 같이 막 살아가는 기생에게는 사내를 제 맘대로 휘두를 수 있는 소인이 된다. 이 난정이에게 사내아이를 안겨준 방인필이라는 경아전 벼슬아치도 그렇게 해서 인연이 맺어진 것이었음을, 개경 바닥에서 계집깨나 후린다는 사내치고 모르는 사람이 없었나. 그내 삥딕 어미 닌정이기, 지기기 애를 가졌노라고, 그애 아버지가 바로 방인필이라고 동네방네 떠들고 다녔고, 그러자 이 아름답지 못한 소문의 당사자는 난정이 입막음을 하느라 가산깨나 탕진해야 했다.(264쪽)

물론 이것도 다 흘러간 옛일이기는 하다. 하지만 이 사내한테 붙고 저 사내한테 붙어 생애를 이어가는 습성만은 버리지 못했다.

거기에다 소싯적부터 술 잘 마시고 주정 부리고 먹을 것

탐하고 사내 밝히는 성정이 갈수록 더해가니, 이제 뺑덕 어미는 절구통보다 부대한 몸집에, 얼굴의 볼살에는 심술보가 덕지덕지 달라붙고, 살빛은 꺼멓게 변색이 되어 천하의 추물이라고 해도 과장이 아니 될 경지에 다다랐다.(264쪽)

심 봉사는 이러한 뺑덕 어미의 덫에 걸려서 벗어나지를 못한다. 자신의 분냄새에 심 봉사가 취한 줄 아는 뺑덕 어미는 심 봉사의 화류병을 치료하기 위해 의원을 찾아간다는 구실로 귀덕 어미를 졸라 돈을 빼서는 며칠씩 돌아오지 않았다. 그러기를 밥 먹듯이 하던 뺑덕 어미는 어느 날 돌아와서는 아예 도화동을 떠나 봉주에 가서 화류병을 치료하고 살자 조른다. 막상 뺑덕 어미의 말대로 도화동을 뜨려니 남은 재물을 긁어 가지고 정든 고향 등져야만 한다. 게다가 근본도 모르는 뺑덕 어미를 따라가자니 넋이 빠져 달아난 놈이라 할 게다. 그렇다고 도화동에 눌러 있자니 점점 퍼져가는 매창이 끔찍하다. 그야말로 진퇴양난이다.

헛된 욕망에 사로잡혀 있는 심 봉사. 자신의 병을 치료하겠다는 뺑덕 어미의 꼬임에 어찌 넘어가지 않을 수 있겠는가. 심 봉사는 귀덕 어미가 낮에 구해온 궤짝을 등에 지고 목에는 궤짝 열쇠를 둘러 걸고는 고향을 떠난다. 이번만큼은 누구에게도 호락호락 당할 수 없으니 귀덕 어미에게 자물쇠 튼튼한 무쇠 궤짝을 구해 달라고 청했다. 열쇠를 목에 두르고 잠을 잘 정도의 준비를 하고 고향을 떠났다. 그에게 가장 중요한 것은 재물이기 때문에 재물이 든 궤짝과 그 궤짝을 열 수 있는 열쇠가 가장 소중한 물건이다. 심 봉사의 모습을 상상하면 재물에 눈이 멀고 몸도 상해서 안타깝기 그지없다. 그러나 심 봉사는 궤짝에 든 금과 은으로 병도 고치고 여생도 편히 보낼 수 있을 것이라고 믿고 있다. 바람기도 있고 성질도 울뚝불뚝한 뺑덕 어미지만 그래도 집이라고 기어들어오기는 하니 세월이 가면 나아질 것 같다고 믿는다. 바람이 확신이 된 것이다. 보기에도 흉측한 모습이지만 쓰러질 시경이 될 때까지 걸어서 주막에 덩도했다. 내일 두 마장만 더 걸으면 봉주에 도착할 것이고 그러면 명성이 자르르하다는 명의를 만나 한시라도 바삐 몸을 고쳐놓고 그 다음에 집을 구할 판이다.

그러나 예상한 대로 심 봉사의 희망은 사라지고 그제야 헛된 꿈이라는 것을 알게 되었다. 뺑덕 어미는 본성대로 사내와 함께 힘을 합해서 심 봉사의 궤짝 열쇠를 빼앗고 재물을 모두 훔쳐서 달아나 버렸다. 뺑덕 어미는 봉주를 향해 간다고 했으나 정반대인 안악에 심 봉사를 패대기치고 재물을 빼앗아 달아나버린 것이다. 독자들의 기대에 어긋나지 않아서 회상과 예상이 일치한다.

목숨과도 같은 재물을 잃어버린 심 봉사는 차라리 죽는 게 낫다고 판단하여 주모의 도움으로 죽기를 시도한다. 때마침 풍주 현감 김현무가 안악의 인심 사나운 것을 살피려 왔다가 이 꼴을 보고 심 봉사를 구한다. 그리고 선왕이 봉사들 잔치를 궁궐에서 연다 하니 마필에다가 안악에 산다는 맹인 황문재라는 맹인을 길동무로 하여 개경으로 올려 보냈다. 말 한 마리에 한 사람씩 마꾼이 고삐를 쥐고 두 사람을 모셨다.

개경까지 가는 길은 병들고 버림받은 심 봉사에게 너무 멀고 힘들었다. 김현무 현감이 노잣돈을 넉넉히 주어 해가 저물면 봉사가 개경에 가는 일이 나랏일임을 들어 역참에 들러 좋은 음식까지 대접받으며 편히 쉬기는 하였다. 그렇지만 무너지고 있는 심 봉사의 몸 상태는 악화의 길에 있었다. 따라서 심 봉사는 심약한 소리를 자주 하고 신세 타령에 짜증까지 냈다.

심 선비, 우리가 마침 동갑 아니오. 나 역시 스무 살 남짓에 눈을 잃어버렸으니 어쩌면 우린 같은 운명을 타고 났는지도 모르오. 소생은 참고 견디며 살아야 했소. 하고자 하는 바를 줄이고, 주어진 운명을 달게 받아들여야 했

소. 그러지 않고는 살아낼 수가 없었다오. 소생인들 어찌

삶이 신산스럽지 않았겠소.(337쪽)

동행하는 봉사 황문재의 말을 들으면 같은 길을 가는 두 봉사이건만 황 봉사는 마음의 눈을 뜬 사람이라고 할 수 있다. 그리하여 마음의 눈으로 세상을 볼 수 있게 만들었다. 마음의 눈을 뜨기 바랐던 심청이의 바람대로 심 봉사가 육체의 눈은 뜨지 못해도 마음의 눈을 뜨는 소중함을 깨달았으면 좋겠다.

황 봉사는 귀가 있고 코가 있고 감촉을 느낄 수 있는 두 손이 있어 가을 경치가 보이고 소리가 들리며 소리가 빛깔이 되어 형형색색 모양을 빚어냄을 말한다. 게다가 내일이면 황경에 들어가고 임금께서 우리를 부른다며 즐거워한다. 참으로 긍정적인 생각이다. 자신과 형제처럼 닮은 삶을 살아온 황 봉사의 이야기를 듣고 생각하지 못한 말을 늘어놓는 황 봉사의 말에 말문이 막힌다. 목숨이 경각에 달려 있는 자신과는 다르게 황 봉사는 꿋꿋하게 스스로를 버팅기고 있었다. 마음의 눈을 뜨지 못하고 끝이 없는 욕망에 시달리고 있는 심 봉사와는 대조적인 황 봉사이다.

작가가 소설에서 창조하는 인물은 아무런 기능을 하지 않을 수 없다. 그런 인물은 없다. 심 봉사와 동행하게 된 황

봉사는 개경까지 가는 심 봉사의 단순한 길동무가 아니라 심 봉사와는 대조되는 삶의 자세를 가진 인물이다. 서술자는 대조적인 두 인물을 통해서 심 봉사가 앞으로 살아가야 할 길을 제시해 주고 있다. 마음의 눈을 뜨는 일은 황 봉사의 입을 통해서 심 봉사에게 전하는 말이라지만 이는 모든 사람들에게 전하는 작가의 말과 다름없다. 나아가서는 끝없는 욕망에 시달리며 사는, 육신의 눈은 뜨고 있지만 마음의 눈을 뜨지 못한 우리네에게 전하는 메시지이다.

연인 윤상

심청이의 연인인 윤상이는 고전 「심청전」의 이본 어디에도 없는 인물이다. 심청이가 효녀라는 틀 안에 갇혀서 여인으로서 정체성을 깨닫지 못한다고 수용한 작가이자 독자가 창조한 인물이다. 독자들 가운데 심청이가 효녀라는 데에 이의를 제기할 사람은 없을 것이다. 심청이는 여덟 살 때에 한겨울에 붕어낚시를 가서 아버지를 위해 어죽을 끓여 대접한다. 아홉 살이 되었을 때에는 앞이 안 보이는 아버지 세수도 도와드리고, 양치질도 도와드리고 우물에 가서 설거지도 마친다. 방안에 호롱불을 켜고 나와 제 몸도 씻고 들어와 생계를 위해 낡은 천을 찾아 삯바느질도 한다. 그러나 여인으로서 사랑하는 인물이 있다는 데에 이르면 고개를 갸우뚱하게 될 것이다.

심청이는 어머니가 남긴 편지마저도 아버지가 마음 상할까 두려워 소리 없이 한 줄 한 줄 읽어 간다. 청이의 어머니인 장연댁이 남긴 편지에는 심청이의 탄생 과정과 이름을 심청(沈淸)으로 지으라는 내용을 간략하게 서술하였다. 그리고 심학규가 후천적으로 눈이 멀었다는 내용과 가난한 살림살이와 자신의 죽음에 대한 예견 같은 내용이다. 즉 독자들이 이미 사전지식으로 알고 있는 「심청전」의 일반적인 내용을 편지의 형식으로 간략하게 서술하였다.

주목할 것은 심청이의 이름을 심청이의 어머니가 지었다는 것이다. 그 이름을 뜻풀이하면 심청(沈淸)이라는 이름의 성씨인 '심(沈)'은 가라앉는다는 뜻의 '침'으로도 읽힌다. 이름자인 청(淸)은 물 맑을 '청'이니 성과 이름을 합하면 맑은 물에 가라앉는다는 뜻이다. 마치 심청이가 인당수에서 치마를 무릅쓰는 사건을 암시하는 듯하다. 이름이 앞날의 불행한 사건을 암시하는 유비적 관계에 있다. 효녀의 틀에 갇힌 심청이는 인당수에 몸을 던지기 전에 아버지를 위해 몸을 던지는 결단의 과정에 갈등을 겪는다. 그 기저에는 아버지에 대한 실망스러운 모습이 있었다.

지난 세월을 돌이켜보면 청이는 아버지를 마음 깊은 곳에서 미워하면서 살아왔는지도 모르겠다. 비록 사람들에게는 효성스러운 칭찬을 귀에 못이 박히도록 들었지만 꼭꼭 숨겨둔 진짜 자기 마음은 아버지를 너무 원망하고 부끄럽게 여겨왔던 것이다. 시도 때도 없이 머리를 쳐드는 혐오감, 불쾌감을 누그러뜨리느라 청이의 속마음은 불탄 숯처럼 시커멓게 변해버린 지 오래였다.(93쪽)

여기에 갈등을 증폭시키는 인물이 창조되었으니 그 인물이 바로 심청이의 연인 윤상이다. 물론 고전의 어느 이본에도 없는 심청이의 연인을 창조해낸 텍스트가 「연인 심청」이 처음은 아니다. 이미 황석영이 「심청」에서 이동유라는 새 인물을 창조하여 청이와 작수성례의 예를 갖춘 적이 있다.

청이와 동유는 작수성례(酌水成禮)라는 혼례 방법을 듣고는 있어서 장강의 물을 떠놓고 천지신명께 알리려는 것이었다. 두 사람은 잠시 섰다가 누가 먼저였는지도 모르게 마주 보며 천천히 엎드려 절을 했다. 그렇게 삼세 번을 하고나서 두 사람은 다시 말없이 상 앞에 마주 앉았다.(「심청」 상권 134쪽)

가진 재산이 없는 두 사람은 부모로부터 물려받은 작은 것들을 정표로 나누어 가졌다. 청이는 어머니가 청이 시집 갈 때 허리에 매달라고 만들어 주었던 노리개를 동유에게 정표로 주었다. 그리고 동유는 아버지가 생전에 쓰시던 부채의 손잡이 끈에 매달았던 장식인 손톱만한 크기의 옥돌 거북 형상을 청이에게 주었다. 지금까지 팔려 다니기만 했던 청이가 자신의 의지로 동유를 사랑했고, 동유도 팔려 다니는 생활을 하지만 청이에 대한 사랑으로 혼인을 하였다. 두 사람 모두 떠도는 생활로 한 곳, 한 사람에게 마음을 주지 못하다가 처음으로 마음을 바쳐 사랑한 인물들이다. 그러나 아쉽게도 이런 소박한 혼인마저 청이에게는 허락되지 않았다. 청이와 동유의 사랑은 재 꽃을 피우기도 전에 그들의 패물과 청이의 몸을 상품으로 생각한 무리들의 속임수에 의해 산산이 부서지고 말았다. 작가 방민호가 창조한 인물 윤상이는 「심청」의 동유와 비슷한 처지의 인물이다. 그들의 혼사에 동유처럼 장애가 없기를 바라는 마음이지만 텍스트를 끝까지 펼쳐보아야 알 수 있다.

윤상이는 장 상서댁에서 머슴살이하는 먼동이의 아들이다. 그러나 실상은 장 상서댁 큰아들이 계집종을 건드려 윤상이를 낳았다. 그는 이미 부인에게서 아들 셋을 두고 있었다. 비록 그 아들들이 공부에는 뜻이 없고 유흥에 기울어가고 있었다고 할지라도 건강하게 자라고 있었다. 장 상서댁의 큰아들은 뜻하지 않게 들어선 아이를 받아들이고 싶지 않은 데다 주변의 눈도 있어서 계집종의 남편인 먼동이의 아들인 셈 치자고 했다. 물론 좁은 동네에서 그런 임시변통이 통할 리 없는 노릇이다. 그러나 윤상이의 생부 장영준은 칠팔 년 전에 벼슬을 살기 위해 개경으로 분가해 갈 때에도 윤상이를 그 행렬에 끼워주지 않았다. 그리고 이번에 공주 목사가 되었을 때에도 역시 윤상이가 따라갈 수는 없다.

장 상서댁의 큰아들 즉 윤상이의 생부가 외면하는 데에도 불구하고 윤상이는 귀동냥으로 시작한 글공부에 집념을 보였다. 틈나는 대로 한적(漢籍)을 펴놓고 외고 푸는 일에 매달렸다.

청이가 열다섯 살이 되었을 무렵부터는 동네에서 아낙네들이 모이면 청이의 혼인을 틈틈이 이야기했다. 청이의 신랑감으로 귀덕이가 어울린다느니 그보다는 윤상이가 더 어울린다느니 소문이 무성했다. 그러나 당사자인 심청이는 귀덕이의 푸근함보다 슬픈 눈을 가진 윤상이를 사랑하게 되었다.

이상하게도 청이나 윤상이나 똑같이 이 세상에서 보람을 찾을 수 없는 젊은이들로 자랐다. 뜻을 만들기도 전에 운명이 자기들을 사로잡았다. 두 사람이 다른 점이

있다면 윤상이가 자기 운명을 바꾸려고 몸부림을 치
면서 기회를 엿보았다면 청이는 자기에게 주어진 삶
의 조건을 담담히 받아들이는 사람이 되었다는 것뿐이
다.(129쪽)

청이는 윤상이가 아비다운 아비를 갖지 못한 슬픔 때문에
물들어 있는 것을 잘 안다. 청이는 처연한 눈빛으로 윤상이
를 바라보았다. 윤상이 역시 청이를 슬픈 눈으로 바라보았
다. 아버지가 아버지로서 역할을 제대로 하지 못한다는 점
에서 서로 공통점이 있기 때문이다. 청이의 아버지 심 봉사
는 양반의 끄트머리인 데다가 과거는 번번이 떨어져 상민(常
民)이나 다름없었다. 게다가 사신의 욕망을 충족히기에 급급
한 나머지 딸을 팔아넘기면서도 오히려 대가로 받게 될 재
물에 눈길을 돌리는 탈선한 인물이다.

서로가 안고 있는 아픔에 대한 연민이 두 사람을 사랑의
늪으로 빠져들게 했다. 윤상이가 팔을 뻗어 청이의 어깨를
감싸 안으며 따뜻한 사랑의 체온을 전해오면, 청이는 윤상
이의 크고 따뜻한 몸속으로 스며들고 싶었다. 청이는 이 슬
픈 연인 윤상이를 위해서라면 그 어떤 일이라도 할 수 있을
것 같지만 한편으로는 자기에게는 평생 모시고 섬겨야 할
아버지가 있었다. 그래서 텍스트에서는 윤상이를 따를 수

없을 것 같다고 서술하고 있다.

청이가 윤상이를 사랑하면서 갈등이 시작되고, 그 갈등은 결국 청이의 마음이 윤상이가 아니라 아버지에게로 기울면서 비극을 향해 가지 않을까 예상한다. 그 근거는 이전의 「심청전」을 통한 독자들의 사전지식에 있다. 즉 "심청이는 효녀"라는 프레임에서 벗어나지 못하고 있기 때문이다. 설령 독자들의 예상이 빗나간다고 해도 우선은 그렇게 믿고 싶다. 따라서 두 사람의 사랑을 보고 있는 독자로서는 긴장감을 늦추지 못한 채 텍스트를 넘기게 된다.

청이와 윤상이의 사랑 앞에 당도한 갈등은 심 봉사가 투전판에서 돌아오다가 개울에 빠지면서 싹트게 되었다. 잘 알다시피 그 사건으로 인하여 공양미 삼백 석이 필요하고 그걸 마련하기 위해서 심청이가 인당수의 제물이 되지 않았던가. 이는 곧 두 사람의 사랑이 성공할 수 없는 절대적인 갈등의 모멘트이다. 결국 심청이와 윤상이의 사랑에 장애물은 아버지이고, 심청이가 아버지를 봉양하려는 데에는 연인 윤상이와의 사랑이 장애인 셈이다. 어떤 장애를 걷어낼 것인가. 사랑인가 아니면 아버지인가.

청이는 처음부터 끝까지 효녀 캐릭터로 변하지 않는 평면적 인물이다. 잠시 윤상이라는 인물로 인하여 갈등을 겪지만 결정적일 때에는 아버지 봉양이라는 효녀의 프레임을 벗어나지 못한다. 결국 인당수에 몸을 던지기로 하고 아버지를 위해 공양미 삼백 석을 마련한다. 연인 윤상이와 함께 있을 때에 윤상이를 위해 무엇이든 할 수 있을 만큼 윤상이를 사랑하지만 아버지를 향한 효성으로 인하여 간혹 거리감을 느낄 때가 있다는 암시적인 발화는 예상을 어긋나지 않았다. 앞을 보지 못하는 아버지를 자신이 아니면 돌볼 사람이 없기 때문이다.

　서술자는 심청이의 속마음을 알고 있다. 심청이의 효녀로서의 표면상의 캐릭터와 아버지에 대한 실망감이 가져다 준 내면적 혐오감 사이의 심각한 갈등은 「심청전」에서 볼 수 없던 상황이다. 이러한 상황의 연장선에 심청이가 아버지 사랑이냐 아니면 연인인 윤상이를 사랑하느냐의 두 갈래길에서 갈등하게 된다. 그리고 그 갈등이 「연인 심청」이라는 텍스트를 손에서 놓지 못하고 마지막 페이지까지 읽게 만드는 힘이 되었다. 하지만 청이의 마음이 아버지에게로 기울면서 윤상이의 만류와 배에서 함께 도망칠 것을 권유할 때에도 의연하게 아버지를 위해서 자신의 목숨 버리는 일을 선택하였다. 심청이는 아버지 봉양이라는 틀을 벗어나지 못하고 지속적으로 연인인 윤상이와 거리를 두게 된다.

　결국 인당수에서 치마를 무릅쓰고 인당수에 몸을 바친 청이는 용궁을 거쳐 연꽃으로 환생한다. 원전텍스트와 동일한 구성이다. 다만 윤상이가 연꽃으로 환생한 심청이를 처음 발견하는 장면이 삽입되었을 뿐이다. 청이가 궁궐로 옮겨진 연꽃잎을 헤치고 환생할 때에 윤상이는 연꽃을 처음 발견한 공로로 편전을 지키는 임무를 맡게 되었다. 심청이로서는 연인 윤상이가 가까이에 있으니 좋은 일이다. 그러나 관점을 달리 한다면 왕비가 되었으니 지아비는 당연히 왕일 터이다. 그런데 지근의 거리에 연인인 윤상이가 있으니 보이지 않는 삼각의 관계가 형성된 것이다. 즉 심 봉사와 청이 그리고 윤상이의 삼각관계가 아버지 대신에 왕이 자리했다는 점만 다를 뿐이다.

과연 이들의 미래가 어떻게 전개될 것인가. 필자는 왕과 심 봉사의 공통점을 확인하면서 예상해 본다. 청이의 아버지 심 봉사는 어미를 잃고 자신이 젖동냥을 하면서 키운 청이에게는 절대 권력을 가진 인물인 셈이다. 그렇기 때문에 청이는 윤상이를 먼저 선택하지 않고 아버지를 위해 목숨 바치는 선택을 하게 되었다. 왕과 윤상이와 청이의 관계망 속에서 왕은 국가의 절대 권력자이다. 그렇기 때문에 청이를 왕비로 맞을 수가 있었다. 물론 왕비의 자리가 비어 있었고, 희빈 정씨만이 궁궐의 내전을 지키고 있었다는 점이 전제되었지만 상민으로서 왕비가 된다는 것은 상상하기 어려운 일이다. 그럼에도 청이가 왕비가 된 것은 절대 권력을 가진 왕이 그 연꽃을 소유하고 있었기 때문이다.

반면에 연인인 윤상이는 편전지기가 되어 곁에 있다. 이 정도라면 청이가 당연히 왕을 선택하게 되리라 예상할 수 있다. 그러나 합궁 한 번 할 수 없는 노쇠한 왕이라는 점을 감안한다면 과연 왕과의 관계가 청이의 선택에 의한 사랑이라고 볼 수 있겠는가. 심청이가 왕비가 되는 일은 신분의 상승이라는 점에서 심청이에 대한 큰 보상이다. 그러나 심청이의 입장에서 본다면 심청이의 선택권은 완전히 무시된 꼴이다. 따라서 심청이의 여성성을 회복하자면 설령 법에 어긋난다고 해도 오래 사귄 세 살 위의 오빠인 윤상이와 함께 비밀스러운 사랑놀이를 할 것을 은근히 기대케 한다.

그러나 왕은 독자들의 이러한 은밀한 상상에 쐐기를 막았다. 뜻밖에 왕비를 얻은 왕은 자신에게 꽃을 바친 청년 윤상이가 편전 지킴이를 하고 있단 말에 미안한 마음을 갖는다. 그리하여 윤상이에게 글도 할 줄 알고 얼굴엔 무인의 기상이 있으니 변방에 나아가 공을 세워 보라 한다. 왕의 뜻을 좇아 변방으로 가게 된다면 표면상으로는 윤상이에게 큰 기회를 주는 것 같지만 심청이로부터는 거리를 두게 되는 것이다. 감히 왕명을 거역할 수도 없는 노릇이다. 그렇다고 연인을 두고 멀리 떠날 수도 없는 노릇이니 그야말로 어려운 선택지이다. 정을 끊으면 새로운 삶을 살아갈 수 있을 것이요, 정에 얽매인다면 자칫 목숨이 위태로울 수도 있다.

어려운 선택지를 받은 것은 심청이도 마찬가지다. 윤상이에게 모든 것을 버리더라도 연인으로 살자거나 아니면 자기를 잊고 변방에 나가 공을 세워서 신분 상승의 기회를 잡으라거나 둘 중의 하나를 선택해야 한다. 물론 이러한 선택지는 청이에게 주어진 것이요 윤상이와의 관계 속에서 윤상이가 어떤 선택을 할 것인지 알 수가 없다.

> 젊음은 고요히 안정을 취하기 어려운 때다. 사랑이 몸에 깃들면 젊은 혼은 육신을 떠나 한밤중에도 구만 리를 날아가 사랑하는 사람이 계신 곳에 비를 뿌린다. 하물며 곤성전의 전각문을 열어젖히고 나가면 바로 거기에 윤상이 오라버니가 계시다. 이승에 인연 없는 사랑이라 하여 끊고 또 끊으려 한 정이 이토록 끈질기게 살아있을 줄이야.(305쪽)

독자들이 떨리는 손으로 텍스트를 던져버리기 직전에 두 사람의 거리를 좁히는 사건이 일어난다. 윤상이가 감히 왕비의 침전을 찾아들어갔다. 독자들은 놓으려던 텍스트를 다시 집어들고 서둘러 책장을 넘긴다. 물론 삼면이 상궁과 궁녀들로 둘러싸인 침전임을 감안하면 두 사람이 말을 할 수는 없다. 그저 눈으로 말할 뿐이다.

　이런 순간은 사람에게 말하는 능력이 차라리 없어야 한
다. 말은 오히려 사랑의 짐이다. 어떤 사랑도 그것이 말
이 되어 흘러나오는 순간, 그 충만한 의미의 유동을 잃
어버리게 된다. 말이 된 사랑은 빵처럼 굳어진다. 공기에
노출된 사랑은 쇠처럼 산화되고 부식된다. 마음 속에 그
대로 고여 있는 사랑만이 살아서 흐르는 진짜 사랑이다.
한동안 돌처럼 굳어 있던 윤상이가 손을 내밀어 심청의
얼굴을 어루만진다. 심청의 두 뺨에 흐르는 눈물을 씻어
낸다. 심청은 그 두 손을 가만히 잡는다.
　윤상이가 심청의 몸을 조심스레 끌어올려 품에 안는다.
심청은 아무 몸짓도 하지 못하고 윤상이의 품에 그대로
안긴다. 뜨겁게 숨이 차오르건만 두 사람은 숨소리를 함
부로 낼 수도 없다. 삼면이 거인들의 외눈으로 둘러싸인
이 동굴에서 살아남으려면 그들의 잠을 깨우지 말아야
한다.(307쪽)

　잘못하면 윤상이는 역모죄로 몰려 죽음을 면할 수 없을
터이다. 그러나 잠을 깨우지 말아야 한다는 말이 불안하다.
오히려 누군가의 잠을 깨워 윤상이나 심청이가 큰 화를 당

할 수도 있겠다는 암시처럼 들리기 때문이다. 윤상이가 가고 동시에 살며시 문을 열고 나가는 소리를 듣는다. 불안감이 고조된다. 소리의 주인공은 정 희빈의 나인 요화이다. 어려서 궁궐에 들어와 희빈 정씨에 기대어 조금이라도 높이 오르려는 뜻을 품 희빈 정씨의 사람이었다. 혹여라도 정 희빈에게 오라버니의 존재가 알려진다면, 궁궐에 한바탕 피바람이 불어야 한다.

그럼에도 불구하고 청이는 더 나아가 가까이에 있지만 가깝지 않은 연인 윤상이에 대한 그리움으로 연서를 쓴다. 당연히 물적증거가 되어 큰 화를 부를 수도 있을 터이나 그것을 헤아리기에는 청이의 가슴이 너무 뜨겁다.

제가 한 나라의 왕비라니요? 주상께서도 저를 지극히
아껴주시고, 상궁과 궁녀들의 떠받듦을 받고 있어요.
하지만 어쩌다 저는 이렇듯 외롭게만 살도록 만들어졌
을까요?
보고 싶어요.
왜 소식이 없으신가요?
곤성전 깊은 침전에서 밤마다 오라버닐 생각해요. 긴 슬
픔의 밤들이에요.
아아, 아니에요.

이 모든 게 끔찍한 생각이겠지요.

부질없는 미련이겠지요.

하지만 오라버니께 사랑한다는 한 말씀만은 전해드리고
싶어요. 우리가 어떻게 살아가더라도 오라버니께서 저
를 사랑해주신 것을 잊지 않겠어요.

부디 몸 평안히. 이제는 정말 행복하게 사세요. 늘 오라
버니를 생각하며 살겠어요.

주상께서 변방에 가서서 공을 세우라 하셨지요. 오라버
니께 다시 없을 기회예요. 사람이 세상에 와 자기 뜻을
펴는 보람은 꼭 있어야 해요. 제가 아버지를 그토록 안
쓰럽게 생각하는 것도, 무엇이든 이루고자 하는 일을 이
투시 못하시고, 길가의 돌멩이처럼 살아가시기 때문이
에요.

오라버니.

새로운 길에서 사람을 찾으세요. 이 청이가 오라버닐 돕
겠어요.(331~332쪽)

　청이는 윤상이를 사랑하지만 잊어야 한다. 그리고 전장
(戰場)에 나아가 신분의 상승을 이루어라 자신도 돕겠다는 내
용이다. 안타까운 노릇이지만 결국 청이는 윤상이와의 사랑
을 버린 꼴이고 이 편지를 받은 심청이의 연인 윤상이는 갈

등을 겪지 않을 수 없다. 변방에 나가 출세하고 싶지만 청이는 자신을 사랑한다고 말하고 있다. 반면에 사랑하고 싶지만 청이는 윤상이의 목숨을 보지(保持)하기 위하여 자신을 잊으라 하지 않는가. 심청이에 대한 사랑은 결코 외사랑이 아님을 알건만 변방에 나가 공을 세우라는 대목에서는 눈물이 저절로 흘러내렸다. 윤상이의 선택을 어렵게 하는 연서이다. 왕과 심 봉사로 상징되는 충효라는 절대적인 가치 때문에 심청이를 포기하고 물러나야 하는 윤상이의 가슴이 얼마나 아플 것인가.

생각하면 기가 막힐 노릇이다. 황주 도화동에서는 춥고 배고픈 것이 자기로 하여금 윤상이와 헤어지도록 했다. 오늘은 왕비의 화려한 옷이 오라버니와 자기를 갈라놓고 있다. 결국 자기는 이 세상에서는 사랑을 이룰 수 없는 운명을 타고났는지도 모른다고 생각한다. 아비 때문이라 했지만 어쩌면 핑계에 지나지 않았던 게 아닌가. 자기는 사랑을 위해서는 제 모든 것을 던지지 못하는 사람인 게 아닌가. 그랬다. 어쩌면 자기는 아비를 위한다는 명목으로 사랑을 버렸는지도 모른다.(312쪽)

두 번이나 청이는 윤상이를 오롯이 받아들이지 못하고 결국 버리고 만다. 윤상이로서는 참으로 가슴 아픈 일이다.

　그러나 더욱 불행한 일은 윤상이가 연서의 일로 정 희빈에게 붙들려 국문을 당하는 것이다. 윤상이가 죽을 각오로 견디고 있지만 심청이는 윤상이를 어떻게 구할까 생각하는 동시에 맹인 잔치에서 아버지를 만날 수 있기를 간절히 바란다. 내일이면 맹인 잔치가 끝나고, 윤상이 오라버니의 행방도 저절로 드러날 것이다. 참으로 감당할 수 없는 일이다. 가녀린 심청의 가슴에 심 봉사와 윤상이라는 두 사내의 존재가 압박을 가해 온다. 이럴 때에는 왕비라는 존귀한 위치도 소용이 없고 의지 역시 무력하다.

　드디어 오지 않기를 바랐던 그 내일이 오고야 말았다. 윤상이를 구하려면 왕의 힘을 빌려야 하건만 합궁하지 않았다고는 해도 지아비인 왕에게 어찌 윤상이의 일을 말할 수 있단 말인가. 더구나 몸이 불편하여 맹인 잔치에도 참석하지 못하는데. 그렇다고 해도 자신의 글발로 인해 정 희빈에게 붙잡혀갔을 윤상 오라버니를 생각하니 답답하기 그지없다. 고민하는 사이에 심청이는 잔치에서 몹시 변해버린 아버지를 찾게 된다. 다만 심청전에서는 심 봉사가 청이와 만나면서 개안하지만 「연인 심청」에서는 개안하지 못하고 지치고 병든 몸이 쓰러지고 만다. 왕비의 분부로 환관 몇몇이 심 봉사를 업어 편전에 가까운 회경전 옆 임천각에 심 봉사를 눕히고 전의를 부른다. 그러나 심 봉사는 이미 생사의 기로에 서 있어서 전의가 정수리에 긴 침을 찔러 넣는다. 그러나 전의가 하는 말은 죽음으로 가는 길을 잠시 잡아두긴 했으나 살아있는 사람이라 보기 어렵다는 것이다. 심청은 다만 하루라도 목숨을 잇게 해달라고 전의에게 애원을 한다. 동시에 신비가 달려와 궁지기 윤상이 만령전 뒤뜰에 내려져 정 희빈이 직접 문초한다고 전해왔다. 심청이는 갈피를 잡지 못한다. 윤상이 오라버니를 살리려면 당장 만령전으로 달려가 희빈과 담판을 벌이든지 아니면 중광전으로 가 편찮으신 왕께 자초지종을 아뢰어야 한다. 심 봉사와 윤상이라는 두 사내의 목숨이 경각에 달려 있는 모양새이다. 순간 심청이는 아버지를 먼저 살리고 이후에 오라버니를 구하리라 생각한다.

심청이가 옥황상제께 빌고 빌어서 아버지의 목숨을 이어가고 있었다. 그러나 윤상이는 우물에 던진 글발이 왕비의 글발이라는 자백을 받아내기 위하여 탈법적인 문초를 계속하고 있다. 그러나 정신이 혼미한 중에도 윤상이는 자백하면 둘 다 죽는 것이요, 자백하지 않으면 하나가 죽을 뿐이라고 이를 악물었다. 윤상이가 죽음을 향해 치닫는 고통을 겪는 동안에 심청은 제단 앞에 나아가 수없이 절을 올린다.

하늘이시여. 상제마마시여. 소녀, 이제 아비의 목숨만을 애걸하나이다. 배고프고 추운 나날이었나이다. 헐벗고 굶주린 육신의 고통에서 하루도 벗어나 보지 못한 불쌍한 사내이옵니다. 물질이 마음을 짓눌러 마음껏 숨도 쉬어보지 못한 못난 사내이옵니다. 이 사내에게 단 한 번만이라도, 마음의 눈이 떠질 수 있는 나날을 주소서.(362~363쪽)

위기의 순간에 심청이의 마음은 오로지 아버지를 향한다. 그러나 아버지를 위해 자신이 얻으려는 것이 마음의 눈을 뜨는 것임을 알게 되었다. 심청이 간절하게 빌었던 것은 자신의 불완전함을 알고 설핍을 채워줄 질대직인 존재였던 것이다. 그러한 바람은 이룰 수 없는 일들을 이루기도 하는데 그 원천에는 믿음이 내적 신념이 되어 문제 해결의 원동력이 되기도 했다.

그런 까닭인지 심 봉사를 돌보고 있던 전의는 병인에게서 변화를 감지했다. 그것은 죽어가는 자, 이미 죽은 자의 것이 아니라 살아나는 자, 살려 하는 자의 얼굴이다. 이러한 긍정적인 변화의 반면에서는 정 희빈이 궁지기인 윤상 오라버니에게 인두를 써서 문책한다는 전갈이 왔다. 이 말을 들은 청이는 의식을 잃었고, 잠시 후에 임천각에서 의식을 회복했다. 이에 국구(國舅)가 된 심 봉사는 왕비께서 의식이 돌아옴을 보시고 기뻐했다. 의식을 잃고 죽음의 강을 건너던 심 봉사는 무슨 까닭인지 이승으로 되돌려졌다. 눈이 떠지자마자 심 봉사는 주위를 돌아보았다. "돌아가라. 가서 네가 해야 할 일을 하고 돌아오라."라고 말한 것 같다. 어쩌면 그것은 심 봉사의 마음 깊은 곳에서 솟아난 스스로의 말이었는지도 모른다.

> 참으로 놀랍고 또 놀라운 일이다. 두 눈 앞이 캄캄해진 후로 단 한 순간도 새로 눈뜨기를 바라지 않은 적이 없다. 하지만 빛은 자기에게 돌아오지 않았다. 딸을 팔아서라도 눈을 뜨고자 했고, 떠서는 아무리 늦더라도 과거를 보아 조정에 나가 이름을 떨치려 했다. 모든 꿈이 덧없이 스러졌다. 한갓 색주가 계집년들에게 그 많은 재물을 다 뺏기고 더는 살지 말자고, 더는 살 수 없으리라고 단념해 버린 마당이다. 그런데 죽은 줄만 알았던 청이를 만나고 새로운 빛까지 되찾은 것이다.(367~368쪽)

욕망의 끝까지 내려가 절망을 맛본 후에야 눈을 뜨게 된 것이다. 텍스트는 육신의 눈을 떴다고 말하지만 앞뒤의 서술들을 본다면 마음의 눈을 뜬 것이라는 생각을 지울 수 없다. 그 까닭은 심청이를 바라보는 아버지의 눈빛에서 심청이는 옛날의 그 눈빛이 아니라 고요하고도 깊어졌다고 느꼈다. 눈을 뜨면서 마음까지 달라진 느낌을 준다고 했다. 절망의 끝까지 내려가면 다시 희망의 오르막이 보이듯이 눈을 뜨고자 하는 욕망과 명성을 떨치고 싶은 욕망. 거기에다 색주가에서 계집들과 어울리며 육체적인 쾌락에 빠져 성병을 얻기까지 했으니 욕망으로 인하여 삶의 바닥까지 내려간 셈이다. 그 바닥에서 죽은 줄만 알았던 딸 심청이를 만나서 비로소 마음의 눈을 뜬 것이다. 심청이가 상제께 빌면서 아버지가 마음의 눈뜨기를 간절히 바랐던 바이기도 하다. 그리고 작가가 독자들에게 전하는 메시지이기도 하다.

연인 심청

  심청이의 연인 윤상이는 독자들이 알고 있듯이 장 상서댁의 큰아들과 머슴인 먼동의 아내 사이에서 태어났다. 생부인 장영준에게는 본처와의 사이에서 세 아들이 있었기에 뜻하지 않게 생긴 윤상이를 아들로 인정하고 싶지 않았다. 게다가 남들의 눈도 있어서 윤상이의 의지와는 상관없이 먼동의 아들이 되었다. 그뿐만 아니라 이후에도 윤상이를 자식으로 인정하지 않아서 개경과 공주에서 관직에 있을 때에도 윤상이를 함께 데려가지도 않았다.

> 믿음직하게 잘생긴 윤상이건만 가슴속에는 늘 비감한
> 빛이 떠나지 않는다. 작년에 멀리 공주목으로 벼슬을 살
> 러 간 윤상이의 생부인 장상서댁 큰아들은 끝내 윤상이
> 를 외면하고 말았다. 아버지를 보고도 아버지라고 못하
> 는 슬픔이 큰 가슴 밑바닥에 흘러 윤상이의 눈에는 어딘
> 지 모르게 우울이 깃들었다. 청이는 귀덕이의 푸근함보
> 다 윤상이의 위태로움 쪽으로 마음이 기울었다.(34쪽)

윤상이는 이렇듯이 어려운 환경에도 불구하고 사내답게 의지가 있고 글도 할 줄 아는 인물이다. 게다가 씨름이며 제기며 못 하는 놀이가 없어 동네 처녀들 눈길이 죄다 윤상이 쪽으로 모인다. 그러나 윤상이는 자신의 처지와 비슷한 심 청이를 사랑하고 있다.

청이의 아버지 심 봉사는 타고난 천성으로 야망이 컸다. 그래서 과거 급제의 목표를 설정하고 꾸준히 공부하지만 번 번이 낙방하여 상민이나 다름없게 되었다. 그만큼 뜻을 이 루지 못하는 절망이 커서 오히려 나날이 타락해가는 위태로 운 이였다. 청이는 마음이 병든 아버지가 비록 앞은 못 볼

지언정 깨끗한 선비이길 바랐다. 그럼에도 불구하고 탈선한 심 봉사는 나아가 재물에 대한 욕망을 키우고 주색에 빠져 아버지로서의 역할을 제대로 하지 못한다.

> 너나 나나 아버지답지 못한 아버지 때문에 고생이구나. 아버지는 하늘과 다름없는 분이지. 그런데 우리의 그 하늘엔 먹구름이 껴있어. 이 하늘을 걷어내지 않고는 사람답게, 보람있게 살 수 없을 거야.(42쪽)

라며 윤상이는 청이를 슬픈 눈으로 바라보았다. 윤상이가 팔을 뻗어 청이를 감싸안았다. 그러나 청이는 아버지를 생각하여 윤상이를 보내고 집으로 돌아왔다. 답청놀이 가는 꿈에서 건장한 사내 윤상이와 들밭을 걸어 냇물로 가는 중에 둑길은 좁아지면서 산기슭에 가까워졌다. 냇물도 자꾸 좁아져 개울물처럼 얕아졌다. 봄빛이 사그라들고 어둡고 쓸쓸한 빛을 띠게 되었다. 그런데 지금까지 윤상이라고 생각했던 윤상이는 어디로 가고 겁에 질린 청이의 얼굴 앞에 늙은 사내가 얼굴을 바싹 들이댄다. 그는 아버지 심 봉사였다. 꿈은 다양하게 해석되지만 윤상이를 사랑할 것인지 아니면 아버지를 위해 윤상이를 포기해야 하는 것인지의 갈등으로 이해한다.

그러나 이것은 청이의 관점이고 윤상이의 관점에서 본다면 늘 자신의 앞자리에 놓이는 청이의 아버지와 청이를 사이에 두고 경쟁 관계에 돌입하지 않을 수 없다. 하물며 청이가 아버지의 눈을 뜨게 하려고 공양미 삼백 석에 팔려 인당수에 몸을 던진다고 할 때에는 강력하게 반발하지 않을 수 없다. 그러나 청이의 확신에 찬 말을 듣고는 좌절을 맛보게 된다. 윤상이는 청이가 타고 인당수로 향하게 될 배의 뱃사람이 되어서 도망할 계획을 세운다. 물론 청이에게는 말하지 않은 계획이었다. 하지만 윤상이와 달리 청이는 공양미 삼백 석을 받은 몸이니 약속을 지켜야 한다고 믿고 있다. 윤상이의 두 번째 좌절인 셈이다. 사랑하지만 지아비로 온전하게 사랑할 수 없다는 청이를 대하는 윤상이의 실망감은 끝판까지 갔다. 청이가 자기에게 무엇이라도 해줄 것 같았지만 청이는 늘 그 자리에, 자기에게서 저만큼 떨어진 자리에 있었다. 그 절정에 청이가 인당수의 인제수가 되는 일이 있다.

　　저는 이제 가려 하오. 오라버니 너무 슬퍼 마세요. 그리고 뱃님네들 부디 먼 곳까지 무사히 건너가세요. 이 한 목숨 바쳐 아비의 눈먼 생애를 건져올리고 뱃님들의 생명까지 구할 수 있다면 비록 짧은 생애였으나 제가 이

세상에 온 것도 귀한 뜻이 있겠지요.(139쪽)

라며 청이가 인당수의 인제수가 되어 몸을 던진다. 윤상이가 청이를 사랑하는 모든 일은 청이의 죽음으로 끝이 났다. 그뿐만 아니라 그 광경을 지켜보던 모든 이들의 슬픔이 커서 작가는 옛 문헌을 인용하였다.

향화는 풍랑을 좇고 명월은 해문에 잠겼도다. 영좌도 울고 사공도 울고, 접근 화장이 모두 운다. 장사도 좋거니와 우리가 연년이 사람을 사다 이 물에 넣고 가니 우리 후사가 잘 되겠느냐. 영좌도 울고 집좌도 울음을 내며 녕년부텀 이 장사를 그민두지.(141쪽)

윤상이는 청이가 붉은 치맛자락을 무릅쓰고 인당수에 뛰어든 날부터 사흘 밤낮동안 식음을 전폐했다. 살아도 그만이고 죽어도 그만이었다. 소년 시절부터 그토록 소중히 아껴 사랑의 꽃을 피우리라던 청이를 사나운 바다에 장사지냈기 때문이다.

그럼에도 불구하고 윤상이는 송나라의 수도인 건강부(남경)에 도착했다. 뱃사람들은 윤상이를 데리고 다니며 장사일과 술을 가르쳐 주었고, 밤이면 유곽으로 끌고 다니며 여자도 붙여 주었다. 그러나 윤상이는 과거를 지우지 못해서 술에 취할수록 청이의 자태가 떠올랐다. 유곽의 여자들이라고 아름다움이 없고 순수함이 없을까마는 윤상이에게 지저분하고 더럽게 보였다.

어느덧 일 년이 지나 윤상이는 어엿한 뱃사람이 되어 고려로 돌아가게 되었다. 그리고 배는 인당수에 다다랐다. 영좌는 청이가 인당수에 몸을 던진 것이 꼭 일 년이니 청이의 넋을 위로하는 제를 준비한다. 윤상이가 바다로 눈을 돌렸을 때에 바다에 있을 수 없는 커다란 연꽃을 보았다. 꽃송이가 입을 꼭 다물고 있었다. 연꽃은 생명을 창조하는 여성의 신비스러운 능력을 머금고 있는 꽃으로 여겨왔다.

연하디 연한 꽃잎은 밧줄과 새끼줄과 멍석의 거침을 능히 견뎌내고 뱃전으로 올라왔다. 모두들 상서로운 꽃이라 했다. 그리고 세상에 온 뜻을 나라님이 아실 터라며 몽금포로 가려던 뱃길을 돌렸다. 뱃사람들은 모두 그 연꽃이 청이의 넋이라고 했다.

바다에서 연꽃이 필 수 없으려니와 그 연꽃은 보통의 연꽃이 아니라 매우 큰 연꽃이었다. 이상하게 여긴 영좌 최도술은 연꽃을 왕에게 바쳤다. 왕께서는 그 연꽃을 중광전 침전으로 옮겨 놓았고, 새 왕비 되실 분이 꼭 닫혀 있던 그 꽃봉오리 속에서 나왔다는 것이다. 꽃을 침전에 옮겨 놓으신지 꼭 하루 만의 일이었다.

> 어젯밤은 잠이 어찌나 달디 단지 왕비를 잃고 그렇게 편
> 안한 잠은 처음이었다. 혼자 잠들어 있는데도 아무 외로
> 움이 없고, 어디선가 부드럽고 깨끗한 바람이 산들산들
> 불어 여름밤을 신선하게 보낼 수 있도록 하더구나. 돌이
> 켜보니 내 지난 밤이 그렇게 편안하던 것이 다 이 소저
> 때문이다. 이 소저가 세상 사람이면 어떻고 저 세상 사
> 람이면 어떻겠느냐. 육신이 어엿하면 어떻고 혼백뿐이
> 라면 또 어떻겠느냐. 과인이 이미 세상을 살 만큼 살아
> 이승과 저승을 넘나들고 있는 것을, 내 무엇을 꺼려 하
> 늘이 보내준 이 여인을 물리치겠느냐.(279쪽)

왕은 꽃 속에서 깨어난 그 여인을 만령전에 모시라 분부
하였다. 만령전은 희빈들의 거처인데 왕비와 희빈들이 모두
세상을 뜨고 희빈 정씨가 독차지하다시피 사용하고 있었다.
청이는 임금을 알현하고 자신은 서해도 황주 땅 가난하기
짝이 없는 눈먼 선비의 딸로 어찌 한 나라의 국모가 될 수
있느냐면서 간곡하게 여쭐 생각이었다. 그러나 임금은 서신
을 내려 청이를 왕비로 삼겠다는 의지를 밝혔다.

과인은 낭자가 꽃 속에서 나오신 뜻을 생각해보았소. 모든 신이한 일에는 뜻이 있고, 그것이 바로 운명이라는 것이오. 낭자가 어디에서 오셨든, 신분이 어떠하고 가문이 어떠하든, 그것을 과인의 마음을 좌우할 수 없으리다. 과인은 이 고려국의 왕이니 과인의 의지를 시험하지 마오. 그대를 왕비로 맞아 꽃과 같이 사랑하여 곁에 두고자 하오. 궁인들에게 아무 말씀도 사사로이 하시지 마오. 그대는 곧 왕비가 되시리다.(286~287쪽)

왕이 선정을 베푸는 고려국에 국모가 안 계시니 백성이 걱정하였다. 그러한 가운데 왕이 꽃 속에서 나온 여인을 왕비로 삼겠다는 의지가 확고하고 강력하게 추진하여 책봉문을 내려 심청이를 왕비로 삼았다. 정 희빈과 궁녀들은 네 번 절하여 예를 갖추었고, 궁인들이 청이의 자태를 부채로 가리어 왕비의 위엄을 갖추시도록 했다. 이어서 왕께서 청이가 머물고 있던 만령전에 몸수 납시어 왕비를 곤성전으로 맞아들이셨다. 국혼의 마지막 절차는 동뢰인데 즉 왕과 왕비께서 동침에 드시는 것이었다. 이미 심청전의 독자들은 심청이가 연꽃을 타고 환생하여 왕으로부터 귀염을 받아서 왕비가 되는 줄 알고 있다. 이러한 독자들의 사전지식을 「연인 심청」에서는 배반하지 않는다.

윤상이는 연꽃을 발견한 공로를 인정받아 그 공으로 편전을 지키는 역할을 하게 된다. 왕비가 된 심청이를 가까이에서 보게 된 것이다. 왕은 여기에서 더 나아가 한명화의 간청에 따라서 윤상이가 변방에 나가 공을 세울 기회를 주었다. 그러나 이는 왕비인 심청이의 곁을 떠나야 하는 일이다. 한명화의 내심은 알 수 없다. 그러나 분명한 것은 변방으로 가게 된다면 표면상으로는 윤상이에게 기회를 주는 것이지만 심청이로부터는 거리를 두게 되는 것이다. 어쩌면 지략가인 한명화는 모든 것을 알고 있었을 수도 있다. '윤상이는 자기 앞에 놓인 두 갈래 길 가운데 어느 한 쪽을 선택해야만 한다. 정을 끊으면 새로운 삶을 살아갈 수 있을 것이요, 정에 얽매인다면 자칫 목숨이 위태로울 수도 있다.' 감히 왕녕을 거역할 수도 없는 노릇이고 그렇다고 연인을 두고 멀리 떠날 수도 없는 노릇이니 그야말로 진퇴양난이 아닐 수 없다. 이러한 윤상이의 입장을 두고 운명이라고 했다. '이룰 수 없음, 자기보다 크고 높은 것이 있어 자기를 마음대로 굴려나가는 큰 힘'인 운명이라고 했다.

독자들이 떨리는 손으로 텍스트를 던져버리기 직전에 두 사람의 거리를 좁히는 사건이 일어난다. 윤상이가 감히 왕비의 침전을 찾아들어갔다. 독자들은 놓으려던 텍스트를 다시 집어들고 서둘러 책장을 넘긴다.

한동안 돌처럼 굳어 있던 윤상이가 손을 내밀어 심청의 얼굴을 어루만진다. 심청의 두 뺨에 흐르는 눈물을 씻어 낸다. 심청은 그 두 손을 가만히 잡는다.

윤상이가 심청의 몸을 조심스레 끌어올려 품에 안는다. 심청은 아무 몸짓도 하지 못하고 윤상이의 품에 그대로 안긴다.(307쪽)

궁궐에 피바람을 가져오는 어마어마한 일이다. 그리고 이러한 독자들의 가슴을 졸이는 일이 왕비 심청에게 모든 권력을 빼앗겼다고 생각하는 정 희빈의 귀에 들어간다. 윤상이는 그를 체포하러 온 세 사나이에게 붙잡혀 정 희빈이 있는 곤령전으로 끌려가고 말았다. 그리고 윤상이는 국법에도 없는 국문을 당하고 있었다.

국문을 당하는 윤상이는 붉게 달궈지는 화롯불 속 인두를 쳐다보며 과연 자기는 죽으려 하는 것인가 스스로에게 묻는다. 돌이켜보면 한 번도 자기에게 흡족한 사랑을 바치지 않은 여인이 심청이 아니었던가. 그럼에도 불구하고 윤상이는 지금 그 여인을 위해서 자신의 목숨을 바쳐 심청을 구하고 있다.

다른 길이 있었다면, 심청이 아비를 짊어지지 않고 자기가 아비에게 짓눌리지 않았다면, 같이 멀리 떠나서라도 사랑하며 살 수 있었을 것이다. 하지만 이승의 인연들은 질기디 질긴 거미줄 같다. 햇살 아래 모습을 감춰 사라져버린 듯하다가도 삶을 바꿔 새롭게 살려 하면 동여매 놓은 밧줄같이 움쩍도 하지 않는다. 그게 바로 이 세상의 이치요, 법리요, 도덕이라는 것이다. 떨쳐버리고 자유롭게 되고자 해도 찰거머리처럼 붙어 떨어지지 않는다.(376쪽)

　　서술자의 서술은 이루지 못한 사랑과 혼사 장애에 대해 말하고 있다. 로맨스의 경우에는 대개 혼사 장애가 신분의 차이가 주를 이루지만 「연인 심청」에서는 아버지를 보셔야 하는 심청이의 효성과 불륜으로 자기를 낳고는 머슴의 아이로 둔갑시켜버린 자기 아비로 인해 혼사가 이루어지지 않았다고 보고 있다. 그렇다고 죽음을 마주하고 있는 윤상이가 세상을 원망하거나 심청이를 원망하지는 않는다. 오히려 죽음으로써 살고자 했던 것이다.

　　돌아올 수만 있다면, 내 다시 돌아올 것이오. 이렇듯 반상이 다르고 귀천이 다른 세상 말고, 사람사람이 하나같이 귀한 세상에 말이오. 희빈이 나를 죽이는 게 아니라

내가 이 세상을 버리는 줄만 아시오. 내가 죽어 희빈은 죄인이 되고, 왕비마마께옵서는 살아 이 나라를 사랑으로 이끄실 게요.(377쪽)

돌아올 수만 있다면 윤상이는 한 많은 세상을 지금까지와는 다르게 살 것이라고 믿는다. 만약에 돌아오지 않을 수 있다면 다시 돌아오지 않는 편이 좋다. 젊고 피가 뜨거운 그가 바라던 세상, 차별이 없는 세상, 귀천과 반상과 왕후장상의 씨가 따로 없는 세상에 한 번은 다시 태어나 이승에서 맛본 절망을 보상받을 수 있어야 한다고 믿는다. 그러한 세상을 꿈꾸는 것은 불가능하지 않다. 꽃이 져도 꽃나무는 죽지 않고 영원한 생명을 이어가듯 내가 죽는다고 해도 이 세상의 삶은 지속될 것이다. 윤상이가 그렇게 국문을 당하고 죽는다고 해도 연인 심청이를 향한 윤상이의 마음은 사라지지 않고 우주의 한 공간에 아주 작은 모습으로 남게 될 것이다.

문학텍스트의 독자들은 자기들 나름의 사전지식을 갖고 독서과정에 참여하게 마련이다. 그리고 그 사전지식을 확대·축소하든지 아니면 다양하게 변개시켜서 자신만의 기대지평을 갖게 된다. 「심청전」의 독자들도 마찬가지여서 자신들이 갖고 있는 사전지식을 통해서 새롭게 쓰여진 「심청전」에 대해 기대지평을 갖는다. 물론 새롭게 쓴 작가도 텍스트를 쓰기 전에는 독자에 지나지 않기 때문에 자신만의 성향으로 「심청전」을 받아들이게 마련이다. 따라서 새롭게 쓴 「연인 심청」은 방민호라는 작가의 수용자적인 성향이 반영된 텍스트이다. 그러므로 「연인 심청」의 독자들 역시 자신들이 갖고 있는 선지식과 기대지평을 바탕으로 「연인 심청」을 읽게 마련이다. 그런데 방민호라는 작가와 「연인 심청」을 읽는 독자 사이에는 수용하는 성향이 다르기 때문에 작품에 대한 기대가 어긋나기 마련이다. 이렇듯이 기대와 그 기대의 충족 여부가 「연인 심청」의 역동적인 독서과정이 되는 것이다.

「연인 심청」은 크게는 변하지 않는 상수가 있고 가변적인 변수가 있다. 즉 심청이의 탄생−성장−인당수의 제물−연꽃으로 환생−왕비가 되는 과정이 상수이다. 반면에 심 봉사가 양반의 끄트머리로서 보이는 타락한 모습과 심청이의 연인인 윤상이라는 인물을 창조해낸 점 등은 변수이다. 따라서 기대에 부합하는 상수는 그대로 두고 어긋나는 변수를 통해서 작가의 수용 성향을 확인할 수 가 있다. 이러한 작업은 곧 심청전의 전통을 이어가는 방식에 대한 문제 제기라는 점에서 그 가치를 평가할 수가 있다. 거기에 「연인 심청」의 독자로서 수용 성향에 따른 생각들을 덧붙여보기로 한다.

그러나 이러한 긍정적인 평가에 반해 연꽃으로 환생한 심청이를 대하는 왕의 자세는 아쉬운 부분이다. 즉 인당수에서 치마를 무릅쓴 심청이와 인당수에서 연꽃으로 환생한 심청이를 발견한 윤상이의 사랑을 생각해보자. 심청이는 아버지를 위해서 인당수에 몸을 던지면서 윤상이를 떠나게 되었다. 그러나 연꽃으로 환생하였을 때에는 그러한 혼사의 장애가 없다. 그럼에도 두 사람의 사랑이 결실을 맺지 못하는 것은 결국 왕이라는 절대 권력을 가진 사람의 개입 때문이다. 만약에 왕이 개입하지 않았더라면 심청이가 왕비가 될 수 없겠지만 두 사람의 사랑은 완성될 수 있었을 것이다.

나아가 왕이 두 사람의 관계를 알았더라면 그 둘을 위해 축가를 불러주어야 하지 않을까. 그랬더라면 심 봉사는 심청이의 환생을 알고 눈을 떴을 것이고, 두 사람의 사랑은 비록 힘겹더라도 완성되어 혼인하게 되었을 것이다. 즉 효와 사랑을 모두 얻게 되는 셈이니 심청전이 안고 있던 문제 즉 심청이가 효라는 프레임에 갇혀 여성으로서의 삶을 살지 못했다는 문제를 넘어설 수 있게 될 것이다. 그러나 이러한 모든 것은 「연인 심청」의 독자로서 필자가 수용한 성향일 뿐이다. 물론 필자 이외의 또 다른 독자들은 나와 다른 관점으로 받아들일 수 있다. 심청전 독자들이 독서과정에서 보여주는 스펙트럼과 같은 수용양상은 곧 심청전의 전통을 형성하는 씨줄과 날줄이 될 것이다.

현대판 심청전

개관(槪觀)

「모던 심청」[12]은 1935년에 제작되어 유성기로 듣던 연극 대본이다. 김선초, 김성운, 이리안이 출연해서 심청이와 심봉사 그리고 뺑덕 어미의 역할을 맡았다. 분량은 아주 짧아서 6분 27초 동안이고 세 남녀가 세태를 풍자하며 주고받는 대화식의 촌극(寸劇)이다. 본격적인 근대극으로 볼 수 없어서 연구나 비평에서 제외하기도 했다.[13] 그러나 본고에서는

---

12 「모던 심청」,『유성기로 듣던 연극 모음』CD2, 신나라, 1937.
    김동현·최민수,『일제강점기 유성기 음반 속의 대중희곡』, 태학사, 1997, 363~367쪽. *1934~1938 공연.
13 권순긍,「심청전」의 연극적 변개와 그 시대적 의미,『泮橋語文硏究』제50 집, 212쪽, 2018.

만극(漫劇)이라도 「심청전」을 재생산한 작품은 대상으로 하여 정리하는 데 목적이 있다. 더불어 당대의 독자들은 어떤 방식으로 수용했는지 살펴보기로 한다.

「모던 심청」은 심 봉사가 일하고 돌아오는 심청이를 맞이하는 데서 시작하여 심청이와 심 봉사가 이별하는 장면으로 끝이 난다. 지금은 유성기로 들을 수 없어서 제작된 CD를 통해서 듣고 대본을 읽는 방식으로 독서과정을 편성했다. 독자들의 이해를 돕기 위해서 스토리를 요약한다.

가. 심청이의 생활

1) 노래 삽입; 심청이의 생활과 효성

2) 심청이는 고무공장 여직공으로 일한다.

3) 눈먼 아버지를 정성껏 모신다.

나. 심 봉사의 위기

1) 심청이 마중을 나갔다가 광교천변에서 자전거 소리에 놀라 떨어져 다친다.

2) 병원에 갔다가 치료비 삼백 원이면 눈을 뜰 수 있다는 소문을 듣는다.

3) 심 봉사는 맹아학교에서 한문을 가르친다.

4) 노래 삽입; 심 봉사는 맹아학교 선생님 공양미 삼백 석이 무효함

5) 심 봉사가 치료비 삼백 원 때문에 고민에 빠진다.

다. 심청이의 희생

1) 심청이가 삼백 원을 받고 댄스홀에 팔려 간다.

2) 심 봉사는 청이가 무슨 일을 어떻게 하는지 알지 못한 채 심청이를 보낸다.

3) 노래 삽입; 너와 나의 이별가를 부른다.

낯설게 하기

「모던 심청」에는 첫머리와 중간과 끝에 노래가 나온다. 첫 머리의 노래는 심청이에 대한 노래이고 중간 노래는 아버지인 심 봉사에 대한 노래이다. 그리고 끝 노래는 짧지만 가벼이 헤어지는 이별 노래이다. 세 명이 주고받는 대화 형식의 극에서 노래는 전경화(前景化)하면서 낯설게 다가온다. 대부분의 독자들은 이러한 낯선 형식에 눈길을 주게 마련이다. 필자도 역시 그 노래에 눈을 걸어두고 하나씩 살펴보고자 한다. 먼저 첫머리의 노래는 "모−던 심청이는 고무공장 여직공/아침에 변또 끼고 저녁에는 돌아와/눈 머신 아버지 정성들여 하더니/집에는 모던이나 출천대효 심청"이라 부른다. 제목에서 모던 심청이라 했으니 기존의 「심청전」의 독자들은 현대판 심청이는 어떤 모습일까 궁금해 하면서 텍스트를 펴들게 되었다. 아마도 심청이가 인당수에 몸을 던지는 인신공양이나 용궁에 다녀오는 황당무계한 사건 등은 없을 것이라는 기대를 가지고 텍스트를 펼쳤을 수 있다. 그런데 첫머리 노래에서 독자들의 기대는 여지없이 무너지고 충격을 받게 될 것이다. 현대판 심청이는 고무공장 여직공이기 때문이다. 물론 1930년대에 고무공장에 다니는 일이 충분히 가능하다. 그러나 심청이가 고무공장 여직공이라는 데에는 놀라지 않을 수 없다. 때는 일제강점기이니 일본어가 다반사로 쓰이던 시절이고 따라서 "아침에 변또 끼고" 출근하는 직장인의 모습은 친숙하고 일본어를 사용한 것 역시 그 당시의 독자들에게는 그리 낯설지 않다. 그로부터 반세기가 지나도 직장인들이 도시락을 들고 출근하는 모습은 용어만 도시락으로 바뀌었을 뿐 일상적이다. 어쨌거나 고무공장의 여직공인 심청이가 변또를 들고 출근하는 모습은 「심청전」의 독자들에게는 낯선 모습이다.

그러나 「심청전」의 독자로서 심청이를 말할 때 가장 먼저 떠오르는 것은 그녀의 효성일 것이다. 그런데 모-던 심청이는 고무공장 여직공이고 변또를 들고 아침에 출근했다 저녁에 돌아오는 변화된 모습이다. 다만 저녁에 집에 돌아온 심청이는 눈먼 아버지를 정성들여 모시고 있으니 심청이의 효성은 변하지 않았다. 심청이의 '효성'은 시대가 변한 현대판에 이르러서 모던한 심청이일지라도 변하지 않는 중심축이다.

중간에 있는 두 번째 노래는 "모던 심 봉사는 맹아학교 선생님/하늘천 따지요 검을현 누루황/삼백 석 공양미로 불공들인 그 눈은/그 공이 하나 없이 미이—리 수—여"라고 부른다. 첫째 노래가 현대판 심청이를 노래했다면 두 번째 노래는 현대판 심 봉사를 노래한다. 「심청전」을 통해서 심 봉사가 양반 끝자리라거나 대를 이어 명문거족의 후예라고 알고 있는 독자들은 현대에 이르러 심 봉사가 할 수 있는 일을 짐작하기 어렵다. 시대가 바뀌어 심 봉사의 조상들이 했던 학문이 외세에 의해 밀려들어오는 새로운 학문과 병행하던 시기였기 때문이다. 그런데 현대판 심 봉사는 맹아학교 선생님으로서 학생들에게 한자를 가르치고 있다. 심 봉사가 맹인이기 때문에 맹아학교 선생님을 한다든지 양반의 끝자리이니 한문 정도를 가르치면 좋겠다는 작가의 상상력이 놀랍다. 충격적인 설정이지만 어느 정도 공감할 수 있어서 기대에 크게 어긋나지 않는다.

그런데 공양미 삼백 석에 심청이가 인당수에 몸을 던졌으니 심 봉사는 개안을 했어야 마땅하다. 하지만 심 봉사는 개안하지 못했다. 그리고 심청이는 살아서 고무공장의 여직공이 되었으니 모순되는 구성이다.「심청전」의 심 봉사는 눈을 뜨지 못했다. 독자들은 심 봉사가 의료적 접근 없이 눈을 뜬다는 설정에 공감하기 어렵고 따라서 감동마저 줄어든다. 따라서 이러한 불합리한 설정을 현대판에서는 바꾸어 재생산하겠다는 작가의 수용 성향을 엿볼 수 있다. 독자의 공감을 통해 감동에 이르게 하려는 작가적 의도이다.

앞의 두 노래는 4행이지만 끝의 노래는 "이별이요 이별이요/너와 나의 이별이요"라며 "이별"을 반복하면서 2행으로 끝난다. 마치 이별을 기다리기라도 한 듯이 경쾌한 리듬감이다. 독자들은 심청이와 심 봉사의 이별을 예상할 수 있다.「심청전」에서 두 사람의 이별이 독자들을 가장 눈물짓게 한 사건이었기 때문이다. 그래서「모던 심청」에서 독자들은 독서 경험을 바탕으로 회상하기에 이른다. 그리고 심청이와 심 봉사의 이별을 예상하게 된다.

「모던 심청」에서 부르는 노래는 대화에 비해 낯선 형식이다. 그 낯선 형식들을 연결해 보면 현대판 심청이는 시대에 맞게 일하고 정성을 기울여 아버지를 봉양한다. 그러나 아버지 심 봉사는 여전히 맹인이다. 다만 하는 일이 바뀌었을 뿐이다. 그리하여 심청이가 결국 아버지의 눈을 뜨게 하려고 헤어지는 것으로 예상한다. 독서 과정은 회상과 예상의 역동적인 과정이라고 할 수 있다. 원텍스트「심청전」을 통하여 효성이라는 불변의 중심축을 기억하고 있다. 그리고 그 효성을 바탕으로 이별 노래가 아버지의 개안을 위해 떠나는 것을 예상할 수 있다. 물론 그 예상이 적중할 수도 있고 아니면 어긋나서 다시 새로운 예상을 해야 하는 경우도 있을 수 있다.

빈자리 채워 읽기

앞에서 언급한 바대로 「모던 심청」에는 노래가 세 군데 삽입되어 있다. 현대판 심청를 노래한 처음과 현대판 심 봉사를 노래한 중간 부분. 그리고 심정이와 심 봉사의 이별을 노래한 끝부분이다. 노래를 제목에 걸맞도록 현대판으로 바꾸어 불렀다. 이제는 노래와 노래 사이에 있는 대화들을 들어보기로 하자.

처음의 노래와 두 번째 노래 사이에는 심 봉사가 위기에 처하고 그 위기가 눈을 뜨는 계기로 반전되는 구성으로 「심청전」과 다르지 않다. 다만 변하지 않은 구성 위에 사건을 다르게 전개하고 있다. 심 봉사가 심청이를 마중하러 가는 길에 광교천변에서 자전거 종소리에 놀라 그만 광교천에 떨어져서 옷도 젖고 머리에 상처를 입어 붕대를 감았다. 집에 돌아온 심청이가 아버지의 모습을 보고 옷을 벗게 하고, 말리는 동안에 입으라고 자신의 사루마다를 내어준다. 이에 심 봉사가 사루마다를 가리켜 말하기를 무슨 옷이 토막이 났느냐며 실정에 어두운 소리를 하여 웃음을 자아낸다.

심 봉사는 자신이 병원에 갔다가 들었다는 소문을 반전의 계기로 삼고 있다. 즉 제중원에 용한 의사가 있는데 치료비 삼백 원만 들이면 눈을 뜨게 할 수 있다는 소문을 행운의 신호로 알고 있다. 물론 고전소설에서 몽은사 화주승에게 공양미 삼백 석을 시주하여 눈을 뜰 수 있다는 희망을 갖는 것에 비하면 의학적으로 접근한다는 점에서 합리적인 편이다. 앞에서 언급했던 「몽금도전」에서 심 봉사의 개안을 해결하지 못해 개안을 하지 못했던 점에 비하면 의학적으로 접근하여 개안을 시도한다는 점은 합리성을 기반으로 한 구성이다. 다만 삼백 원이라는 돈이 거금인 점은 공양미 삼백 석과 같이 일반인들이 구하기 어려운 거액이라는 공통점이 있다. 눈을 뜰 수는 있되 어마어마한 재물이 들어가는 점은 같다.

심 봉사와 심청이를 중심으로 대화가 이어지다가 뺑덕 어미가 등장한다. 그녀는 고금을 막론하고 방해하는 인물이다. 그리하여 심 봉사의 재산을 조금씩 축내기도 하고 악행을 저지르기도 한다. 결정적으로는 심 봉사의 상경길에 심 봉사를 팽개치고 도망하기도 한다. 그러나 「모던 심청」에서 뺑덕 어미는 심청이와 심 봉사 사이에서 사건의 전개를 돕고 있다. 특히 삼백 원으로 눈을 뜰 수 있다는 심 봉사의 말에 세상이 좋아졌다며 의학적 힘이 부처님보다 낫다고 평한다. 심청이가 부처님을 믿고 삼백 석에 몸을 팔아 인당수에 몸을 던졌건만 심청이만 물속에서 허덕거렸다며 부처님보다 의술이 낫다는 말이다. 이는 고전이 갖고 있는 한계를 빗대어 하는 말이다. 독자들이 가장 의문을 갖고 있는 부분에 대해 독자들을 대신해서 속풀이를 하고 있다. 인당수에 몸을 던진 심청이와 삼백 원이라는 치료비를 대면하고 있는 심청은 같은 인물이다. 그런데 과거의 심청이는 부처님에게 속아서 감기만 걸렸고 오늘날의 심청이는 의술의 힘으로 아버지의 눈을 뜨게 할 수 있는 시대에 있다. 같은 인물이 시대를 뛰어넘어 같은 사건에 관여하는 바는 독특한 구성이다. 그 행간에 숨겨진 빈자리는 공허한 비과학적 접근을 피하고 과학적으로 접근하려는 것이다. 다만 삼백 원이라는 돈이 거금인 만큼 뺑덕 어미는 그에 대한 걱정을 늘어놓으면서 자연스럽게 심청이의 인신공양을 이끌어간다. 뺑덕 어미의 대사는 몇 마디 되지 않지만 그런 가운데에도 보조자로서 중요한 역할을 담당하고 있다.

봉사　　　허- 내 이 또 공연한 소리를 해서 네게 걱정을

시키는구나. 이얘 아가 그 쓸데없는 소리 마라. 말이 그
렇지 이왕 먼 눈을 떠서는 뭘 하겠니? 그 세월은 바뀌어
서 좋아는 졌지만 보지는 못할망정 듣지야 못하겠느냐?
귀로 듣기도 뒤숭숭한 차마 그놈의 세상을 내가 왜 그
꼴을 또 본단 말이냐? 응! 세상사 이리 되고 보니 눈먼
것이 도리어 다행이지 다행이야![14]

자신의 치료비 때문에 걱정할 심청이를 달래며 자신의 욕
망이 쓸모없음을 말한다. 게다가 눈을 뜬다고 한들 이미 세
상은 귀로 듣기만 해도 끔찍한 세상이니 눈을 뜨지 않는 편
이 나을 수 있다고 한다. 물질은 과거에 비해 나아졌겠지만
사람으로 살아가기에는 나아지지 않았다는 심 봉사의 견해
이다. 일제강점기의 중간에 있던 우리의 처지를 대변하고
있다. 이런 비굴한 세상은 차라리 보지 않는 편이 낫다는 것
이다. 심 봉사가 말하는 "그꼴"이란 "국권을 강탈당한 나라
의 처지"라고 읽는다.

두 번째 노래와 끝 노래 사이에는 이제 심청이가 몸을 팔
아서 삼백 원을 구하고 부녀 이별하는 장면이 있다. 어느 이
별이라고 슬프지 않을까마는 고전에서도 심 봉사와 심청이

---

14 인용문의 표기는 오늘날의 표기에는 어긋나는 부분이 있으나 대본에 있
   는 것을 그대로 옮겨 원본을 살리고자 했다.

의 이별 장면은 독자들의 눈물샘을 자극하였다. 그리하여 남경 상인들은 남겨진 심 봉사를 위해 돈과 재물을 더 건네지 않았던가. 「모던 심청」에서도 이별 장면은 슬프기만 할 터이다. 그러나 심 봉사와 심청이의 대화를 듣자면 절로 웃음이 난다. 그 웃음이 심 봉사의 무지함에서 나오는 것으로 일종의 언어유희라고 할 수 있다.

> **봉사**　글쎄 이 자식아 이게 무슨 짓이란 말이냐? 네가 연전에 임당수로 출장 갔을 때만 하더라도 이 애비의 간장이 다 말라서 된장이 될뻔 했는데 또 네가 이런다면 내 오장은 다 썩어서 고추장이 되지 않겠니!

심청이가 몸을 던진 인당수를 뺑덕 어미가 언급하더니 이제 심 봉사도 그때의 심정을 밝히면서 다시 헤어지는 아픔을 말하고 있다. 거기에 '간장이 말라서 된장이 될뻔'이라거나 '오장은 다 썩어서 고추장이 되지 않겠니!'라는 표현은 언어유희로 독자들의 웃음을 자아낸다. 그뿐만 아니라 심청이가 가는 곳이 하루빈이라 하니 이는 중국의 지명인 하얼빈을 이르는 말인데 하루를 뻔하게 간다고 말한다. 또한 하루빈이 아라서 가까운 곳이라 하자 러시아의 음역어(音譯語)로 부르던 이름인 '아라사(俄羅斯)'를 '알아서'로 듣기도 한다. 또한 심청이가 아버지를 두고 '상식이 없다'고 하자 '상식(常識)'을 죽은 사람에게 올리는 상가(喪家)에서 아침 저녁으로 영좌(靈坐)에 올리는 음식인 '상식(上食)'으로 알아듣고 어머니 죽은 이야기를 꺼내든다.

이러한 대화는 심 봉사의 괴팍한 기질로 인해 우습고 재미있는 것이라는 통념의 유머일 수 없다. 그렇다고 재빠른 두뇌 작용, 식별력, 언어 표현을 뜻하는 위트일 수도 없다. 이는 사용하는 언어에 대한 오해로 인해 빚어지는 해프닝 즉 언어유희에 지나지 않는다. 이러한 유희가 의도하는 바는 시대의 변화이다. 외국의 문물이 밀물처럼 밀려오고 그에 따라서 외국어도 범람하기 시작하니 시대 변화를 감지하기 어려운 세대에게는 외국어가 생소할 수밖에 없다. 「모던 심청」이 유성기를 타고 청중에게 전달되었을 1930년대는 그러했다. 그래서 우리 민족이 오래 사용해온 한자어와 일본어에 영어와 음역어까지 다양하게 쓰이고 있다. 「모던 심청」에 사용된 자전거, 붕대, 전차길, 사루마다, 삼백 원, 맹아학교, 하루빈, 댄스홀, 웨트레스 등이 그 예이다. 언어유희로 웃음이 나지만 그럼에도 불구하고 그저 웃을 수만은 없는 또 다른 까닭은 그 웃음의 이면에 이별을 담고 있기 때문이다. 웃음이 나지만 웃을 수만은 없다.

이러한 과정을 거쳐 부녀 이별 장면은 한없이 아프고 슬퍼야 하지만 기대에 어긋난다. 옛날의 심청이는 임당수로 갔지만 오늘의 심청이는 사은 지옥으로 간다며 아버지에게 애절한 이별을 고한다. 그러나 아버지인 심 봉사는 가볍게 "잘 가거라"라고 인사한다. 심청이는 진지하건만 아버지는 가볍다. 그 가벼움이 무지로 인해 생기는 것이라서 독자들은 고통스럽게 마지막 노래를 들어야 한다. "이별이요/이별이요/너와 나의/이별이요" 반복되는 이별이라는 노랫말에 경쾌함이 배어있다.

5 달아 달아 밝은 달아

　최인훈이 1973년 9월부터 1976년 5월까지 미국의 아이오
와 대학에 머물다가 귀국하여 발표한 작품들은 소설이 아니
라 희곡[15]이었다. 이 가운데 「심청전」을 생산적으로 수용한
작품은 「달아 달아 밝은 달아」[16]로 오늘날 독자들이 읽게 된
다면 아마도 충격을 받게 될 것이다. 심청이가 인당수에 빠

<hr>

15 「옛날 옛적에 훠어이 훠이」, 『세계의 문학』, 1976년 가을호, 민음사.
　「봄이 오면 산에 들에」, 『세계의 문학』, 1977년 여름호, 민음사.
　「둥둥 낙랑둥」, 『세계의 문학』, 1978년 여름호, 민음사.
　「달아 달아 밝은 달아」, 『세계의 문학』, 1978년 가을호, 민음사.

16　최인훈, 「달아 달아 밝은 달아」, 『세계의 문학』, 1978년 가을호, 민음사,
　1978.
　*1979. 9. 6. ~9. 12. 극단 시민극장, 연극회관 세실극장 초연.
　최인훈, 「달아 달아 밝은 달아」, 『최인훈 전집』10, 문학과 지성, 1979초판
　인쇄(본고에서는 1989년 11쇄본을 텍스트로 하였음)

지지 않고 색주가로 팔려 간다거나 어려운 역경을 딛고 고국에 돌아왔으나 다시 외면당하는 모습 때문일 터이다. 문학 텍스트를 수용하는 독자들은 기대와 배반의 역동적인 과정을 통해서 텍스트의 빈자리를 채워간다. 결국 텍스트의 독서과정은 수용자의 성향이 중요한데 그 성향에는 당대의 사회상이 반영되지 않을 수 없을 것이다. 최인훈이 희곡을 발표할 그 당시는 유신의 말기로 암울한 시기였으며 빛이 보이지 않을 만큼 터널 깊숙이 들어앉아 있을 때였다. 심청이의 암울한 얼굴은 빛을 보지 못한 탓이 아닐까 추측해 본다.

「달아 달아 밝은 달아」는 막과 장의 구분없이 장면을 구성하였는데 아래에 정리한다.

장면1: 심 봉사의 악몽

장면2: 심청이가 공양미 삼백 석을 위해 치성을 드린다.

장면3: '대국'에 기생으로 팔려 가던 심청이의 모습을 뺑덕 어미를 통해 회상한다.

장면4: 심청이가 '용궁'에서 몸을 파는 장면을 용의 그림자로 표현

장면5: 반복되는 심청이의 능욕을 그림자로 표현

장면6: 심청을 사랑한 조선인 인삼장수 김 서방

장면7: 김 서방이 심청이를 색주가에서 구하여 조선으로

가는 배에 태운다.

장면8 : 해적들이 심청이가 탄 배를 약탈해서 소굴로 납치한다.

장면9 : 절구질하다가, 빨래하다가, 불을 때다가 해적에게 능욕을 당한다.

장면10 : 해적들이 조선과의 전쟁에 참여함으로 심청이도 조선으로 끌려간다.

장면11 : 늙고 눈이 먼 심청이가 아이들에게 용궁이야기를 들려주지만 놀림을 당한다.

＊반복되는 장면은 한 장면으로 정리하였다.

주지한 바대로 「심청전」이 아버지 심 봉사의 눈을 뜨게 하려고 공양미 삼백 석에 자신의 몸을 팔아 인당수에 몸을 던지는 희생을 담고 있다. 그리고 심청이의 그 희생의 고귀함 때문에 용궁을 통하여 환생하고 황후가 됨으로써 구원받는다는 이야기이다. 희생의 고귀함은 곧 효(孝)라는 강력한 이데올로기이다. 그러나 「달아 달아 밝은 달아」는 효의 이데올로기는 그대로 있으되 고귀함으로 인정받지 못하는 폭력적인 상황에 있다. 희생은 있으나 고귀함을 인정받지 못하는 상황이다. 심청을 중심으로 폭력과 그 폭력에 맞서는 이원적인 구조이다.

폭력적 장면들

1) 폭력 하나

첫 장면은 심 봉사가 저승사자에게 붙들려 갈 상황의 악몽이다. 심 봉사가 몽은사 화주승에게 백미 삼백 석을 시주하고 그 대가(代價)로 심 봉사의 눈을 뜰 수 있도록 기도하겠다는 약속을 했다. 그러나 그 백미 삼백 석은 어마한 양이어서 감히 구할 수 없는 정도이다. 정한 날까지 약속을 지키지 못했으니 결국 부처님 앞에 거짓말을 한 죄를 저지른 셈이다. 이러한 장면은 고전 「심청전」과 다르지 않다. 의학적인 노력이 아니라 부처님의 힘을 빌려 눈을 뜨려는 의두는 변하지 않았다. 「심청전」의 독자로서 최인훈은 심청의 출생에서부터 심 봉사가 화주승에게 백미 삼백 석을 시주하겠다는 부분까지는 동의한 것으로 보인다. 다만 심 봉사가 그 악몽에 대하여 심청이에게 설명하는 대목에서 고개를 갸웃하게 된다. 심 봉사가 삼백 석을 시주하겠다고 약속한 경위를 설명하자 심청이는 충격을 받았다.

> **심청** 아이그, 아버지
> 백미 삼백 석을

어디서 얻으려구.

심 봉사 (머뭇거리며)

왜, 네가 전날에

하던 말 있잖냐?

심청　무슨 말?

심 봉사　그, 장 부자네가

너를 수양딸로

삼겠다던 말

심청　(기가 질려 한참만에)

……그랬지요.(259쪽)

심 봉사는 자신의 딸을 수양딸로 보내더라도 백미 삼백 석을 시주하고 눈을 뜨겠다는 의욕을 보인 장면이다. 얼마나 황당했으면 심청이마저도 '기가 질려 한참 만에' 그러한 일이 있었다고 인정을 하겠는가. 사실은 장 부자네 소실로 오라는 말이었지만 아버지가 속상할까봐 수양딸로 오라는 것이라며 아버지를 속이고 말한 것이었는데도 아버지는 전혀 다른 생각을 하고 있었다. 마치 할 수만 있다면 수양딸로 가서라도 아비의 눈을 뜰 수 있게 해달라는 강요처럼 들린다. 심 봉사가 부처님 앞에 죄를 지어 용서받을 길 없고 자신을 데리러 온 저승사자에게 하루만 말미를 달라고 했다.

이제 심청이를 보는 것도 하루뿐이라 말하는데 이는 심 봉사가 심청이를 향해 저지르는 강력한 폭력처럼 들린다.

눈먼 아버지 심 봉사와 효녀 심청이 사이의 관계 회복을 위해서는 백미 삼백 석이라는 장애물이 놓여 있다. 둘째 장면은 이러한 장애물을 넘어서는 과정이다. 그 첫 단계로 심청이가 치성을 드린다. 물론 백미 삼백 석을 구하는 일이 불가능한 일이니 한 가닥 희망이라도 잡아보려는 소박한 노력이지만 역시 불가능한 일이었다. 다음 단계는 중간자인 뺑덕 어미가 개입하여 도움을 주는 보조자로서 역할을 담당한다. 그러나 뱃사람들과 심청이 사이를 오가며 중간자로서 귓속말을 하는 장면은 은밀한, 그러나 뺑덕 어미에게 이익이 될 수 있는 거래를 의미하고 있다. 결국 뺑덕 어미는 삼백 석을 핑계로 자신의 이익을 취하면서 심청이를 팔아넘기려는, 마치 매파와 같은 폭력인 셈이다. 심청이가 선인들에게 끌려가 인당수에서 치마를 무릅쓰는 장면은 생략한 채셋째 장면으로 넘어간다.

셋째 장면은 심 봉사가 뺑덕 어미를 통해서 심청이 떠나던 날의 모습을 상상해보는 장면이다. 심 봉사가 뺑덕 어미에게 심청이 성장 과정을 말하면서 심청이 떠남을 슬퍼하는데 뺑덕 어미의 갑작스러운 띠타령에 당황하게 된다.

뺑덕 어미	봉사님 띠가 무슨 띠시우?
심 봉사	띠라니? 갑자기 띠는 또 왜 찾노. 허리띠는 이렇게 매었네만.
뺑덕 어미	누가 그런 띠 말씀입니까? 타고 나면서 두르는 띠 말씀이우.
심 봉사	어허 그 띠 말씀이군. 나야 명주 강보에 받아서 비단 띠를 두르고 눕혔다더군.
뺑덕 어미	누가 그런 띠 말씀이우. 소띠 말띠 용띠 하는 그 띠 말이라니깐.
심 봉사	내가 갑진생이니 용띠가 아니겠소?
뺑덕 어미	제길 띠 한 번 호강했다.
심 봉사	띠가 좋으면 무얼 해.
뺑덕 어미	나는 봉사님이 소띤 줄 알았소.(264쪽)

앞에서 심 봉사를 대장부라 하고 같은 장면 끝에서는 천하호걸이라 추켜세운다. 그 사이에는 뺑덕 어미가 심 봉사에게 심청이 떠나던 날을 설명하는 모습과 공양미로 받은 삼백 석에 대한 설명이 곁들여 있다. 심청이 떠나던 날의 모습이야 심 봉사가 원했던 일이고 그를 통해서 심청이에 대한 회상을 하면서 아비로서 아픈 마음을 달래는 것이다. 그러나 뺑덕 어미가 심 봉사를 설득하는 장면은 누가 보아도

공양미 삼백 석 가운데 백오십 석은 뺑덕 어미가 빼먹겠다는 뜻으로, 그럴 듯하게 둘러대는 모습이다.

뺑덕 어미　　부처님 앞에 공양미 삼백 석을 바치면 눈이 떠진다고는 하나 그 말을 어찌 믿겠소? 그러니 삼백 석 한 무더기로 바칠 게 아니라 백오십 석만 바치면 눈 하나는 뜰 것이 아니오. 내사 봉사어른 눈 보고 모시려는 몸이 아니니 나만 좋으면 외눈인들 어떠하오?

심 봉사　　자네가 가히 제갈공명 뺨치겠고 왕소군이 울고 가겠소.

뺑덕 어미　　내 말이 그 말이오. 그러니 봉사님은 이 몸만 척 믿고 시내오. 사징 모르는 동네 사람들이 딸이 대국 청루에 몸을 팔아 얻은 공양미 삼백 석을 가로챈다 이러쿵저러쿵 입방아를 찧어싸니 천지가 황주 도와동뿐이 아닌데 이 놈의 고장 훨훨 떠나 봉사님과 이 뺑덕 어미 한 쌍 원앙이 되어 돈 있으면 고향이요 대처찾아 자리잡고 백오십 석 밑천으로 색주가나 차리고 보면 이 몸의 화용월태 뭇나비들이 여름 부나비 불을 쫓아 모이듯 모여들 게 아니오.(270쪽~271쪽)

　　대장부와 천하호걸 사이에 뺑덕 어미의 간교한 계략이 숨어 있음을 알 수 있다. 심 봉사를 대장부라고 부른 것은 추켜세우는 말이다. 그리고 끝에 뺑덕 어미가 심 봉사를 천하호걸이라고 부르는 것은 민심이 지켜보는 도화동을 떠나 낯선 곳에서 자신의 멋대로 살려는 계략이 성공한 것에 대한 환희의 호칭이다.

　뺑덕 어미가 심청이와 선인들 사이를 오가면서 중간자적인 역할을 한 표면적인 이유는 심 봉사의 눈을 뜨게 할 수 있는 공양미 삼백 석을 마련하는 데 있다. 뺑덕 어미는 심청이가 아버지의 눈을 뜨게 하려고 몸을 팔았으니 효녀로 이름을 남기게 될 것이다. 그리고 대국의 색주가 고대광실(高臺廣室) 높은 집에 분단장을 고이 하고 밤마다 충류남자 맞이하여 지내니 좋은 일이라고 말한다. 게다가 심 봉사와 뺑덕 어미 자신은 세상 사람들 손가락질을 받게 되었으나 어버이 사랑이라고 한다. 심청이가 색주가로 팔려 간 것은 아버지의 눈을 뜨게 하려는 효심에서 비롯했으나 공양미를 노린 뺑덕 어미의 간교함이 빚은 결과이며 심 봉사는 공양미를 잃고 고향마저 뜨는 어리석은 행동을 하고 만다.

2) 폭력 둘

　심청이는 '용궁(龍宮)'이라는 색주가에 팔려 갔다. 그곳은 기둥이 산호빛이었고 기와가 푸른 집이었다. 그리고 구슬발이 걸리고 산호나무가 여기저기 놓였으며, 산호발 속은 보이지 않는데 기둥에는 용(龍)이 휘감고 올라간 장식이 새겨져 있었다. 호화로운 가운데 푸른 기와가 눈길을 끈다.

용궁은 매파가 호객하고 심청이가 몸을 파는 성매매의 공간이다. 매파는 화대를 많이 받으려는 속셈으로 심청이의 가치를 높이 평가한다. 즉 심청이를 가리켜 '조선나라 도화동 포구에 고이 피어 있던 한 떨기 해당화, 눈덩이 같은 해당화꽃'이라고 너스레를 떤다. 게다가 '저 꽃이 이 세상 햇빛 본 다음 맨 처음 꺾게 되신다 이 말씀이요.'라며 성을 사려는 사람의 욕망을 충동질하여 화대를 최대한 끌어올리고 있다. 매파에게 심정이는 이미 사람이 아니라 상품으로 분류되고 있었다. 인권은 사라지고 사람을 물건으로 취급하는 시대상이 반영된 것이다.

상품으로 분류된 심청이를 매개로 돈을 벌려는 매파의 욕망은 같은 행위의 반복으로 이어진다. 그리하여 키 큰 손님에게 첫 번째 손님에게 했던 말을 반복하면서 화대를 올려 받았다. 키 작은 난장이 손님에게는 두 번째 손님에게 했던 말을 되풀이한다. 이처럼 꼭 같은 장면이 손님만 바뀌어서 여러 번 되풀이된다. 심청의 깊은 한숨 소리는 거대한 폭력의 피해자로서 모든 고통을 담고 있다.

심청이의 방에 첫 손님이 들 때 창문에 용의 그림자가 비치더니 반복되는 행위에도 지속적으로 용의 그림자가 비친다. 공교롭게도 심 봉사의 태어난 해의 간지(干支)가 갑진생이라 용띠이고, 심청이가 팔려 간 색주가의 옥호가 용궁이고 심청이가 손님을 맞을 때 즉 성적인 폭력을 당할 때마다 창문에 용의 그림자가 비친다. 게다가 용궁의 지붕은 푸른 기와 즉 청기와이다. 용띠의 심 봉사가 심청이를 통해서 눈을 뜨고자 하면서 강력한 압력을 가한 폭력의 가해자라고 전제할 수 있다. 여기에 더하여 폭력이 가해지는 공간인 용궁의 지붕이 푸른 기와인 청와(靑瓦)의 집이고 그 안에서 반복적으로 용의 그림자가 비치니 당대의 푸른 기와집 즉 청와대에서 용으로 표현될 만한 자의 폭력일 개연성이 있다.

심청이에게 가해지는 폭력은 용궁에서 그치지 않는다. 심청이가 조선의 인삼장수 김 서방에 의해 용궁에서 풀려나 조선으로 돌아가는 배를 탔는데 그 배가 해적들에게 강탈당하는 사건이 벌어졌다. 그리고 그 해적들은 심청이에게 끊임없는 폭력을 가한다. 지나가던 해적이 심청이의 손을 잡고 부엌간으로 들어가고 부엌 창호지에 용의 그림자가 비친다. 다른 해적이 빨래를 하고 있는 심청이의 허리를 안고 부엌간으로 들어가고 아가리를 벌린 용의 그림자가 비친다. 게다가 해적이 일어서면서 심청이를 걷어찬다. 또다른 해적은 누더기에

맨발로 불을 때고 있는 심청의 머리채를 끌고 부엌간으로 들어간다. 창호지에 다시 용의 그림자가 비치고 해적은 또 심청이를 발로 걷어찬다. 반복되는 해적들의 폭력은 용궁에서 심청이에게 가해지던 성폭력에 육체적인 폭력이 더해졌다.

조선하고 싸움이 붙었다는 해적들은 조선의 상대편이어서 버젓이 도둑질하고 사람을 죽이면 그게 충성이 된다며 세상 한 번 잘 만났다 하고 조선으로 향했다. 심청이도 의도치 않게 그들과 함께 고국인 조선으로 돌아오게 되었다. 그때는 이미 심청이는 늙고 병들어 앞을 볼 수 없는 처지가 되었다. 그러나 아이들 앞에서 그 아이들이 듣기를 원하는 용궁에서의 생활을 말하게 되었다. 좋아했던 조선의 인삼장수 김 서방에 대한 이야기와 보고 싶은 아버지가 있는 황해도 도화동에 대한 이야기도 들려주었다. 도화동에 김 서방도 없고 아버지도 없지만 심청이는 기다리고 있다. 아이들은 그런 심청이를 놀리면서 달아난다.

청청
미친 청
청청
늙은 청

아이들이

달아나면서

청청

미친 청

청청

늙은 청

놀리면서

달아나는 소리

멀어진다

홀로 남는다.(308쪽~309쪽)

    심청이가 고향에 돌아왔지만 반기는 사람은 아무도 없고 오히려 놀림의 대상이 되었다. 심청이가 품속을 더듬어 반동강짜리 거울을 꺼내 보이지 않는 눈으로 들여다본다. 그러고는 갈보처럼 환하게 웃는다. 아버지의 눈을 뜨게 하려던 심청의 꿈이 깨어져 반동강짜리 거울이 되었다. 그리고 그녀에게 가해진 폭력은 그녀를 눈멀고 미치게 만들어 버렸다. 그러지 않고는 견딜 수 없는 폭력이었으니 발표 당시의 시대가 갈보처럼 미친 듯이, 아니 미치지 않고는 견딜 수 없고 차마 눈뜨고는 볼 수 없는 시대라는 외침으로 읽는다.

구원의 그림자

마지막 장면에서 아이들은 '달아 달아 밝은 달아 이태백이 놀던 달아 저기 저기 저 달 속에 계수나무 박혔으니 옥도끼로 찍어내고 금도끼로 다듬어서 초가삼간 집을 짓고 양친 부모 모셔다가 천년만년 살고지고'라고 노래한다. 아이들의 노래이지만 심청이의 소망을 달을 대상으로 기원하는 내용이다. 달이 절대 권력을 갖고 있다고 믿기 때문에 달을 기원의 대상으로 하고 있다. 그리고 기원의 내용은 양친 부모를 모셔서 초가집이라고 해도 좋으니 함께 살고 싶다는 것이다.

심청이가 앞에서 언급한 폭력으로 눈을 잃고 정신마저 혼미한 상태이지만 참고 견딜 수 있었던 까닭은 바로 고향에서 화목하게 살고 싶은 욕망 때문이었다. 비록 생모는 없었지만 아버지 심 봉사와 아버지를 도와줄 수 있는 뺑덕 어미 그리고 인삼장수 김 서방과 자신 넷이서 함께 행복한 날을 보낼 수 있다는 믿음 때문에 폭력에도 좌절하지 않았다. 그러나 고향에 돌아와도 그리던 고향은 아니었고 오히려 먼 길 돌아온 화냥년 취급하며 조롱하는 현실에 다시 한 번 더

심한 폭력을 당한다.

그러나 끊임없는 폭력 상황에도 기쁨을 주는 구원의 시간들도 있었으니 조선 인삼장수 김 서방의 구원의 손길이었다. 김 서방은 관가에서 꾸어준 돈으로 인삼을 사서 중국에 팔아 한 밑천을 잡으려 하였다. 그러나 못된 놈들에게 걸려 깡그리 날리고 낯선 나라에서 재기할 기력조차 없었다. 좌절한 김 서방은 술과 풋사랑으로 세월을 보내다가 심청이를 만났다.

김 서방 이곳 용궁루에서 고향 바닷가에 시름처럼 핀 해당화꽃 같은 청이를 만난 다음부터는 마음 고쳐먹고 묵은 뿌리에서 순을 보고 호랑이굴에서 범새끼를 잡을 양으로 밤낮으로 장사에 힘을 썼더니 차츰 목돈이 손에 잡혀서 이제는 고향에 돌아가서 관가에 빚 갚을 돈은 마련이 됐는데 청이 몸값을 대기에 아직 모자라는군.

심청 너무 애쓰지 마세요, 나는 어버이 극락왕생 위해 이렇게 팔려온 몸, 서방님 같은 분을 만나 짧은 한때 나마 이렇게 정을 나누어 이것으로 족합니다.

김 서방 무슨 소리, 청이 같이 착한 사람을 한시라도 빨리 여기서 빼어내서 고향으로 돌아가 아버님 앞에서 백년가약을 맺으면 그 아니 기뻐하시겠소.(289쪽~290쪽)

당장은 어렵겠지만 조금만 기다리면 심청이를 구할 수 있다는 김 서방의 말에 진지함이 배어있다. 그리고 그 김 서방을 믿고 기다리겠다는 심청이의 말도 진심인 듯하다. 두 사람이 발을 헤치고 방에 들어간다.

> **매파**　　술을 쟁반에 받쳐 들고 나와 두 사람에게 가져
> 간다. 매파 나와서 이번에는 과일을 담아 가져 간다. 매
> 파가 나간 다음, 손을 잡은 두 사람의 그림자, 그림자 없
> 어지고 부대 다른 곳의 조명이 꺼지면서 두 사람의 그림
> 자 대신, 창문에 비치는 갈매기 두 마리의 그림자.(290쪽)

김 서방과 심청이 사이에 매파가 술과 과일을 사서 간다. 매파는 김 서방이 많은 돈을 가져와서 심청이의 많은 몸값을 지불하기를 바란다. 그러한 가운데에도 김 서방과 심청이의 사랑은 순수하고 아름답다. 폭력적인 행위일 때에는 용의 그림자가 비쳤는데 김 서방을 만난 날은 갈매기 두 마리의 그림자가 비친다. 용과 대비되는 갈매기. 용이 폭력의 상징이라면 갈매기는 평화의 상징인 셈이다. 갈매기로 표현된 두 사람의 사랑은 곧 심청이에게 다가온 구원의 손길이다.

울려 퍼지는 노래는 '달아 달아 밝은 달아 이태백이 놀던 달아 저기 저기 저 달 속에 계수나무 박혔으니 옥도끼로 찍어

내고 금도끼로 다듬어서 초가삼간 집을 짓고 양친 부모 모셔다가 천년만년 살고지고'이다. 김 서방과 심청이가 펼쳐갈 소망을 절대 권력이라고 믿고 있는 달에게 기원하는 노래이다.

김 서방 참 잘 됐소. 당신 몸값을 치르고 나니 또 한 걱정이 당신을 어디다 맡겨두고 갈까 걱정이었는데 마침 이 배가 조선 간다 하니 이 아니 잘 되었소. 한 발 먼저 가서 그리운 아버님 만나 뵈시오. 나는 인제 시름놓고 한 걸음만 더 갔다 오면 관가 빚 갚고 남을 한밑천 두둑이 꾸려가지고 뒤따라가리다.

심청 이 몸이 가위눌려 살던 자리에서 빠져 나와 이렇게 어버이 만나는 배를 타니 이보다 기쁜 일이 없건만, 서방님 여읠 생각을 하니 발이 떨어지지 않습니다.(292쪽~293쪽)

이제 드디어 폭력적인 삶으로 가위눌려 살던 곳을 떠나 그리던 고향에 돌아가게 되었다. 그것도 사랑하는 사람의 힘으로 돌아가게 되었으니 전날 갈매기 그림자로 비치던 날 양친부모 모셔다가 천년만년 살고지고라던 노래가 헛되지 않다. 이제 심청이게는 고향에 돌아가서 눈떴을 아버지 모시고 살아갈 희망만 있을 뿐이다. 색주가에 팔려 간 심청이를 보면서 상처받았을 독자들에게도 위안이 되면서 행복한 앞날을 기대하게 된다.

폭력과 구원의 변주

「달아 달아 밝은 달아」를 읽으면서도 독자들은 조선으로 돌아오는 심청이가 아버지인 심 봉사를 만나고 이어서 김 서방이 한밑천을 잡아 돌아와 행복하게 살기를 기대한다. 그러나 독자들의 판단은 순진하고 작가의 전략은 그렇게 단순하지 않다.

조선으로 돌아갈 배는 해적들에게 빼앗기게 되고 심청에게는 다시 시련이 닥쳐온다. 즉 해적들이 심청이를 성적으로 폭행할 뿐 아니라 육체적인 고통을 가하기도 한다. 심청이의 행복을 바라는 독자들의 기대는 너무나 소박했기 때문에 기대가 완전히 무너지고 만다. 그러나 길이 끝난 지점에서 여행이 시작되듯이 독자들의 기대가 완전히 무너진 자리에서 새로운 기대를 설정하는 역동적 독서과정이 시작된다.

돌이켜 생각해보자. 어렵게 심청이가 태어나고 산후병으로 생모가 돌아가셨다. 눈이 먼 아버지가 어린 심청이를 젖동냥으로 기르고 후에는 심청이가 아버지를 위해서 밥벌이를 한다. 게다가 아버지의 눈을 뜰 수 있는 방법이 백미 삼백 석이라는 감히 엄두도 낼 수 없는 양의 부담을 심청이가 떠안는다. 매우 어려운 상황에 주인공을 몰아넣었다. 결국 이러한 압박을 효심으로 잘 포장하여 심청이가 인당수에 몸을 던지게 되었다. 인당수에 몸을 던지기 전까지 심청이의 어려움은 인당수에 몸을 던지 심청이를 환생하는 힘이 되었다. 바로 이 부분이 여기에 독자들이 공감할 수 없는 부분이다. 한 번 죽은 몸이 어떻게 환생할 수 있단 말인가. 그렇기 때문에 현대의 독자들은 이 부분에 대한 고민을 하게 되고 생산적으로 「심청전」을 수용할 때에도 심청의 죽음을 수용하지 않는 것이다.

이런 관점에서 최인훈의 「달아 달아 밝은 달아」를 생각해 볼 필요가 있다는 것이다. 심청이를 죽이지 않고 삼백 석을 구할 수 있는 방법은 무엇이 되었든 심청이가 아버지로부터 분리되는 고통을 안아야만 한다. 그것이 장 부자의 소실이 되든 아니면 색주가로 팔려 가든 마찬가지이다. 최인훈은 여기에서 '대국'의 색주가로 심청이를 보낸다. 이는 비록 아버지의 개안을 위한다지만 효녀 프레임에서 일단 벗어나야 한다고 받아들인 듯하다. 많은 독자들이 심청전을 애독하는 까닭은 이해조가 말했듯이 '처량 교과서'라고 하면서도 우리 사회를 지배하는 효 존중 사상이 큰 영향을 주었다고 판단한다. 그러나 시대가 변하면서 효를 완전히 버리지 않더라도 적어도 효에 매몰되지는 않아야 한다는 강박 관념이 있다고 본다. 그러므로 아버지를 위하지만 색주가로 팔려 가는 서사 구조로 변개시키게 되었다.

'대국'을 강조한 까닭은 국가간에도 국력에 의해 폭력이 발생하기 때문에 약소국의 심청이가 '대국'으로 팔려 가서 절대적인 폭력에 놓이게 된다. 특히 대국에 ' '를 쳐서 대국을 전경화(前景化)하고 있다. 독서과정이 작가의 의도를 알고자 하는 것은 아니지만 독자로서는 대국을 전경화한 작가적 의도를 간과할 수 없다.

게다가 왜 하필이면 색주가에 가서 몸을 팔게 되었을까. 그렇게 하지 않아도 얼마든지 심청이를 백미 삼백 석의 값에 해당하는 분리의 고통을 줄 수도 있을 텐데. 하필이면 색주가에서 몸을 팔게 되었을까 의심하지 않을 수 없다. 작가는 어쩌면 사람으로서 가장 수치스러운 일인 동시에 최고의 폭력이 성매매라고 판단한 것이 아닐까. 아니면 심청이에게 효녀의 프레임을 깰 수 있는 가장 완벽한 소재가 색주가이며, 팔려 가는 처지를 감안했을 수 있다. 첫머리의 몸을 파는 심청이와 끝 문장 심청이가 갈보처럼 웃었다의 사이에는 심청이의 형언할 수 없는 고통과 폭력적인 사건들로 채워져 있다. 고통에 빠진 심청이가 색주가에 있으면서 효녀 프레임에서 벗어나 자아를 회복해 갈 수도 있을 것이다. 그러나 심청이는 자아를 회복하지 못했다. 끊임없이 폭력이 가해졌기 때문이다. 독자들은 이렇듯 무기력한 심청의 낯선 모습에 당황하지 않을 수 없다. 이는 시대에 대한 강력한 역설을 메타포화한 것이다.

심청이가 최후의 도피처이며 안식처인 도화동으로 돌아왔을 때 눈을 떴어야 할 심청의 아버지 심 봉사는 뺑덕 어미의 꼬임에 빠져 도화동을 떠나고 없다. 부처님의 법력으로도 눈을 뜨기 어려웠을 것이다. 공양미 삼백 석을 부처님 앞으로 다 바친다고 해도 눈을 뜬다고 보기 어려운 지경이다. 그런데 그나마 백오십 석은 뺑덕 어미가 색주가를 열겠다며 심 봉사를 꼬드겨 챙겼으니 눈을 떴을 리 없다. 오히려 삼백 석을 시주하겠다고 약속하고 그 반만 시주했으니 벌을 받지 않으면 다행이다. 심청이에게 더이상 희망은 없다. 그러므로 아버지의 눈을 뜨게 하겠다던 심청이가 오히려 눈이 멀었으니 이는 더이상 보고 싶지 않은 세상이었기 때문일 터이다. 희망이 없는 세상을 눈뜨고 볼 필요가 있겠는가.

게다가 구원의 화신인 조선인 김 서방이 사랑의 징표로 심청이에게 준 거울마저 반이 깨졌다. 당연히 김 서방과 심청이의 사랑이 해적들의 개입으로 완성되지 않았다는 의미로 읽힌다. 갈보처럼 웃는 심청의 웃음은 심청이가 할 수 있는 가장 강력한 저항인 셈이다.

6 심청전을 짓다

문학텍스트가 불특정 다수의 독자들을 상대로 쓰여지지만 그 텍스트를 읽고 받아들이는 방식은 다양하다. 읽은 것을 머리에 잠깐 저장해 두는 녹자도 있고, 독서과정에서 받은 감동을 오래도록 간직하고 있다가 때때로 되새기며 여유로운 삶의 마중물로 쓰기도 한다. 그리고 일부의 독자들은 자신만의 방식으로 재생산한다. 재생산의 방식은 시, 소설, 희곡, 드라마, 영화 등 다양하다. 「심청전」의 경우도 오늘날에 이르러 다양하게 재생산되고 있다. 문자보다는 말이나 동작에 의한 표현 방식에 친숙한 독자들은 재생산 방식마저도 영상물로 재생산하는 경우가 많아졌다.

「심청전을 짓다」[17]는 극작가이며 연출가인 김정숙의 작품인데 4장으로 이루어졌다. 심청의 죽음 이후에 그에 대한 속죄의식에서 출발하여 지배이데올로기라 할 수 있는 열녀이데올로기에 대한 질문을 독자들에게 던진 희곡텍스트이다. 간략하게 그 내용을 간추려서 원본 「심청전」과 대비해보자.

제1장: 비 내리는 성황당이 배경이다.

- 남자가 시체를 메고 오다가 인기척에 놀라 시체를 제단 아래 감추고 몸을 숨긴다.
- 도롱이를 쓴 사람들이 보따리를 안고 성황당으로 들어온다.
- 귀덕이네, 귀덕이, 남경 상인이 등장하여 심청이에 대한 제사를 준비한다.
- 귀덕이네가 성황당에서 빌던 심청이를 회상한다.
- 귀덕이네와 귀덕이가 제물에 대해 언쟁한다.
- 남경 상인이 가슴의 한이나 풀어달라고 빈다.
- 세 사람이 제사를 지낸다.
- 비를 피해 아씨와 만홍이, 양반나리, 선달, 노비 개동이 등이 뛰어든다.

---

17   김정숙, 「심청전을 짓다」, 평민사, 2019.

- 개동이가 제단 쪽으로 다가서다가 선달에게 혼난다.
- 양반이 심청이의 효에 대해 묻는다.

제2장: 비를 피하러 모여든 사람들이 심청이 이야기를 듣는다.

- 귀덕이네가 심청이의 탄생에서 인당수에 몸을 던질 때까지의 사연을 이야기한다.
- 심청이가 몸을 던지기 전에 미안하다는 말을 세 번 했다고 남경 상인이 전한다.
- 양반이 이야기에 추임새를 넣으며 진행을 돕는다.
- 만홍이가 처녀 제물에 대해 부정적인 의견을 말한다.
- 양반이 효에 대한 고사를 설명한다.
- 양반이 임금께 효녀비를 세워달라고 아뢰겠다 한다.
- 심청이가 인당수에 몸을 던진 후로는 바닷물이 잠잠하여 처녀제사가 필요 없다.

제3장: 심청이가 빙의한 듯한 아씨가 심청의 죽음에 대해 죄값을 묻는다.

- 심청이가 빙의한 듯 아씨가 허공을 향해 심청이를 부른다.
- 아씨가 심청이의 죽음에 관계된 사람들을 죄인으로 칭한다.
- 아씨는 다른 사람들이 자신을 죽일 거라며 불안해한다.

- 만홍이가 아씨의 병에 대해 말한다.
- 아씨가 언어 폭력에 시달리고 있다.
- 양반과 귀덕이네와 만경상인의 속죄가 이어진다.

제4장: 열녀의 틀 속에서 주검을 바꿔치기하는 모의가 이루어진다.

- 제단 아래에 있던 시체가 개동이 어머니 주검임을 밝힌다.
- 개동이 어머니를 아씨의 주검이라고 하고 꽃가마를 태워드리자 제안한다.
- 개동이 어머니는 열녀가 되고 아씨는 살아서 중국으로 가는 모의에 동의한다.
- 양반은 선달에게 벼슬자리를 주겠다며 이번 일에 입 다물기를 권한다.
- 양반과 아씨와 선달의 관계가 모두 대가댁 집안으로 밝혀진다.
- 심청이 제사로 인해 모두가 잘 되므로 심청이 선녀와 같은 존재로 인식된다.
- 효녀와 열녀이데올로기는 동일한 지배이데올로기로 아직도 현존한다.
- 비 그치고 모두 성황당을 떠나면서 암울함에서 벗어난다.

성황당과 비

　배경은 극중의 분위기를 좌우하는 동시에 앞으로 일어날 사건에 대한 암시의 기능도 한다. 경우에 따라서는 배경이 중심이 되기도 하지만 대체로 사건의 전개를 도와주는 보조적인 기능을 한다고 볼 수 있다. 「심청전을 짓다」에서의 배경은 성황당이라는 공간적 배경과 비라는 소재적인 배경이 주를 이룬다. 그리고 이 둘의 배경은 서로 조화를 이루어서 전반적인 분위기를 음산하면서도 서로 하나가 되어 움직일 수밖에 없도록 만드는 기능적 역할을 한다.

　텍스트 안의 '비'는 동인적인 소재이다. 사람들이 비를 피해 성황당에 모이고 그 사람들이 사건을 선개한나. 그리고 비가 그치면서 사건은 마무리되고 모였던 사람들이 흩어진다. 텍스트의 '비'는 사람들을 한 공간에 모이게 해서 사건을 만들어 가는 동인적 소재이다.

　배경을 형성하는 다른 소재는 성황당이다. 성황당은 심청이를 제사지내는 공간인 동시에 심청이가 어머니를 부르면서 기도하던 공간이다. 아버지의 눈을 뜨게 해 달라고 애탄기탄 눈물 뚝뚝 흘리면서 빌던 자리이다. 심청이를 회상하게 만드는 기능을 하는 공간인 셈이다. 그렇지만 동네 제사가 없으면 어수선한 분위기의 공간이다. 오고가는 길손도 쉬어 가고, 동네 거지도 자고 가고, 치우는 사람이 따로 없는 곳이다. 심청이 제사를 지내는 날은 심청이 덕분에 산신님이 호강하는 날이다. 성황당은 기원하는 사람들의 신적인 존재가 있다고 믿는 공간이기에 그 자체만으로도 충분히 두려움을 주는 곳이다. 게다가 관리하는 사람마저 없으니 어수선하여 정신이 없다.

이런 공간에 비를 피한 사람들이 모여서 다른 사건을 엮어가는 이야기가 「심청전을 짓다」이다. 시간은 짧지만 사건은 아주 중요한 사건을 순식간에 처리한다. 성황당은 음산한 느낌을 주지만 심청이와도 깊은 연관이 있는 공간적 소재이다. 심청이가 어머니를 부르면서 기도하던 공간, 아버지 눈뜨게 해 달라고 애탄기탄 눈물 뚝뚝 흘리면서 빌던 자리이다.

비와 성황당. 이 두 소재가 「심청전을 짓다」를 움직이는 큰 배경인 셈이다. 그리고 사건은 이러한 분위기에서 발생하니 그 사건이라는 것이 긍정적인 일은 아닐 것이라는 기대지평을 갖고 텍스트를 펼친다.

회상하기

희곡 「심청전을 짓다」를 장별로 정리하고 보니 독자로서 기대하던 바가 어긋난 느낌이다. 기대하기로는 제1장이 심청이의 탄생에서 시작하는 것이었다. 그런데 성황당에서 심청이의 제사를 지내는 장면부터 시작하고 있으니 이미 심청이의 죽음이 전제되어서 기대에 어긋난다. 심청이의 탄생부터 인당수의 제물이 되기까지의 과정을 회상하는 장면은 제2장이다. 그러므로 시간의 순서대로 스토리를 엮는다면 제1장과 제2장의 순서를 바꾸어야 마땅하다.

그렇다고 해서 시간의 순서를 바꾼 것은 아니다. 그 까닭은 심청이의 제사와 개동이 어머니의 주검을 둘러싼 사건이 중심 사건이기 때문이다. 심청이의 '탄생-성장-심청이의 희생'은 삽입된 보조적 사건으로 회상의 방식을 취하고 있다. 그리고 기존의 「심청전」과도 다르지 않은 내용이다. 독자들은 이미 그러한 과정은 알고 있으며, 이미 알고 있는 내용을 반복하는 것은 마치 죽은 비유를 읽는 것과 같다. 다른 관점에서 본다면 심청이의 효심이 필요한 사건이긴 해도 중심 사건일 수 없다는 인식을 바탕에 깔고 있다.

이야기를 제1장 첫머리로 옮겨 보자. 마치 프롤로그와 같은 지문을 보면 시체를 메고 오는 사람이 인기척에 제단 옆으로 시체를 감춘다. 첫머리에 주인공이 벽에 못을 박게 되면 끝에 가서는 주인공이 그 못에 목을 매게 된다는 소설의 복선처럼 여기서는 시체와 시체를 메고 온 사람을 주의 깊게 살필 필요가 있다. 그러나 아직 거기까지 나아가서는 안 된다. 왜냐하면 그 이전에 먼저 살펴야 할 사건들이 있기 때문이다.

귀덕이네와 귀덕이 그리고 남경 상인이 심청이의 제사를 지내기 위하여 등장한다. 이들은 각각 역할이 다른데 「심청전」의 어느 이본에도 악한 역할을 한 적이 없는 귀덕이네는 역시 그 역할이 순기능적이다. 따라서 어떻게든 심청이를 도우려 하며 심청이가 떠나고 그 아버지마저 도화동을 떠나니 가슴 아파한다. 귀덕이네는 제사 차리는 일부터 과정 모두를 격식을 차려 제를 지내야 한다. 반면에 귀덕이는 심청이가 좋아하던 음식으로 제사를 지내자고 한다. 귀덕이네가 딸인 귀덕이에게 제사를 지내는 과정에서 제물을 진설한다든지 마음가짐은 어떠해야 하는지를 귀덕이에게 말한다. 그렇게 한다면 심청이가 착해서 남경 상인의 한 맺힌 가슴을 풀어줄 것이라고 한다. 그러나 합리적인 사고를 하는 귀덕이는 심청이가 좋아하는 음식을 차려 제사를 정성껏 지내면 된다고 한다. 누구의 생각이 더 적합한지는 알 필요가 없다. 다만 귀덕이네의 생각과 말은 표면상으로 귀덕이에게 던지는 메시지 같다. 그러나 사실은 귀덕이네가 귀덕이에게 던지는 말은 「심청전을 짓다」의 청중이나 독자들에게 던지는 말이다. 귀덕이는 작가의 분신이며 독자들의 대변자이기 때문이다.

> **귀덕이네** 심 봉사 나리가 떠난 후로 그나마 살던 집도
> 다 무너져서 네가 기도하던 성황당에 제상을 차리기는
> 했는데 잘 찾아왔냐?(울음을 막으며) 심청아 미안하다. 죽
> 어서두 제사 지내주는 사람 없어 배고프지, 살아서나 죽
> 어서나 굶기는 매일반이니 아유 가여워 어쩌나, 심청아
> 너 먹으라고 맛있는 거 많이 차렸으니까 어이 와 먹어
> 라.(12쪽)

좌포우혜 홍동백서 어동육서 조율이시 등을 지켜야 한다
는 귀덕이네와 심청이가 제일 좋아하는 김치를 올려야 한다
고 주장하는 귀덕이의 갈등은 세대간의 갈등이기도 하다.
어느 시대이건 세대간 갈등은 반드시 존재한다.

귀덕이는 배꼽동무인 심청이를 보내고 석달 열흘 울고 다
녀서 얼굴이 퉁퉁 불었던 청이의 여자 친구이다. 그녀는 서
방 대신에 언문을 끼고 사는 여자이다. 중국의 글자를 진서
(眞書)라고 한 반면에 언문(諺文)은 한글을 스스로 낮잡아 일
컫던 말이다. 그런데 왜 귀덕이가 끼고 사는 문자를 낮추어
언문이라고 했을까. 그 답은 '서방보다'라는 4음절에 있다.
자식이 성장하여 성가(成家)하는 것이 자연의 섭리이거늘 혼

인도 하지 않고 글공부만 하는 딸이 걱정되어 뱉는 독설이니 언문이라고 생각한다.

2019년에 지어진 「심청을 짓다」는 바로 2019년의 우리 사회를 반영하고 있을 것이다. 주지하는 바대로 귀덕이의 모습은 2019년 대한민국의 젊은이의 모습과 다르지 않다. 가정을 이루어 많은 부담을 안고 살기보다는 자신의 안위를 위해 혼인을 포기하는 사람이 많은 게 현실이다. 이제는 3포세대(연애, 결혼, 출산 포기)를 지나 5포(연애, 결혼, 출산, 집, 가정 포기)에서 머물다 N포(모든 것 포기)의 세대라고 하는 오늘의 젊은이들. 귀덕이는 그러한 오늘의 젊은이들을 대변하고 있다.

제사에 참석한 또 다른 인물이 남경 상인이다. 제1장에서 그의 역할은 어수선한 성황당을 정리하고 제사 준비를 거드는 정도의 단순한 역할을 한다. 그러나 귀덕이네의 대사로 볼 때에 남경 상인이 제사를 지내자고 제안하고 제물 등을 준비하는 경비를 지원했음을 알 수 있다. 남경 상인의 이러한 언행은 모두 그의 죄책감에 기인한 듯하다.

> **남경 상인** 나두 벌써부터 이렇게 하고 싶었는데, 통 올 짬이 없으니 실천을 못하고…. 아휴 이제야 사람노릇합니다. (지방을 어루만지며) 에휴 미안하오. 내가 그동안 이 도화동 쪽으로는 고개도 못 돌리것더라고요. 배도 못 타

겠고, 마음이 들렁거려서 영 자리를 못 잡겄드니 늦었지
만 지금 이렇게 차리고 보니 저도 마음이 좀 가라앉습니
다.(10쪽)

남경 상인 심청아가씨 한 잔 받으세요. (올리고 절한다)
미안합니다. 미안해요 심청아가씨, 내 먹고 사느라 짐승
만도 못한 짓을 했소. 깊이 뉘우치고 있으니 용서하시고
부디 좋은 데 가서 극락왕생 하시오.(11쪽)

　심청이가 인당수의 제물이 된 것에 대해 오늘날의 많은
독자들은 있을 수 없는 일이라는 시각을 갖고 있을 터이다.
「심청전을 짓다」의 삭사 역시 「심칭전」의 독자로서 같은 인
식을 갖고 있었기 때문에 생산적으로 수용할 때에는 인제사
에 대해 언급하지 않을 수 없었을 것이다. 많은 독자들의 압
박이 있음을 작가는 알고 있었던 것이다. 그런데 과연 남경
상인의 역할이 과연 이렇게 짧은 대사로 마무리될 것인지는
텍스트를 더 펼쳐보아야 한다. 왜냐하면 제2장에서 심청이
가 인당수에 몸을 던지는 장면을 회상하게 되는데 그 광경
을 목도한 사람이 바로 남경 상인이기 때문이다.
　제1장에서 필자는 심청이를 제사하는 장면에서 출발한 데
주목한다. 심청이네를 다양한 방식으로 돕던 귀덕이네와 심

청이의 친구 귀덕이 그리고 남경 상인이 심청이 제사를 지내는데 관점을 달리 해서 그들을 생각해보면 심청이가 인당수의 제물이 되도록 안내한 사람이 귀덕이네이고 심청이를 인당수로 밀어 넣은 사람이 남경 상인이 아니던가. 그들이 심청이 제사를 지내는 것은 표면상으로는 심청이의 혼백을 달래는 것으로 보인다. 그러나 한편으로는 심청이에게 제사를 지냄으로써 자신들의 죄를 속죄하려는 행위로 볼 수 있다는 것이다. 이를 확대해석하면 「심청전」에서 효녀의 틀을 제고해 보려는 의도로 읽을 수 있다. 즉 심청이로 대변되는 효 이데올로기를 보내고 새로운 이데올로기를 맞이하려는 의도로 읽힌다는 것이다.

귀덕이가 잔을 올리려는 순간 번개와 천둥의 효과음을 타고 아씨와 만홍이, 양반나리, 선달, 노비 개동이 등이 비를 피해 성황당으로 들어온다. 비는 이처럼 사람들을 모이게 만드는 동인의 소재이다. 아씨는 병이 있는 환자이고 만홍이는 아씨가 말만 하면 무엇이든 척척 들어 해결해 주는 종이다. 선달은 칼을 들고 있으며 위협적인 인물이다. 그리고 양반나리는 계급에 맞게 거드름을 피우며 행세하려 한다. 노비 개동이는 당연히 낮은 자세로 위기를 면하고 성황당에도 들어온다. 각 인물의 성격을 간략하게 소개한다. 그 가운데 양반나리는 제2장으로 이어주는 역할까지 맡았다. 귀덕이네가 심청이를 효녀라고 소개하고 그 제사를 지내는 중이라 하자 효심이 어찌 지극하길래 남의 아이 제사를 지내느냐며 자연스럽게 심청이의 효심을 이끌어낸다.

제2장으로 넘어가면서 자연스럽게 심청이에 대한 회상으로 이야기를 전개한다. 서술자는 귀덕이네이고 추임새를 넣는 이는 양반나리이다. '심청이의 탄생과 어미의 죽음−젖동냥으로 자란 심청이−어린 나이에 아버지를 섬김−동네 허드렛일을 하면서 아버지 봉양−심 봉사가 개안하기 위해 몽은사에 공양미 삼백 석을 시주하기로 약속함−남경 상인이랑 도선주가 인당수 제물이 될 처녀를 구함−심청이가 삼백 석을 절에다 바치고 인당수의 제물이 되어 몸을 던짐'의 과정은 독자들이 알고 있는 바와 다르지 않다. 귀덕이네가 과거를 회상하며 서술하는 동안에 두 가지의 비판적인 입장이 양반나리와 만홍이의 입을 통해서 제시된다. 그 하나는 심봉사가 개안하기 위해 공양미 삼백 석을 시주하는 일이다.

> **양반**　　저런 글을 어디로 배운 거야, 무식하기는. 부처님 전 공양을 올리면 눈을 뜬다던가? 괜히 아까운 아이 하나를 잃지 않았는가, 허허 글깨나 읽은 양반이 그런 허무맹랑한 소릴 믿다니.(20쪽)
>
> **만홍**　　저런 세상에. 아무리 아버지 눈을 뜨자고 어찌

하나뿐인 목숨을 내놓아요?(22쪽)

의학적인 힘을 빌지 않고 부처님 전에 공양미를 바쳐서 눈을 뜰 수 있다는 기대가 터무니없다는 독자로서의 생각이 반영된 것이다. 비단 「심청전을 짓다」뿐만 아니라 현대에 재생산된 심청전은 이 부분에 대해 공통된 방식으로 재생산하고 있다. 나아가서는 심 봉사가 맹인 잔치에서 눈을 뜨는 장면 역시 비현실적이며 독자의 공감을 얻기 어렵다. 비판의 대상이 되는 다른 한 가지는 사람을 제물로 바치는 인제사이다. 만홍이, 남경 상인, 선달, 양반 나리와 귀덕이네가 주고받는 대사에서 인제사에 대한 당대의 풍속을 알 수 있다.

만홍　　처녀제물이라니? 아무려면 저 살자고 산 사람을 죽인단 말예요?

남경 상인　그래도 우리는 목숨값이라도 치르지만 세상에 저 살자고 남의 목숨 해치는 일이, 말이야 바른 말이지 어디 우리뿐이오?

양반　　상것들이 먹을거리를 얻고자 딸자식을 판다는 이야기를 내 들어보았네.

선달　　아무리 배우지 못한 상것이라도 인륜을 저버린대서야 사람이라 할 수 있겠습니까?

귀덕이네 그것이 사람 되기보다 먼저 굶어 죽지 않을 라니 밥만 먹여주면 종년에 기생에 첩년에 씨받이까지 달라시는 대로 죄 내주는 거지요.(21쪽)

자본주의사회에서 돈이 중요한 것은 당연하다고 할 수 있다. 그렇다고 해서 돈이 곧 삶의 목적이 되어서는 안 될 노릇이다. 위의 대사를 보면 '먹을거리'를 목적으로 하는 삶의 방식을 말하고 있지만 그런 삶의 방식 즉 배금적인 생각에 사람이 뒷전으로 밀리는 현상에 대한 비판적인 시각이다. '먹을거리'는 곧 재물의 환유이기 때문이다.

심청이의 짧은 생애에 대한 회상에서 초점화해서 볼 부분은 인당수에서 치마를 부릅쓸 때에 했던 유언 같은 말이다.

남경 상인 냅다 뱃머리로 기어가더니만 '도화동이 어디요?' 허고 소리 질러요. 그래서 우리가 '오른짝으로 반만 돌아라!' 그렸더니 비틀비틀 절을 하더니 '미안해요, 미안해요, 미안해요' 이렇게 시 번을 크게 소리치고는 그냥 바다루다 첨벙 달려드네.(23쪽)

심청이는 유언으로 '미안해요'를 세 번 반복했을 뿐이다. 참으로 의아한 유언이다. 아버지를 위해서 자신의 목숨을 바친 사람이 도리어 미안하다고 말하니 의아할 수밖에 없다. 그러나 이에 대해 심청이의 친구이자 대변자인 귀덕이의 목소리로 의문을 풀어준다.

> **귀덕**   지가 동무라 아는디요. 첫째는 아버지를 두고 떠난 불효가 미안하고, 그다음은 아버지 눈뜨는 거보다 아버지랑 있는 것이 더 아버지를 위하는 것이라는 걸 뒤늦게 알아서 미안하고요. 마지막은 죽는다 죽는다 했어도 진짜로 죽을 생각을 하니 겁이 나니께 그것도 미안한 것입니다요.(24쪽)

귀덕이의 목소리에 선달은 지극한 효심이라 하고 양반은 인신공양의 효험을 묻는다. 어디에도 심청이라는 사람은 없다. 나아가 양반은 충효의 중요함이 땅에 떨어진 지 오래인데 심청이의 효행을 접하고 감개무량하다고 했다. 그리고는 퇴계 이황, 주희, 공자, 성호 선생의 효에 대한 말을 들면서 심청이야말로 만고에 효의 상징으로 길이 빛날 효녀라한다. 그러면서 입신행도 양명어후세 이현부모 효지종야(立身行道 揚名於後世 以現父母 孝之終也)를 덧붙인다. 그러나 신체발부 수지부모 불감훼상 효지시야(身體髮膚 不敢毀傷 孝之始也) 즉 부모로부터 받은 몸을 상하지 않는 것이 효의 시작임에도 불구하고 목숨을 버림으로써 효를 다하지 못한 즉 이효상효 (以孝傷孝)를 언급하지 않았다. 양반이 나라님께 심청이 이야 기를 올려서 효녀비를 내려주십사 청해보겠다는데 과연 타 당한 일인가? 만홍이가 '그래도 효도를 해서 출세를 한다니 참 입이 써요.'라면서 의문을 제기한다.

효녀라 슬픈 심청이

제2장은 만홍이가 효도로 출세까지 할 수 있는 당대의 풍 습에 대해 질문을 던지면서 마중물의 기능을 한다. 제3장은 그 질문을 받아서 당대의 사회를 지배했던 이념에 대해 문 제를 제기하면서 심청이 죽음의 본질에 접근하고자 한다. 그 입의 역할을 담당한 인물은 열녀가 되도록 강요하는 환 경으로 병자(病者)가 된 아씨가 담당하고 있다. 다른 사람의 눈에는 보이지 않지만 아씨의 눈에는 심청이가 보이고 심청 이와 대화도 나눈다. '이리와 추워, 이리와! 이리와 옷이 다 젖었어 어떻게 해? 춥지 이리와! 심청아 이리와!'라거나 '심 청이 심청이 슬퍼.'라는 대사는 심청이를 효녀이지만 슬프 고 가련한 인물로 수용한 것이다.

그런 까닭으로 심청이를 대신해서 심청이 죽음의 본질에

대한 물음을 이어가고 있다. 즉 그녀의 죽음은 심청이를 둘러싼 주변의 환경—당대의 이념이라고 해도 좋을 것—때문이라고 이해한다.

> **아씨**　　이번엔 누굴 죽일려고 효녀비를 세운대. 세우면 내가 부셔버릴 거야.(30쪽)
> 당신들이 심청이를 죽였어.(30쪽)
> 네년이 팔아먹고, 네놈은 바다 속에 쳐넣고, 영감은 효녀비 만들어서 애들을 꼬드겨 또 죽일 거지! 개, 돼지도 그렇게 안 해!(30쪽)

아씨는 성황당에 모인 사람들이 심청이를 사지(死地)로 몰아넣은 죄인이라고 외친다. 독자들은 귀덕이네가 심청이의 사정을 알고서 도움을 준다고 생각했을 터이다. 그러나 그 일로 인해서 심청이가 인당수에 몸을 던지게 되었기 때문에 오히려 귀덕이네가 죄인임을 납득한다. 남경 상인은 돈으로 사서 청이를 인당수에서 바다에 밀어넣음으로써 사람이 할 수 없는 일—사람을 제물로 쓰는 일—의 주체자이기 때문에 죄인이다. 양반은 임금에게 고하여 효녀비를 세운다지만 이런 일은 표면상의 이유와는 달리 제2, 제3의 심청이를 강요하는 압력이 될 수 있기 때문에 그 역시 죄인이다. 가난과 사람의 가치 하락, 충효열(忠孝烈)의 이념이 범죄의 주체이다.

심청이의 희생은 개인적인 사정인 것처럼 보이지만 개인에서 집단으로 옮겨가는 문화적인 특수성을 고려한다면 심청이를 둘러싼 환경의 문제로 보는 것이 타당하다고 본다. 즉 경제적인 빈곤과 여성의 하대 그리고 효라는 틀이 심청이의 희생을 강요하고 있다.

> **아씨**　　(양반 앞에 엎어져) 영감마님 나 죽이지 마세요,
>
> 난 살고 싶어요!
>
> 여기에서 영감이란 임금에게 심청이의 효심을 알려서
>
> 효녀비를 세우겠다는 양반을 가리킨다.
>
> 말해라! 날 어닐 찔러 죽일 거나!
>
> (칼을 몸에 대고) 이렇게 찌를까요, 목이요?
>
> 배를 갈라 죽이겠소!
>
> 어디를 내드리리까!(이상 31쪽)
>
> 어서 죽이시오.
>
> (천진하게) 하하하하하하하하하하하하하~ 나 심청이 아
>
> 닌데!(이상 32쪽)

심청이가 이입된 아씨는 피해망상증 환자같다. 그래서 효라는 이념의 틀로 청이를 죽였듯이 시대가 바뀌었어도 또

다른 희생자를 요구하고 있으며, 그 대상이 또다른 심청이인 자신이라고 생각한다. 양반과 선달을 향한 아씨의 부르짖음은 그들이 곧 효라는 이념의 틀을 형성한 사람들이고 그들이 또 다른 제2의 심청이에게 희생을 강요하고 있다는 표현이다. 자신은 심청이가 아니지만 심청이와 같은 희생자가 될 수 있다는 경계의 서술이다.

작가는 시대적인 편차에도 불구하고 오늘날에도 심청이가 인당수에 몸을 던질 때와 비교해 다르지 않다고 수용했다고 볼 수 있다. 죽이지 말라는 반복적인 외침이 차라리 죽이라고 신체를 내어 놓는 데까지 이르고, 마침내 미친 듯이 우는 모습에 절규의 처절함을 느낀다. 그리고 미친 듯한 웃음 끝에 '나 심청이 아닌데'라고 말하는 대목은 이런 문제는 심청이를 넘어서서 모든 사람들로 일반화할 수 있는 문제라고 말하는 것이다.

아씨가 심청이를 대변하여 말하게 된 사연―표면상으로는 아씨가 병에 걸리게 된 사연―을 만홍이가 서술한다. 서술하는 내용을 들어보면 그 사연이 효라는 이념의 틀은 아니지만 동일하게 인식하게 된다.

만홍　　참으로 귀하디 귀하게 태어나 불면 날아갈까,

　　쥐면 터질까 금이야 옥이야 애지중지 자라나서 열두 살

에 양가 어른들이 약조하여 장안 유명 대가댁에 시집을
갔는데.
신랑이 혼인날을 앞두고 급사를 해설랑 어린애가 죽은
사람이랑 혼사를.
얼굴도 못 본, 신랑 없는 과부시집살이가 서럽기 한이
없는데. 열녀 거시기 있잖아요.(33쪽)
시어머니가 아들 잡아먹은 년이라고 구박이 자심터니
난중에는 자결을 해서 아들 대신에 가문을 빛냄이 도리
라믄서 어서 죽으라고 아기씨를 몰아세우니.(34쪽)

이러한 만홍이의 서술을 살펴보면 본인의 뜻과는 상관없
는 혼인, 과부에게 부여되는 열녀이데올로기의 문제가 심각
하다. 아씨는 이러한 폭력의 희생자이기 때문에 노비인 만
홍이가 죽음을 무릅쓰고 아씨를 모시고 도망질을 하고 있
다. 심청이가 '효'라는 이념의 희생자라면 아씨는 '열녀'라는
이념의 희생자라는 점에서 동일하다. 심청이의 영혼을 아
씨에게서 볼 수 있는 까닭이다. 심청이의 가해자라고 보았
던 귀덕이네가 '에휴 억울하지 억울해. 아, 지 맘에 우러나
서 열녀두 되고 효녀도 되는 거지 가문 살리자고 사람을 억
지로 떠다 밀문 안 되는 거잖아요.'라고 만홍이의 생각에 동
조한다. 심청이를 인당수에 밀어넣은 죄인이라던 남경 상인

역시 '살아있는 사람을 열녀 만들자고 죽으라니.'라며 안타까워한다. 이는 개동이도 동의하는 일이다.

이제 심청이의 죽음에 대해 반성하는 시간을 가져야 한다. 그러지 않고는 한 발도 변화할 수가 없기 때문이다. 따라서 귀덕이네는 자신이 심청이를 죽인 게 아니라고 항변하며 그럼에도 불구하고 이렇게 제사지내는 정성을 알아달라고 한다. 귀덕이네의 제사는 속죄의 행위인 셈이다. 귀덕이는 심청이의 죽음이 자신의 죄라며 용서를 구한다.

> **귀덕** 제가 보따리를 싸줬어요. 그런데 심청이가 여기 성황당까지 따라 와서는 발이 딱 땅에 붙어서 떨어지지가 않는 거예요. 못 간다고, 젖먹이 두고 온 어미처럼 아버지가 못 잊어져서 발걸음이 떨어지질 않는다며 미안하다고 뒤도 안 돌아보고 집으로 달려가는 거예요. 그때 내가 안 된다고 잡아 끌고 갔으믄. 다 나 때문이여!(35~36쪽)

남경 상인도 스스로 자신의 죄를 인정하고 속죄하고자 한다.

> **남경 상인** 내가 (도화동이) 아무데라고 하니까 미안하다

고 절을 하더니 아이가 내 손을 꼭 붙잡고서 나더러 손을 놓으라고, 내 손을 움켜쥐고 나더러 손을 놓으라고, 내가 무엇에 홀렸던가 아이 손을 떼어 놓았소! 내가 파도에 던져 버렸소. 내가 뭘 했는가 나도 모르겠소. 내가 뭘로 보이시오? 내가 사람이요? 야차요? 내가 뭐요? (운다) (36~37쪽)

    누구라도 심청이의 죽음에 폭력을 가한 자라는 점에서 자유로울 수 없다. 모두가 지배적인 이데올로기로부터 탈피하고자 노력한다. 왜 심청이의 혼이 아씨에게 합체되어 나타났는지 알게 되었다. 아씨의 병은 탈이념을 위한 내출혈이었다.

    그럼에도 불구하고 이러한 폭력의 근원지인 양반은 딴청을 피우거나 못들은 척하고 있다. 선달은 나아가 아씨에게 칼을 빼들기도 한다. 따라서 아씨의 문제가 해결되었다고 단정짓는 일은 잠시 유보해야만 한다. 어쩌면 뒤늦게라도 이들이 반성하고 용서를 구할지 아니면 또 다른 회피의 방법을 모색할지 기대해볼 노릇이다.

다시 쓴 심청전

아씨는 부모님의 뜻에 따라서 장안 유명 대가댁에 시집을 갔다. 그런데 신랑이 혼인날을 앞두고 급사했다. 양반 법도상 죽은 사람이라도 혼인을 해야 했으므로 신랑없는 과부시집살이를 했다. 그런데 시어머니가 아들 잡아먹은 년이라고 구박을 하더니 자결해서 아들 대신에 가문을 빛내라고 몰아세웠다. 그래서 아씨가 혼이 나갔다.

텍스트는 정보를 주어야 할 곳에서 정보를 잠깐이라도 지연하면서 독자들의 궁금증을 유발하면서 독자들이 텍스트를 손에서 놓지 못하게 하는 매력이 있다. 아씨가 시집가서 힘든 시집살이한 대가댁이 뉘집인지 궁금한 독자들에게 양반은 그 유명한 대가댁을 발설하는 것은 곤란한 듯 '비 그쳤는가 보게나'라며 딴청을 부린다. 지연된 정보는 무엇일까? 그리고 만홍이가 죽을 각오로 아씨를 모시고 가출했으니 그들의 앞날은 어떻게 될 것인가? 첫머리에서 제단 아래에 감추어둔 시체는 어떻게 마무리할까? 궁금하지만 아직도 텍스트에서는 정보를 차단한 채 독자들에게 주어지고 있다. 텍스트의 제목이 「심청전을 짓다」이니 이제 서서히 새롭게 심청전을 지으리라 기대하면서 텍스트를 펼쳐본다.

독자들의 궁금증을 해결하는 단초를 여는 사람은 의외로

개동이다. 개동이는 유명 대가댁에서 그렇게 열녀며느리가 소원이라면 그렇게 만들어드리자며 제안한다. 하지만 열녀가 되려면 아씨가 자결이라도 해야 할 판이니 과연 해결책이 될 수 있을까? 그러나 개동이에게는 제단 옆에 숨겨둔 시체가 있었다. 그럼에도 불구하고 아씨가 열녀가 되는 길을 짐작하기에는 아직 이르다. 순진한 독자에게 개동이가 시체를 확인시켜주면서 아씨가 열녀 되는 방법을 제시하자 이제야 고개를 끄덕이게 되었다.

> **개동** 제 어머니입니다, 평생 남의 종으로 살다 죽었습니다. 흑흑, 상전이 장사 지낼 돈 없다고 가마니에 둘둘 말아 내치라는 걸 차마 그럴 수 없어 내 손으로 묻어드리자고 나왔으나 장사 지낼 방도가 없어 이러고 있습니다. (무릎을 꿇고 엎드려) 노비로 태어나 고생만 똥을 싸게 하고 꽃가마 한 번 못 타보고 죽었으니 인저 저승 가서는 좋은 곳에 태어나라고 우리 엄니도 꽃상여 한 번 타보게 해 주십시오. 아씨 대신 죽었다고 하고 모시고 가믄 설마 시체 보자 하겠습니까?(40쪽)

개동이의 제안에 귀덕이네는 '열녀 좋아하는 시댁어른들이 시체를 볼 리도 없을 뿐 아니라 설령 시체가 바뀐 줄 알아도 토설할 리 없다'며 은근히 양반을 조롱하고 그 양반에게 답을 구한다. 남경 상인도 죽은 공자가 어찌 아씨를 살리겠느냐면서 살려달라 애원한다. 아랫것들은 입을 모아서 살려달라고 애원한다.

양반은 이미 동의했다. 다만 이런 은밀한 일들이 들통날까 조심스러워 시신을 보자 하고, 사람이 다르다 하며, 나중에라도 아씨 신분이 들통날까 걱정한다. 시신은 깨끗하지만 얼핏 비슷하다고 선달은 답하고 만홍이는 절대로 산에서 내려오지 않겠다고 대답한다. 그러나 양반과 선달은 움직거리는 생명인데 누구의 눈에라도 뜨이게 되면 자손들 출신길이 막히게 될 것을 걱정한다. 여기에 남경 상인이 아씨와 만홍이를 모시고 가겠다면서 더이상 빠져나갈 수 없도록 쐐기를 박는다. 열녀도 만들어 드리고, 꽃상여도 태워드리고, 아씨도 자유를 얻을 수 있으니 삼 박자 쾌가 맞은 일임에 틀림없다. 그러나 양반은 끝까지 비겁하다. 모두의 뜻이 그렇다면 자신도 동의하겠다면서도 자신은 이 자리에 없었던 것으로 하자고 한다. 아쉽지만 비가 그쳤고 사건은 종결되었다. 때에 맞추어 비도 그쳤다. 그리고 모였던 사람들이 하나둘씩 모두 흩어진다.

양반과 선달과 귀덕이만 남았다. 그러나 귀덕이는 서술자이므로 양반과 선달만이 대화를 주고받는데 선달이 양반을 숙부라 부른다. 독자들은 이제야 눈치를 채고 손뼉을 친다. 양반과 선달은 지배층으로서 한 패거리였으며, 나머지 사람들은 모두 피지배층으로 양반과 선달의 뜻대로 움직였다는 사실을 알게 되었다. 그러나 돌이켜보면 피지배층이라고 할 수 있는 인물들도 만족할 만한 성과를 거두었으니 설령 양반의 의도대로 되었다고 해서 피해를 보았다고 할 수는 없다. 오히려 숙질(叔姪) 사이인 양반과 선달 사이에 거래가 남았다.

> **선달** 저들을 믿어도 될지…. 남경으로 간다지만 종형수가 장신이 온전치 못하니 나중이라도 들통이 나서 가문에 누가 되진 않을는지 심히 걱정스럽습니다만…. 모대감댁 며느리도 열녀문을 내렸다가 거짓임이 들통나 자손들 벼슬길이 다 막히지 않았으니까? 만에 하나 이일이 들통 나면 벼슬 하나 없는 저야 상관없다지만 관직에 몸담고 계신 숙부님께서 화를 입으시진 않을까 염려됩니다.(48쪽)

얼핏 보면 선달이 숙부를 염려하는 듯하지만 협박하면서 은밀한 거래를 요구한다. 만약에 일이 잘못되어 들통이 나면 숙부에게 화가 돌아갈 것이니 초시에 합격한 자신에게 벼슬길을 열어달라는 요청인 것이다. 이에 양반은 그의 과거 급제한 내력을 묻고는 다음 봄에 벼슬에 들게 조치한다고 약속한다. 이에 선달은 오늘밤에 없었던 것으로 하겠다고 화답한다. 거래가 성공적으로 성사되었다.

> **양반**　은혜가 그리 없어 어찌 할꼬! 죽었다지 않느냐, 이승에서 다시 볼 일은 없을 것이다. 다행히 시신도 있으니 이만 정리하자. 나는 형님 댁으로 올라가 자초지종을 아뢸 터이니, 너는 만홍이를 따라가 일이 되는 것을 보고 문중에 부고를 내어라! 만에 하나 실수가 있어서는 여러 사람이 다칠 것이니 매사에 신중히 처리하도록 해라!(49쪽)

모든 일은 한 치의 소홀함도 없이 잘 처리되었다. 유명 대가댁이 양반의 형님댁이었음을 알았다. 그렇다면 아씨는 양반의 조카며느리였고 양반과 선달은 조카며느리를 열녀로 만드는 일을 공모한 셈이다.

비가 그치고 성황당에도 햇살이 비친다. 어두운 터널을 벗어나 밖으로 나와 햇빛을 본다. 비가 오는 배경이 암울하였다면 비가 그친 배경은 암울함을 벗어나 밝은 세상의 문을 열어주었다. 모두가 만족할 만한 보상을 받았다. 싸우던

개도 웃게 한다는 심청이의 조화로다.

　귀덕이는 심청이가 죽지 않는 방법을 생각했고 이처럼 지혜를 바탕으로 새롭게 심청전을 지었다. 지연되었던 정보는 모두 제공되었고 독자들의 궁금증 역시 해결되었으리라. 비록 첫머리에서 독자들이 기대했던 바와 다르게 전개되었다고 하더라도 그래서 다시 새로운 기대의 지평을 펼쳐야만 한다고 해도 독서과정은 역동적이다.

7

바람난 춘향
―「방자전」을 예로 하여

관람하기 전

작가와 작품이 주를 이루던 데에서 독자들이 한 축을 담당하면서 문학작품에 대하여 새로운 시각을 갖게 되었다. 그 독자들이 문학작품을 재생산할 때에는 그들의 수용양상이 더욱 주목을 받는다. 지금은 작가이면서 독자인 그들의 중요성이 점차 부각되기에 이르렀다. 즉 문학의 수용과 반응이라는 관점이 평가받기 시작하여 이제는 문학텍스트에 대한 이해의 한 방식으로 자리잡게 되었다. 작가와 작품에 한정되었던 시각이, 그 끝 지점에 있으면서 동시에 출발점이기도 한 독자에게로 관심을 돌리기 시작한 것이다.

우리의 문학 역사에서 다양하면서도 많은 독자층을 확보

한 작품으로 단연 「춘향전」을 꼽을 수 있다. 영·정조 시대의 판소리 춘향가부터 전기수에 의하여 읽히던 소설 「춘향전」, 그리고 현대판 「춘향전」에 이르기까지 그야말로 「춘향전」의 독자층은 방대하며, 「춘향전」은 오늘날 다양한 장르로 재생산되면서 그 참모습을 변함없이 드러내고 있다. 그런데 오늘날은 문화 향유층이 텔레비전 앞에서 보내는 시간이 많아졌다. 그런 까닭에 텔레비전 드라마 「쾌걸 춘향」이 인기를 끌더니 이어 영화 「방자전」이 발표되어 많은 관객을 동원하면서 세인의 눈길을 모으고 있다. 특히 영화가 제작될 때부터 말이 많았던 「방자전」은 그만큼 대중의 주목을 많이 받았다.

재생산된 「춘향전」들은 모두 녹자들의 동시내적 가치를 담고 있다는 점을 전제로 할 때에 고대소설 「춘향전」이 변학도의 권력에 기대어 춘향의 정절을 유린하고자 했다면, 오늘날에는 물(物)이 곧 신(神)인 시대이므로 물의 절대적 가치인 돈으로 춘향의 정절을 넘본다. 그런데 아직도 춘향의 정절은 지고지순하다. 그러나 1990년대에 들어서면서 개방된 성담론의 틀 속에서 「춘향전」의 방향성이 논의되었다. 이런 시대적인 변화의 틀 속에서 「방자전」이 잉태된다. 「방자전」

의 출현은 현대소설 「춘향전」에 대하여 논문[18]을 쓴 적 있는 필자로서는 매우 관심을 끄는 사건이었다.

독자의 반란

「춘향전」은 조선 후기인 숙종 말 영조 초 사이에 이야기가 형성되었는데 이후 수백 년 동안 필사된 책들과 구비전승을 통해 후대로 전해져 내려오면서 서사적 전개과정이나 성격이 조금씩 다른 100여 종의 이본을 낳는다. 이 과정에서 작가의 상상력이 더해져 만들어지거나, 구비전승되는 과정에서 입담 좋은 독자들이 재생산 과정에 참여하면서 방자나 향단의 역할이 특별하게 강조된 작품들도 있다.

그러나 김대우 각본 감독의 「방자전」은 지금까지의 춘향전군(春香傳群)과는 출발부터 궤를 달리한다. 즉 사또 자제와 기생 딸의 로맨스, 이별, 수청을 요구하는 탐욕스러운 변학도와 일편단심으로 낭군을 위해 수청을 거절하는 기생 딸 춘향의 대결, 그리고 탐관오리를 징벌하는 어사출도의 통쾌함과 해피엔딩이라는 「춘향전」 군(群)의 골격이 대부분 동일

---

18 한채화, 「춘향전의 생산적 수용 연구」, 2000년, 청주대학교 박사학위 논문.

하지만 「방자전」은 그렇지 않다.

　「방자전」은 고전 「춘향전」을 새로운 각도로 조명하여 방자의 관점에서 해석한 작품으로 2010년 6월 2일 개봉해 많은 관객을 동원했다. 그러나 『춘향문화선양회』에서 개봉일인 6월 2일 성명서를 통해 '춘향에 대한 모독'이라는 이유로 영화의 상영중지를 공식 요청했다. 『춘향문화선양회』는 "상업적 영리만을 목적으로 「방자전」이라는 영화를 제작하며 춘향과 방자가 놀아나는 것으로 묘사한 것은 춘향의 사랑을 단순 노리갯감으로 모독한 것"이라는 견해를 밝히며 영화 상영을 즉각 중지할 것을 요구했다. 이에 대해 「방자전」 제작사는 보도자료를 통해 "「방자전」은 소설 「춘향전」을 바탕으로 하고 있지만 영화적인 상상력을 동원해 만든 창작물이다. 이 과정에서 원작을 훼손하려는 의도는 없었음을 양해 부탁드리며 일부의 분들에게 본의 아니게 심려를 끼쳐드린 점에 대해 심심한 유감을 표하며, 더불어 어떠한 명예도 훼손할 의도는 전혀 없었음을 밝히는 바이다. 이번 일을 계기로 젊은 세대들이 우리의 고전 미담 「춘향전」에 대해 다시 한 번 관심을 가질 수 있는 계기가 되었으면 한다. 더불어 이를 많은 분들의 관심으로 여기고 더 좋은 영화로 보답할 수 있도록 노력하겠다."라고 입장을 표명했다. 이렇듯 엇갈린 반응은 네티즌들에게서도 확인할 수 있다. 물론 네티즌들의 반응이 곧 작품의 질을 판가름하는 절대적인 잣대라고 할 수는 없다. 그러나 텍스트와 독자들의 민감한 필자의 관심을 사로잡기에는 충분하다.

방자를 중심에 두고 「춘향전」을 전개한다면 이몽룡과 춘향의 관계는 어떻게 설정할 것이며, 그들의 사랑은 지속될 것인가? 방자와 이몽룡의 관계는 또 어떠할 것인가? 「춘향전」에 담겨있는 애절함이라든가 탐관오리에 대한 국민들의 분노는 어떠할까? 여하튼 많은 기대 속에 영화관을 찾았다. 일부러 시놉시스를 읽지 않고 영화를 관람했다.

관람하기

영화는 방자가 통속소설의 작가(공형진)에게 자신에 관한 글을 써달라고 부탁하는 장면부터 시작하여 회고하는 형식을 취하고 있다. 중간에 가끔 소설가와 마주한 방자의 현재의 모습을 교차해서 보여주는 전형적인 애정 영화의 구조이다.

우선 방자(김주혁)의 성격부터가 예전의 소설과는 판이하다. 원래 방자는 관아에 소속된 하인으로 이몽룡에게 절대 복종하는 인물이다. 물론 후대로 오면서 그 성격의 변화가 있어 이몽룡을 놀린다든지 춘향이에 대한 애틋한 사랑을 악용하여 자신을 형으로 부르도록 하는 등 성격 변화의 가능성은 언제나 개방성을 갖는다. 그러나 이몽룡이 춘향의 앞에서 봉변당할 처지에 놓이자 건달을 멋지게 혼내주어 이몽룡을 구하여 강력한 남성성을 드러낸다든지 춘향이가 이몽룡과 나들이할 때에 물에 빠진 춘향이의 신발을 건져다 신겨 준다든지, 발목을 다친 춘향이를 업어서 집까지 데려다 주는 모습에서 방자의 색다른 모습을 보게 된다. 이렇듯이 방자의 성격이 두드러지면서 상대적으로 이몽룡의 성격이 약화될 것이라는 기대를 하게 되었다. 그러나 영화는 이러한 필자의 기대를 꺾고 이몽룡이 방자에게 춘향이를 업혀 보내면서도 춘향이를 유혹하기 위한 하나의 진략으로 사용하고 있다. 양반으로서 이몽룡의 위세는 여전하며 방자의 위세에 눌리지도 않고 지략 또한 부족함이 없다. 방자와 이몽룡의 대결구도가 오히려 팽팽한 긴장감을 유지시키고 있다. 춘향이의 사랑을 얻는 것이 두 사람의 목표인데 같은 목표는 둘을 경쟁관계에 돌입하게 한다.

그러나 춘향이는 청풍각 기생의 딸에서 양반의 부인으로 신분상승을 꾀하는 현실적 여인으로 그려져 있다. 몸과 마음은 방자를 받아들이지만 현실적으로 자신의 삶을 안정감 있게 지탱해 줄 수 있는 몽룡과의 관계를 중요시한다. 「춘향전」에서 논자들의 입에 오르내리던 신분상승 논란에 대하여 명확한 입장을 밝힌 셈이다. 춘향이는 여기에서 한 걸음 더 나아가 방자가 옆에서 듣고 있다는 것을 알고 있으면서도 몽룡과의 섹스에서 교성을 커다랗게 내지른다. 이러한 춘향이의 전략은 방자의 욕망을 자극하여 방자가 자신의 곁에 머물게 한다. 춘향이를 처음 본 순간부터 좋아했다고는 해도 춘향이의 덫에 걸린 거짓욕망일 수도 있다는 의혹을 갖는 대목이다. 이몽룡이 춘향이 앞에서 방자의 뺨을 때린다든지 번번이 방자를 무시하는 데에서 그 의혹은 더욱 확실해진다. 그러니 방자가 발목 다친 춘향이를 업고 가는 꽃길이야말로 그 화려함에도 불구하고 눈물이 난다.

「방자전」은 「춘향전」의 인물들을 과감하게 뒤집어서 낯설게 함으로써 오히려 관객의 관심을 집중시킨다. 이몽룡은 과거에 급제하여 탐관오리를 척결하는 데 힘을 쏟는 게 아니라 과거에 동시 합격한 변학도를 희생시켜가며 조정을 사로잡는 방식으로 아름다운 미담을 만들어내고자 한다. 그럼으로써 중앙 정계의 주목을 받으려는 야비한 면을 지니고 있다. 한 마디로 몽룡의 성격은 호색한이며 비열한 어사일 따름이다. 춘향이 역시 신분상승을 위해서라면 사랑하는 하층민 계급의 남자인 방자를 과감하게 버릴 수 있는 인물이다. 춘향이에게서 순수한 사랑을 찾는 일은 불가능하다. 방자는 사랑하는 춘향을 위해 신분의 한계를 넘어서 양반 몽룡과 맞서는 일에 망설임이 없다.

「방자전」의 재미는 이런 중심 인물들이 이끌어 가지만 조연들로부터 생기기도 한다. 즉 연애 고수로 등장해 방자에게 전라도 한량 장판봉 선생의 연애비법을 전수해주는 마노인(오달수)이나 청풍각에서 쫓겨나 자신의 기방을 차려 놓고 어사 신분의 몽룡과 섹스를 즐기는 향단(류현경), 꽃을 찾는 데에만 몰두하는 남원 현감 변학도(송새벽) 같은 인물 역시 「방자전」의 재미를 더하는 요소이다.

채워 읽기

「방자전」은 이렇듯 다양한 재미를 관객들에게 주었다. 그럼에도 불구하고 그 재미에 대하여 다시 한 번 더 생각해보지 않을 수 없다.

우선 춘향이와 이몽룡의 아름다운 사랑이야기를 뒤집어 놓아 관객의 흥미를 집중시킨 것까지는 작가의 상상력을 높게 평가할 수 있다. 그러나 애틋한 사랑이야기를 감각적인 쾌락으로 바꾸었기 때문에 상업적이라는 지적을 면하기 어렵다고 본다. 물론 성담론을 폄하하고자 함은 아니다. 또한 남녀의 사랑이야기가 반드시 지고지순해야 한다는 것도 아니다. 방자는 춘향의 말대로 힘 좋고, 헤엄도 잘 치고, 고기도 잘 굽는 인물이다. 그야말로 하층민이라는 신분을 제외하면 완벽한 인물이다. 「춘향전」에서 이몽룡의 인물이 방자로 바뀐 꼴이다. 따라서 춘향이가 방자에게 관심을 갖는 것은 당연하다. 그러니 춘향이와 방자의 사이에는 사랑이야기를 써갈 필연이 필요하다고 말할 수 있다. 바꾸어 말하면 춘향이와 방자 사이의 사랑이야기는 개연성을 갖지 못한 셈이며, 그로 인하여 리얼리티를 획득하기 어렵다. 즉 두 사람의 사랑이야기는 믿음이 바탕이 되지 못하여 결국 춘향의 배신이라는 결말로 이어지게 된 것이다.

「방자전」에는 탐관오리로부터 핍박받는 모습은 찾을 수 없다. 따라서 그들에 대한 억압도 다루지 않고 있으며, 어사 출도가 안겨주는 카타르시스도 느낄 수 없다. 「춘향전」 독자로서의 김대우 감독이 「춘향전」을 수용할 때에는 춘향의 사랑이라는 점에만 초점을 맞추었다는 불명예를 피하기 어렵게 되었으며, 감각적인 쾌락에 약한 관객들의 호기심을 자극한다는 점에서 상업성에 치우쳤다는 비난도 면할 수 없다.

관람하고 나서

「춘향전」의 향기는 짙어서 오늘날까지 시, 소설, 드라마, 영화 등 다양한 방식으로 수용되고 있다. 또한 재생산될 때마다 동시대성을 담고 있기도 하다. 그런 가운데 독자들은 춘향의 사랑이야기가 그 애절함을 잃지 않을까 조바심하기도 한다. 그러나 이러한 독자들의 바람을 깨뜨린 「방자전」은 가히 혁명적이라고 말할 수 있으며, 거기에 가치가 있다고 볼 수 있다. 이몽룡과 방자의 인물 뒤집기, 춘향이의 성격 바꾸기, 성담론을 부추기는 인물의 창조 등은 재미를 더해주는 요소들이다. 그러나 아무리 춘향의 사랑이야기를 초점화했다고 하더라도 「방자전」은 시의에 편승하여 육체적인 쾌락에 기울어진 영화라는 비판을 피하기 어렵다. 물론 필자의 이런 판단은 필자의 수용 성향일 뿐 모든 독자들의 생각이 다 같지 않을 것은 자명한 이치이다.

「춘향전」의 생명력으로 보아 앞으로도 「춘향전」은 끊임없이 재생산될 것이다. 그리고 많은 독자들이 독서과정에 참여함으로써 춘향전사(春香傳史)가 쓰일 것이다. 문학사는 연대 위에 텍스트를 늘어놓는 것이 아니라 독자들의 역동적인 과정 참여로 이루어지기 때문이다.

문학적 전통은 예전의 것을 그대로 답습하는 것이 아니

다. 그보다는 수정 보완하면서 문학적 전통이 이어진다고 보는 편이 옳다. 그 과정에서 무엇을 유지하고 무엇을 수정 보완할 것인지 묻지 않을 수 없다. 바꾸어 말하자면 반드시 유지해야 할 것이 있을 것이고 반드시 수정 보완되어야 할 것이 있다는 말이다. 당연히 이런 가설도 시대에 따라서 변경될 수 있지만 오늘을 기점으로 살펴볼 필요가 있다.

우리 문학의 중심축이 되는 「춘향전」의 경우도 다르지 않다. 가령 아무리 시대가 변한다고 해도 또는 문학이 시대를 반영한다고 해도 춘향의 정절마저 꺾는 것은 독자들의 마음에 상처를 주게 될 것이다. 더구나 감각적인 쾌락의 대상으로 삼는 것은 우리 문학의 중심축을 흔드는 것일 수 있다. 『춘향문화선양회』도 이 같은 관점에서 「방자전」을 보았기에 상영을 반대한 것이다.

욕망이 비등하다고 해서 그 욕망을 거침없이 드러내는 것만이 능사는 아니다. 필요한 최소치로 표현하거나 아니면 간접적인 방법으로 표현하면서도 얼마든지 드러낼 수 있다. 현실에서 일어나는 일을 문학적인 수사로 멋지게 드러내는 일이 작가의 몫이 아닐까.

독자들은 각자의 성향에 따라 텍스트를 수용한다. 「방자전」을 대하는 독자들의 반응은 그 일단이라고 할 수 있다. 「방자전」이 영화로서 관객의 관심을 끄는 데에는 성공했을

지 모르나 완성도 높은 영화로 성공하지 못한 점을 간과해서는 안 된다. 독자로서 「춘향전」에 대한 비판적 수용을 통해서 독서과정에 참여해야 한다. 그럴 때 우리 문학의 큰 기둥인 「춘향전」의 문학적 전통이 계승될 것이다.

8   놀부가 기가 막혀[19]

「놀부뎐」 어떻게 읽혔나

홍부는 어떻게 갑자기 부자가 되었을까.

제비가 은혜를 갚기 위해 전해 준 박씨 때문이라면 현대
인들이 과연 공감할 수 있을까? 차라리 홍부가 밤이슬을 맞
으면서 남의 재물을 훔쳤기 때문이라는 상황 설정이 더 타
당성이 있어 보인다. 물론 범법적인 가정(假定)이지만 이러
한 상황의 설정은 홍부·놀부의 캐릭터와 당대의 사회 문제
가 조명을 받는 과정에서 드러날 수 있다.

그리고 홍부의 모순된 성격의 갈등−표면적으로는 가난하

---

19 본고「놀부가 기가 막혀」는 필자의 청주대학교 석사학위 논문의 수정판임.

지만 선량하고 염치를 아는 도덕군자로 묘사되지만 실제 행동은 무능하고 생활의욕도 없는 게으른 자—은 단순히 흥부의 타고난 성격의 결점이 아니라 과도기적인 당시의 시대적인 성격에서 연유한 것으로 보고 있다. 결국 최인훈의 「놀부뎐」에 와서 흥부의 선량함이 허황함과 어리석음으로 수용되면서 이러한 수용의 방식을 우리의 한 속성으로 확대·비판하고 있다. 즉 우리네 삶의 풍속을 최인훈은 비판적으로 보면서 그 비판이 비판으로 그치지 않고 못나고 보잘 것 없는 조국이라도 뜨거운 애정의 대상일 수밖에 없다는 해석[20]을 가능하게 한다.

그러면 제비가 물어다 준 박에 의하여 흥부와 놀부의 갈등이 해결되었을까? 이는 오히려 해결이라기보다는 문제의 회피라는 생각을 지울 수 없다. 이런 의문이 드는 까닭은 「흥부전」에서 흥부와 놀부의 갈등이 일단 해결되기보다는 아직도 흥부와 놀부의 문제는 남아있기 때문이다. 둘 다 양심 있는 인물로 성격을 정해도 문제는 여전히 남아있다는 인식을 전제로 수용하기 때문이다. 놀부의 실리주의적인 사고를 그 자신의 탐욕스러운 심성 탓으로 규정짓는 당시 사회 내부의 관습화된 의식이 지배적이었기 때문이다. 이런

---

20 이인숙, 「최인훈의 '춘향뎐'·'놀부뎐'-풍속의 시대적 편차에 따른 고전의 재해석, 『봉죽헌 박봉배 박사 회갑기념논문집』, 배영사, 1986.

시대상이 독자로서 최인훈이 「흥부전」을 수용하는 방식에 영향을 미쳤다고 본다. 이에 필자는 놀부와 흥부의 관계가 대립적이기보다는 진정한 인간적 덕목으로서 의미를 부각 시킬 수는 없을까 고민하게 된다.

이런 관점을 전제한다면 「놀부뎐」은 놀부의 실리주의적인 사고와 형제간의 우애라는 인간적 덕목을 아우르고 있다고 볼 수 있다. 즉 당시 유교 사회의 경제적 무능과 위선적인 도덕관념을 반성의 대상으로 삼고 있는 것이다.

사회학적으로 접근하고 있는 김치홍(金治弘)의 연구는 「놀부뎐」을 결코 「흥부전」에 대한 변명으로 볼 수 없다고 하면서 놀부를 현대 시민의 한 원형으로 인식하고 있다. 다시 말하면 핵가족제도의 확대나 도시화에 의하여 윤리관에 변질이 와서 놀부에게서 인정미를 찾아볼 수 없으며 자연과학의 발달－물질주의적 세계관－상품화 현상으로 이어지는 가운데 놀부의 행위는 인(仁)이나 의(義)에 의한 인간관계가 아니라 서로를 이용하여 자신의 이익을 추구하는 방편으로 삼는다는 것이다. 또한 산업사회로의 전환은 정신적인 측면을 최고의 가치로 인정하는 기존관념을 허물고 물질만능주의를 심화시켜 철저한 경영으로 얻어진 놀부의 재물은 동생으로 말미암아 부패한 관리들에게 빼앗기게

된다는 것이다.[21]

　「놀부뎐」에 대한 다양한 수용을 전제로 한다고 해도 그 바탕에는 문학텍스트의 범주를 벗어난 수용 양상은 본질을 벗어나 허황되다는 평가를 받을 수 있을 것이다. 물론 철학이나 사회학적인 접근도 의미가 있지만 이는 충분조건일 수는 있어도 필요조건은 아니다. 철학적 인식이나 사회학적인 접근이 문학텍스트를 윤택하게 할 수는 있어도 그것 자체가 목적이 될 수는 없다. 「놀부뎐」을 수용하는 방식도 그 범주를 벗어나지 않아서 문학의 내적 공간을 확충하는 것이 절대적으로 필요하다.

　「흥부전」과 최인훈의 「놀부뎐」 사이에는 시대적인 편차가 크다. 따라서 흥부와 놀부에 대한 인식도 커다란 차이를 드러내고 있다. 이를 좀 더 체계적으로 살피기 위하여 두 텍스트의 스토리 층위를 대비함으로써 최인훈의 수용양상을 살피고 재생산에 변함없는 가치를 찾아보기로 하자.

가. 「놀부뎐」의 스토리 층위

1) Prologue

2) 놀부의 재산 축적

21　김치홍, 「놀부의 현대적 의미-〈놀부뎐〉의 사회적 접근」, 인권환 편저, 『흥부전 연구』, 집문당, 1991, 495~516쪽.

3) 흥부의 신세에 대한 한탄

4) 흥부의 매품과 놀부의 분노

5) 놀부의 재물관과 선행

6) 흥부의 무기력으로 인한 놀부의 고민

7) 흥부의 집으로 가서 부자가 된 이야기를 들음

8) 놀부의 사실 추궁과 흥부의 고백

9) 보화의 원환과 흥부, 놀부의 옥사

10) Epilogue[22]

나. 「흥부전」의 스토리 층위

1) 허두: 부모 재산 분배

2) 놀부의 심술

3) 흥부 오막살이 집을 지음

4) 흥부의 가난한 신세

5) 놀부의 집에 식량을 얻으러 감

6) 흥부의 품팔이

7) 제비의 다리를 고쳐줌

8) 강남 갔던 제비가 은혜를 갚으려고 박씨를 물어 옴

9) 박 네 통을 타서 호의호식하며 태평히 지냄[23]

---

22 최인훈, 「놀부뎐」, 『우상의 집』, 최인훈 전집8, 문학과 지성사, 1976.

23 「흥부전」, 목판본(경판본25장본), 원본 영인 한국고전총서4, 산문류 고대
    소설선 하(서울 대제각, 1975) 이하 「흥부전」은 모두 경판본 25장본임.

두 작품의 스토리 층위를 살펴보면 흥부와 놀부의 성품을 비롯하여 재산 축적의 과정 등이 대비되는 점을 발견하게 된다. 그리고 흥부의 어려운 살림이 반전되는 구조를 마련하고 있다는 공통점도 발견할 수 있다. 그러나 이것은 시대적인 편차를 극복하고 흥부에게 갖고 있는 애정의 표현으로 보인다. 독자겸 작가가 흥부에 대하여 갖는 애정은 곧 그의 사전 지식이자 기대지평인 셈이다.

이와 같이 「놀부뎐」은 「흥부전」과 동일한 구조를 많이 지니고 있으면서도 그 내용에 있어서는 상반된다. 다시 말하면 흥부와 놀부가 부모의 재산을 분배하는 방법에 있어서 상반된다. 「흥부전」에서는 놀부가 홀로 차지하지만 「놀부뎐」에서는 형제가 동등하게 분배한다는 차이점이 있다. 또한 「흥부전」에서는 흥부의 선량한 성품과 놀부의 심술 가득한 성품이 대조되는 반면 「놀부뎐」에서는 흥부의 무능함과 놀부의 합리적인 사고가 대조를 이루고 있다. 반전의 계기도 전혀 달라서, 「흥부전」이 제비의 보은에 의한 박을 통해 이루어지지만, 「놀부뎐」은 그러한 설화적 구조를 일탈(逸脫)하고 있다. 즉 반전의 계기를 환상으로부터 현실로 옮겨온 것으로 볼 수 있다.

1966년생 놀부

「흥부전」을 읽은 독자 최인훈은 그의 성향에 의해 수용하고 상상력에 의해 생산적으로 수용하여 한국문학 1966년 봄호(현암사)에 「놀부뎐」으로 발표하였다. 그 바탕에는 흥부 중심의 「흥부전」에서 벗어나 이제 놀부를 중심으로 이야기하겠다는 것으로 인식이 깔려 있다. 물론 「흥부전」에서 악역을 맡았던 놀부를 독자들은 알고 있다. 그래서 놀부를 중심으로 어떻게 이야기를 서술해 나갈지 궁금해진다. 호기심을 갖기에 충분한 제목이다.

> "세상의벗님네야 이내푸념 들어보오 광대글쟁이 심사
> 를볼작시면 세상일다 아드키 못본일본드키 옥황상제염
> 라대왕 승지노릇지낸듯이 남의일 제일같이 잘도줏어 섬
> 기지만 무단봇 함부로놀려 무고인생해친것이 가히 도척
> 의빰치겠다."(279쪽)

위의 프롤로그를 보면 놀부의 입장에서 「흥부전」의 피해를 푸념하고 있다. 적층문학(積層文學)으로서 「흥부전」을 생각할 때 광대글쟁이란 「흥부전」의 창작에 참여한 사람들(성장과정의 이야기꾼, 판소리의 광대, 창작에 가담한 독자층)을 뜻하는 듯

하다. 결국 그들이 놀부에 대한 가혹한 평가를 하여 죄 없는 인생에 피해를 주었다는 항변으로 들린다. 그러나 이렇게 표출된 내용에 대한 해석보다는 행간에 감추어진 의미를 파악해보자. 지금까지는 언중(言衆)에 의하여 무고한 인생을 희생당했지만 「흥부전」이 독자들의 사랑을 받던 때와 시대적인 편차가 있는 지금은 자신에게 가해진 잘못된 해석을 바로잡겠다는 선언으로 들린다. 이는 놀부에 대하여 새로운 해석을 가하겠다는 최인훈의 선언과 다르지 않다.

첫 번째 항변은 부모의 재산 분배로 비롯한다. 「흥부전」의 독자들은 놀부가 부모 구몰(具沒) 후에 재산과 전답을 혼자 차지했음을 잘 안다. 그러나 독자들의 이러한 선지식은 놀부의 항변을 통하여 배반당한다.

> 모년모월모시에 선친께서 작고할새 유언머리맡에서 들
> 어받자온대로 논밭대소세간을 우리형제가 한짝버선 나
> 누어들듯이 꼭같이나누어가지고…….(279쪽)

그러니까 재산분배에서 놀부가 혼자 재산을 차지하고 감수해야 하는 비난을 제거하고 있는 것이다. 출발선이 같으므로 이후 재산의 많고 적음에 대하여 공정한 평가를 받을 수 있는 기틀을 마련한 것으로 볼 수 있다. 이러한 기틀 위에 놀부 내외는 새벽부터 저녁까지 여가도 없이 열심히 일하였다. 그리고 그 덕분에 농사는 풍년을 맞이한다. 궂은 일 험한 일 가리지 않고 일한 지 다섯 해 되어 곳간에 곡식이 가득하고 풍요로움을 이룬다. 부정한 방법으로 축적한 재산은 없고 비난할 실마리도 찾을 수 없다. 놀부의 이와 같은 부지런함은 체면보다는 실리를 중시하는 사고(思考)의 덕분이다. 부지런함으로 축재한 놀부가 지나친 집착으로 인하여 고리대금업까지 손대는 부분에 이르게 되면 독자로서 안타까움을 금할 수 없다.

> 곳간에그득하니 곡식각도물산이요 문전옥답이 걸음마
> 다문안이요 포목주단이기백필이요 원근에놓은빚이 수
> 백인데…….(280쪽)

그는 이어서 흥부네 신세를 살피면서 흥부의 바보스러운 행위에 울화가 치밀고, 흥부의 가난함이 흥부의 게으름에서 비롯되었음을 통탄한다. 「흥부전」에서 놀부가 흥부에 대하여 갖는 좋지 않은 감정이 놀부의 못된 심사 때문이다. 그런데 「놀부뎐」을 보면 놀부가 흥부를 비난하는 것은 합리적이라고 생각하게 된다. 이는 최인훈이 「놀부뎐」을 발표할 당시의 시대적인 기대지평과도 맞물려 있다. 놀부가 중심이 되는 「놀부뎐」에서는 놀부가 모리배(牟利輩)가 아니라 오히려 흥부가 모리배로 보이기 때문이다.

> 선형물려준 논밭가산 갈라진당시에 흥부놈거동보소 마
> 을의 게으르고못된잡놈 수삼인이작당하여 감언이설로
> 꼬이는수작에 솔깃덤벙하여 하는말마다하고 논밭마지
> 기깡그리잡히고 남경배장사에 일확천금을 헙뜨더니 뉘
> 아니그러던가 빈털털이알거지가 되었구나.(280~281쪽)

이는 선량한 흥부로 알고 있는 독자들의 사전지식을 배반한다. 흥부는 재산을 늘리는 재주도 없었지만, 착하고 어진 인물로 독자는 받아들이고 있었다. 무기력하기는 했지만 심성이 바르고 고와서 당시의 독자들에 의하여 긍정적으로 수용되었다. 「흥부전」이 적층문학이라는 점을 염두에 두면 선량함이 승리하는 것은 당시 독자들의 요구가 창작에 반영된 것으로 보인다. 그러나 「놀부뎐」에서의 흥부는 부모의 유산을 분배받지 못해서 가난하기보다 놀부와 똑같이 재산을 분배받았지만 마을의 못된 잡놈들이 감언이설로 꼬이는 수작에 논밭을 날리고, 남경배장사로 일확천금을 노리다 알거지가 된다. 그의 가난은 주견(主見) 없는 삶과 횡재를 바라는 부질없는 생각으로 인한 당연한 결과이다. 그러므로 실리적인 사고를 하는 놀부에게 흥부는 비난의 대상일 수밖에 없는 것이다. 이러한 놀부의 시각은 놀부로 한정되지 않았는데「놀부뎐」발표 당시의 가치이기도 했다. 핵가족제도의 확산은 개인주의를 싹트게 했고 이기주의로까지 변모하게 되었다. 이러한 가치관을 가진 시대의 사고에 의하면 동네 부모가 백이요, 마을 친구가 백이요, 네 말도 진정이오 그 댁이 고맙구려, 너도 좋다 나도 좋다는 식의 농경시대적 사고는 확실히 비난을 받을 만하다.

'모진 마음 독한 심사 도사려먹고 남 잡으며 사는 길도 저 죽기 십상인데'라는 놀부의 탄식 속에는 놀부가 지니고 있는 경제관이 잘 나타나 있다. 즉 남을 잡더라도 내가 살아야 한다는 결과중심의 경제관이다. 그러나 놀부는 텍스트 상의 놀부에 머물지 않고 텍스트를 벗어나 시대의식으로 확산되어 해석하게 된다. 따라서 놀부의 경제관은「놀부뎐」발표 당시 우리의 경제관과 연관지어 생각하게 된다. 문학과 사회의 구조적인 상동성을 생각하면 당연하다.

1960년대 말 부실기업의 정리에서 기업의 부실에 대한 근본적인 원인을 여섯 가지로 정리하였다. 그 가운데 정부주도 및 계획목표 지상주의 기조의 문제점도 그 중 하나였다. 다시 말하면 무리한 계획과 목표를 달성하는 과정에서 합리성이 희생되어 계획의 본래적 의도와는 달리 오히려 비효율

성만을 키웠다는 지적이다. 내가 살기 위하여서는 남을 희생시킬 수도 있다는 놀부의 논리는 바로 이러한 계획목표 지상주의와 다르지 않다. 목표가 정해지면 과정의 문제는 사소하게 생각하는 결과 중심의 사고이다. 그러나 사람들의 삶은 과정 중심이지 결코 결과 중심일 수 없음을 전제한다면 놀부의 가치관은 매우 독선적이어서 위험한 발상이다.

흥부의 많은 자식과 자식 교육에 대해서도 놀부는 비난한다. 흥부에게 많은 자식이 있음은 「흥부전」의 독자들은 모두 알고 있다. 그러므로 「놀부뎐」은 수많은 흥부의 자식들이 번갈아 흥부 내외를 보채는 장면을 「흥부전」에서 그대로 차용하고 있다. 문제는 가난이 극복되지도 않은 상황에 대책도 없이 많은 자식을 낳고, 저 먹을 양식은 갖고 난다는 사고를 한다는 점이다. 수많은 아이들이 모두 일꾼이건만 흥부는 그들에게 일을 가르치지 않는다. 이는 놀부의 자녀 교육관과 많은 차이가 있다. 「흥부전」은 흥부의 '가난'에 대한 중대한 고민이 주제이다. 이런 점[24]을 생각할 때, 손마다 일이고 보면 가난할 리 만무하다는 놀부의 항변은 가난을 벗어날 수 있는 방법으로 설득력이 있다. 결국 「놀부뎐」은 「흥부전」의 가난구제라는 주제를 긍정적으로 수용한 셈이다.

---

24 전윤숙, 앞의 논문, 63쪽.

놀부는 흥부가 매품을 파는 소극적인 삶의 방식에도 분노한다. 매품에 대한 놀부의 분노는 표면적으로는 부모님으로부터 물려받은 신체발부를 손상시키는 불효 때문이라고 한다. 그러나 현실주의자인 놀부가 단지 이런 이유 때문에 흥부의 매품을 비난했으리라고는 볼 수 없다. 흥부가 양식을 동냥하러 왔을 때 매를 들며 하는 놀부의 말이 그를 뒷받침하고 있다.

이세상이 욧임금격양가에 순임금성댄줄알았더냐 도척
이가도포입고 관슉이가육모방망이잡은 말세난센줄 네
모르는게 악하구나.(282쪽)

도척은 중국 춘추시대의 큰 도둑인데 그에게 관복의 상징인 도포를 입혔다. 관직에 있는 사람이 도척과 다르지 않음을 말하고 있다. 또한 무왕(武王)의 아우로 형을 배반하고 모반하여 주공(周公)에게 피살된 자가 백성을 지키겠다고 육모방망이를 차고 있으니 고양이에게 생선을 맡긴 형국을 가리키고 있다. 결국 좋지 않은 일을 한 사람들이 관직에 앉아 있는 세상이요 그래서 말세(末世)요, 난세(亂世)인 것이다.

사회에 대하여 이러한 인식을 하고 있는 놀부는 흥부의 매품이 효도에 어긋나기 때문이라기보다는 험한 세상에 비하여 흥부의 행동이 어리석기 때문이다. 관(官)에 대한 놀부의 불신이 팽배함을 알 수 있다. 그러기에 시대에 걸맞지 않게 매품을 파는 흥부는 비난의 대상일 수밖에 없다. 놀부의 합리적인 세계관에 부합할 리 없다.

> 세상은고해화택이요 가난구제는 나라도못한다하였는데 흥부저사람심사보소 남에게싫은소리없이 제울타리 지켜질까 모진맘 독한서슬없이 놓은빚걷히며 낟알을세고 필육을사리는일않고 광이어이찰까.(283쪽)

남에게 싫은 소리를 해야 하고 모진 맘을 먹어야 하며 셈속에 밝아야 부를 이룰 수 있다는 것이다. 바꾸어 말하면 흥부는 남에게 싫은 소리를 하지 않으며 모진 맘, 독한 서슬이 없고 셈에 어두워 가난한 것으로 인식하고 있다. 놀부의 이러한 생각이 시대를 정확하게 파악하고 있다고 볼 수 있다. 그럼으로 「놀부뎐」의 독자들은 놀부의 생각에 정면으로 반박할 수 없다.

「흥부전」에서 흥부의 가난은 청빈낙도의 사상과는 다르다는 분석은 시대가 변했음에도 유효하다. 남경배장사로 일확천금을 벌겠다는 흥부는 모질지 못하고 셈속이 어두워 가난한 것이지 청빈낙도에 의한 것이라고 할 수 없다. 뿐만 아니라 「흥부전」을 고정체계면과 비고정체계면 양면성으로 가르고 비고면에서 흥부와 놀부의 대립을 분석한 조동일의 연구도 「놀부뎐」의 흥부와 놀부의 모습을 예견한 듯하다. 그는 흥부와 놀부의 빈부 대립은 고면과 비고면에 다 있다고 보았다. 흥부는 예의와 체면을 존중하면서도, 이에 어긋난 무슨 짓이든지 다해 살아갈 수밖에 없는 자이고 놀부는 '예의와 체면 자체를 부인하고 부의 획득을 위해서 수단을 가리지 않는 자'로 서로 대립한다는 것이다.

놀부는 또한 금전이나 물질을 경원하는 가치관에 대하여도 항변하고 있다. 그러면서 그 항변은 양반에게로 그리고 물질보다는 정신우위를 외치는 사람들에게로 향한다.

> 음흉컴컴양반놈들 겉차림에 겉속아서 땡전없고땡톨없는놈들이 돈알기를 문둥이발싸개같이보며 궁색살림 뉘탓인듯하고 푼수없는관혼상제 패가망신을 마다 않는구나(283쪽)

놀부는 형식과 명분을 중요시하며 실속이 없는 양반들을 비난한다. 조상으로부터 많은 재물을 물려받지 못한 놀부내외는 피땀 흘려 축재하였다. 이러한 사실을 아는 독자들은 놀부의 합리적인 가치관에 대하여 반박할 수가 없다. 또한 산업사회의 이행과정에서 정신적인 측면을 강조하기보다는 금전에 대한 욕구를 갖는 것이 나쁘다고만은 말할 수 없다. 자본주의 사회에서 경제를 중심에 두는 것을 반박할 수 없기 때문이다. 다만 지나친 경제 우위의 가치가 황금만능주의를 잉태하여 모든 것을 경제적으로만 해석하려 든다면 이는 우려하지 않을 수 없다. 놀부의 배금사상(排金思想)은 공자의 도에 비교되면서 극치에 달해 돈타령을 낳게 된다. 이제 놀부에 대하여 긍정적으로 평가할 수 있는 가능성을 수정해야 한다.

"놀부 이사람은 엽전속에길을보니 어느것이 높다하며 어느것을 낮다하랴 앉아서도돈이요 누워서도돈이요 이리돌려도돈이요 저리돌려도돈이요 풀어놓은돈이요 모아놓은돈이요 나아가서돈이요 들어오며돈이요 다리건너돈이요 밭에가서돈이요 몰리면서돈이요 대들면서돈이요 비껴놓고돈이요 바로놓고 돈이요 되로주고돈이요 말로받고돈이요 조득돈하면 석사라도가얘라.(283쪽)

이러한 돈타령의 내용을 살펴보면 「논어(論語)」 이인편(二仁篇)에 나오는 '朝聞道 夕死可矣'를 변용한 끝부분 즉 '조득돈하면 석사라도가얘라'에 집약된다고 할 수 있다. 결국 도(道)

의 자리에 돈을 대입하여 공자의 도와 돈을 동일시하고 있는 것이다. 이는 돈의 위상을 높였다고 볼 수는 없고 돈과 목숨을 바꿀 정도로 돈의 노예가 되어 돈을 위해서는 목숨까지도 바칠 수 있다는 비아냥으로 해석할 수 있다.

놀부는 양반에 대해서도 비판의 고삐를 늦추지 않는다. 현실적인 사고를 하는 놀부는 마음만 옳게 먹고 부지런만 하면 좋은 시절 만날 수 있다는 가능성을 믿지 않는다. 왜냐하면 놀부가 인식하고 있는 사회는 정상적이지 않기 때문이다. 내용보다는 형식을 중시하며 위선적인 양반들이 벼슬자리에 앉으면 탐관오리가 된다고 생각할 정도로 양반에 대한 불신이 심하다.

> 양반은 신선이아니요 세끼먹는인종이요 그뿐이랴 수염
> 이석자라도 먹어야양반이요 사서오경에 천지이치도덕
> 경을통한선비님이 벼슬하면 가렴주구에 탐관오리정측
> 임은 세상이치가 겉은공명이오 속은잇속이라 남죽이고
> 제살자는것이관대 제욕심옥황상제께맡겼소하니 그아
> 니우스운가.(284쪽)

놀부는 양반도 평민과 다름없는 존재이지 별다른 존재가 아니라는 인식을 갖고 있다. 양반이 벼슬하면 오히려 백성

을 괴롭히는 탐관오리가 되고 표리부동하여 겉으로는 편벽
(偏僻)됨이 없이 공정하고 명백하지만 속으로는 자신의 실리
를 추구한다는 것이다. 양반과 벼슬아치에 대한 이러한 불
신은 반상의 차별에 대한 도전이다. 하지만 그 원동력은 시
대의 변화에 따른 독자들의 현실 인식이기도 하다. 놀부의
항변은 소매 밑 뇌물로 권력과 결탁한 무리들이 부를 축척
한 것을 비난하면서 이어진다.

> 호방의호방되고 이방의이방되어 있는재물속이고 세납
> 금줄여잡고 하나주고열얻자니 소매밑뇌물이요 신관사
> 또청연에도 칭병코 발뺌한다 이러구서야근근부지재물
> 이거늘 삼강오륜을 생으로 알고 신선놀음에 도끼자루썩
> 는줄모르니 이백성구하기로는 요순이 다못하다.(284쪽)

   하나 주고 열을 얻으려는 것은 지극히 상업적인 계산이
다. 이러한 상업적 계산이 가능하려면 관리의 소매 밑에 뇌
물이 이어져야 한다는 것이다. 관리의 부패를 통해서 사회
의 부패를 말하고 있다. 삼강오륜을 배워서 알고 있음에도
학문과 생활이 분리되어서 아무런 쓸모가 없다는 항변이다.
돈벌이보다 더 중요한 일이 없는 놀부가 이익을 추구하는 일
을 항변하고 나선 것은 이익추구에 개입하는 탐관오리를 문

제 삼고 있는 것이다. 사회에 대한 놀부의 인식은 태평성대가 아니라 부정과 부패로 병들었다는 것이다. 그래서 놀부는 이 세상의 삶이 풍류 아닌 춘추전국시대라고 한다. 1960년대의 우리 사회를 보는 최인훈의 시각이며 반영이다.

놀부는 또한 겉치레를 소중하게 생각하는 사고방식에도 각성을 촉구한다. 내실을 기하지 못하고 허례허식을 좇는 삶을 비난한다.

> 남의빚못갚는신세에 상감국상치르듯초상난데춤추기
> 미역꼬투리하나없어도 피기한답시고 개보살꼬고신주
> 모시는해산한데개닭잡기(285쪽)

세상이 어지러운데도 불구하고 서로의 이해타산을 위하여 싸움이나 하는 세상이고 보니 되는 대로 살아보자는 것이다. 빚도 갚지 못하면서 사치와 허영은 극에 달하고 있다. 그러나 문제는 남들이야 어찌하든 한 뱃속 한 핏줄인 흥부가 저리하니 놀부의 심사가 편하지 않고 놀부와 흥부의 대립이 고조된다. 물론 이 대립은 놀부에 의한 일방적인 것이지만 같은 하늘 아래서는 살 수 없는 불공대천지수(不共戴天之讐)로 대립한다. 그러면서 놀부는 우울해한다. 놀부는 흥부가 밉다기보다 양반 지배층이 타락했음에도 그러한 사정을 인지하지 못하는 흥부가 원망스러운 것이다. 물론 세상의 이치를 통달하여 약한 사람 때려잡고 강한 사람 구슬러서 호의호식하며 잘 사는 양반들도 잘못이 있다는 것이다. 그러나 양반이 둔갑하여 성인군자가 될 세상이 아니라면 포악선습을 익히는 길밖에 없는데 흥부는 그렇지 못하다. 독자들은 놀부의 그럴듯한 항변에 귀가 솔깃하지만 옳지 못한 세태에 쉽게 적응하며 풍요를 이룬 놀부의 생각에 동의하지는 못한다. 독자는 아직도 「흥부전」의 놀부가 반윤리적이고 비도덕적인 모습이었다는 기억을 하고 있다. 그리고 그러한 「흥부전」으로부터 최인훈의 「놀부뎐」은 많은 시대적인 편차가 있었기에 놀부의 모습이 도덕적이고 윤리적이기를 기대하였지만 그러한 기대는 무너진다. 다만 놀부의 처는 과거의 모습에서 벗어난 모습을 보인다. 놀부의 표현을 빌면 '후덕한 우리 마누라 뒷문으로 양식 보내고 치마폭에 옷가지 나르는 눈치'라고 하였다. 밥주걱으로 시동생의 뺨을 치던 모습에서 꽤나 많이 변하였다. 놀부의 아내가 도덕성을 회복해간다면 놀부는 조금도 변하지 않았다.

이상으로 놀부의 성격을 서술한 전반부를 요약해 보면 부모의 유산을 공평하게 분배받아 유산약탈이라는 반윤리적 성격을 제거하고 근검·절약하여 재산을 축적한 긍정적인 모습을 보인다. 「흥부전」을 통해서 이미 알고 있는 놀부가 아니라는 사실에 독자들의 사전지식은 배반당한다. 놀부는 일체의 허례허식을 배제하고 체면이나 명분을 내던졌다. 이는 봉건을 탈피하지 않고서는 현대로 갈 수 없다는 최인훈의 인식을 바탕으로 하고 있으며 동시에 최인훈의 작가적 수용 양상이다. 그렇기에 독자들이 놀부의 항변에 맞설 수는 없다. 그렇다고 해서 놀부의 모습을 긍정적으로 받아들이는 것도 아니다. 오히려 이익추구에 지나치게 치중하다보니 황금만능주의에 빠지게 되고 배금사상까지 젖게 된 놀부의 모습은 부정적이다. 놀부가 인식한 부는 과정을 무시한 채 얻어진 결과일 뿐이다. 더욱 큰 문제는 지나치게 물질중심으로 생각하다 보니 인간의 존엄성을 상실하고 따라서 반윤리적인 면이나 비도덕적인 면을 버리지 못하였다는 점이다. 이제 이러한 미해결의 과제 즉 놀부의 부정적인 측면이 어떻게 극복될 것인지 텍스트를 좀 더 살펴보자.

눈물 속에 핀 꽃

「놀부뎐」은 크게 두 부분으로 나누어볼 수 있다. 한 부분은 지금까지 살펴본 바와 같이 놀부의 항변을 통하여 놀부 성격을 서술한 부분이고 나머지는 이제부터 살피게 될 사건의 전개부이다. 우리는 앞에서 흥부 중심의 「흥부전」을 놀부 중심으로 변개시켜 놓은 것을 보았다. 모든 것이 놀부의 입장과 잣대에 의하여 재어졌다. 그래서 독자들은 이제 놀부를 현실주의자·실리주의자·봉건적 사고를 탈피한 용기있는 자로 인식하게 되었다. 그뿐만 아니라 인간미가 소진한 사회 속에서 표면적으로는 선량하지만 실제는 무기력하고 나약해 보이는 흥부와 대립하는 놀부의 모습도 보았다. 대립의 상대편에는 형식과 명분을 중시하는 양반이 오기도 하고 소매 끝에 뇌물이 끊이지 않는 탐관오리가 놓이기도 한다. 결국 흥부─양반─탐관오리로 이어지는 대립의 연장선에 아직도 봉건적이고 권위주의적인 사고에서 벗어나지 못한 우리의 자화상이 놓이는 것이다.

그러나 독자들은 텍스트가 이처럼 대립하는 데 그치지 않고 화해의 공간을 마련하지 않을까 하는 기대를 갖는다. 왜냐하면 놀부의 성격을 서술한 전반부에서 그러한 암시를 읽을 수 있기 때문이다. 흥부에 대한 미움의 원인은 개체로서의 흥부에 있지 않다. 그보다는 흥부가 남에게 싫은 소리 못하고 모진 맘 먹지 못하며 셈속에 밝지 못하고 험난한 세상을 견디지 못하는 데에 있다.

사건의 발단은 흥부의 횡재로부터 비롯한다.

이럴지음에 풍설이괴이하구나 땅에서솟았느냐 하늘에
서내렸는가 흥부이돈을 물쓰듯하여 달포가채못가 파
옥초가섰던자리에 고대광실세우고 대소중문들어간곳
에 곳간높이짓고 십여남여종이 조석으로대령한다하니

(284쪽)

놀부는 의아함을 이기지 못하여 흥부의 집으로 달려간다.
합리적인 놀부의 사고로는 도저히 이해되지 않기 때문이다.
놀부가 부를 축적하기 위하여 얼마나 근검하였는지 독자들
은 알고 있다. 뿐만 아니라 돈이 되는 일이라면 힘들고 험한
일도 가리지 않은 놀부 아니던가. 그런데 갑자기 부자가 된
내력을 묻는 형 놀부에게 흥부는 「흥부전」에서와 똑같은 제
비의 보은박 이야기를 꺼낸다. 그러나 놀부가 이를 믿을 리
없다. 왜냐하면 놀부는 합리적인 사고를 하므로 이런 황당
무계함을 인정하지 않기 때문이다. 그러면 우리는 「흥부전」
이 왜 이런 설화적 구조를 지니게 되었는지 알아볼 필요가
있다. 다 알다시피 「흥부전」은 적층문학이다. 따라서 「흥부
전」의 창작에 참여한 사람은 한두 명이 아니다. 이야기꾼,
판소리의 광대, 그리고 「흥부전」의 작가들이 모두 창작에 참
여한 것이다.

강담사(講談師)나 강창사(講唱師)는 창작에 적극적인 참여가 있었다. 강담사의 실례로 들었던 오물음(吳物音)의 경우를 보면 인색한 부자의 초청을 받아 이야기를 하게 된 자리에서 그의 인색을 깨우치기 위한 의미의 이야기를 즉각 지어서 했던 것이다. 민옹전의 민옹은 상황에 따라서 해학을 민감하고 기발하게 지어냄으로써 자기의 존재를 인식시키고 있었다. 유능한 강담사는 이와 같이 창작적인 기능을 구비하고 있었다. 역대 명창들은 <더늠>을 후세에 전하는데, <더늠>은 음악적인 면도 있지만 보다 문학적인 면에서 특이하기 때문이다. 판소리 명창에서도 문학적인 창의성이 중요하였음을 알게 된다.

그리고 이야기꾼이나 판소리의 광대들은 그들의 수입을 위하여 고객들의 요구를 수용하지 않을 수 없었다. 판소리 광대는 성장된 민중의식을 대변하였고 판소리는 농민들의 박수소리를 듣고 성장했다.[25]

이런 맥락에서 보면 「흥부전」은 「흥부전」 시대 독자들의 요구를 수용하였다고 볼 수 있다. 다시 말하면 수용자들의 요구에 의하여 지평의 전환을 거듭하면서 흥부가 승리하는

25 임형택, 「18·19세기이야기꾼과 소설의 발달」, 『고전문학을 찾아서』, 문학과 지성사, 1987, 326쪽.

구조로 이행되었을 것이다. 텍스트의 수용자는 내포적 독자이면서 동시에 내포적 작가이다. 「흥부전」에 비하면 「놀부뎐」은 이러한 설화적인 반전의 계기를 제거하고 있다. 제비가 은혜를 갚은 박에 의하여 흥부가 재물을 얻었다는 말을 놀부는 믿지 않는다. 놀부뿐만 아니라 「놀부뎐」의 독자들도 설화적인 반전을 믿으려 하지 않을 것이다. 독자들은 무능력해 보이는 흥부에게 더 이상 애정을 가지고 있지 않을 수도 있다. 아무런 노력없이 횡재한다는 구조를 깨고 있는 것이다. 이는 봉건적인 틀을 깨는 것이며, 제비의 보은박에 의한 반전이라는 친숙한 지평으로부터 낯선 지평을 지향하는 것으로 이해된다. 이와 같이 지평의 전환을 꾀하는 이유는 「흥부전」을 읽은 최인훈이 자신의 성향에 따라 수용하고 있기 때문이다. 현대에 사는 최인훈의 기대지평은 현대 한국인의 기대지평을 반영하고 있다고 볼 수 있다. 결국 보은박에 의한 반전이라는 설화적 구조는 현대에 사는 독자들에게는 허구로 받아들여질 뿐 아니라 전혀 실현 가능성이 없는 일이다. 합리적이고 현실적인 현대인의 기대지평은 흥부를 선량한 인물로 수용하고 있다고 해도 실현가능성이 없는 허무맹랑한 반전을 원하지는 않는다.

앞의 논술과 연관하여 살펴보면 「흥부전」의 시대에는 흥부를 선량한 인물로 규정하고자 했다고 본다. 그리하여 자신의 욕심을 채우기 위해 유산독점과 같은 반윤리적인 행동도 서슴지 않는 놀부에 대하여 승리한 흥부를 요구하고 있다. 그리고 그러한 요구가 강렬하면 강렬할수록 적층문학인 「흥부전」은 그 요구를 받아들여 비현실적인 구조를 통해서라도 수용할 수밖에 없었을 것이다.

그러나 「놀부뎐」 시대의 독자들은 흥부를 반드시 긍정적인 인물로만 받아들이고 있는 것 같지 않다. 오히려 선량한 흥부는 합리성과 실리를 중시하는 현대에 걸맞지 않는 인물로, 놀부를 현실적인 인물로 받아들이고 있다. 여기에 현대인의 과학적인 사고는 흥부가 비현실적인 방법으로 승리하는 당위성에 공감하지 못한다. 결국 흥부는 제비의 보은박이라는 손쉬운 장치에 의하여 횡재하는 것이 아니다. 정치판의 혼돈 속에서 패배하여 봉고파직을 당한 관리가 빼돌려 숨긴 보화를 운수노름으로 훔치는 비도덕적인 방법에 의하여 횡재한 것이다.

여기에서 필자는 두 가지를 고찰할 수 있었다. 첫째는, 정치인들이 겉으로 공명을 외치면서 속으로 자신의 이익에 밝아 소매 밑에 뇌물이 끊이지 않는 탐관오리들을 응징해야 한다. 그럼에도 불구하고 자신이나 당리당략을 위하여 정치를 하기 때문에 정치판이 혼돈스러운 것이 당대 현실이다. 즉 작가 최인훈은 1960년대의 정치판을 혼돈의 상태로 인식했다는 점을 들 수 있다. 둘째는, 흥부가 보화를 훔치는 과정에서 자신의 윤리관과 횡재 사이에서 갈등을 겪는데 이는 흥부의 성격에 매우 중대한 전환점이 되고 있다는 점이다. 흥부는 사흘의 고민을 거치면서 훔치기로 결심한다. 놀부의 갈등을 해소하는 데 큰 역할을 담당한 것은 운수노름이었다. 놀부는 도덕성을 버리고 재물을 택한 것이다.

> 사흘세밤을새워 내외가논외한끝에 성즉성이요 패즉패
> 요 포도청이포도청이요 목구멍도포도청이라 이래죽으
> 나저래죽으나 죽기는매일반이니 운수노름합시다.(291쪽)

이는 힘들여 바르게 살면서 부를 축적하기가 어려운 현대 사회의 현실을 드러내고 있는 것으로 이해된다. 순수자본주의는 빈익빈 부익부(貧益貧 富益富)의 문제점을 지니고 있다. 따라서 정상적인 방법으로는 가난한 삶에서 부를 축적하기 어렵다. 놀부의 선택은 이러한 관점에서 이해될 수 있다. 놀부는 반윤리적이라 할지라도 횡재하는 방법을 택한 것이다. 정상적인 방법으로는 짧은 시간에 부를 축적할 수 없으니 운수노름에 맡겨 성공하면 다행이고 실패하면 원래의 모습으로 돌아가는 것이니 모든 것을 운수에 맡기자는 발상이다. 잘살기 위해 노력하는 것이 아니라 운에 자신의 모두를 맡기는, 매우 수동적인 자세이다.

　놀부가 흥부에게 밤이슬을 맞아 부자가 된 것이 아니냐 하는 실현가능성이 있는 물음을 던지자 흥부는 타락한 모습을 그대로 드러내며 놀부와 맞선다.

　　이런들 어떠하며
　　저런들 어떠하리
　　시절이 좋을세면
　　옷이젖다관계하랴(288~289쪽)

　시조를 차용하면서 독자들은 흥부에게 가지고 있던 사전 지식을 버려야만 한다. 「흥부전」의 흥부에 대한 해석은 다양할 수 있지만 대다수 독자들은 긍정적으로 평가했으며, 이런 평가가 독자들이 흥부에 대해 갖고 있는 사전 지식이다.

　　우리는 흥부를 봉건사회 말기의 보수적이고 반시대적
　　유형으로 처리해 버린 점에 반대한다. 흥부를 무기력하
　　고 게으르며 현실에 어두운 자로 보아 넘긴 관점에 대해
　　서도 수긍할 수 없다. 흥부의 현실 속에서 피나는 노력
　　과 양심적으로 살아가려는 태도를 결코 부정적으로 보
　　아서는 안 된다고 믿는다. 흥부는 양심을 잃지 않고 근

면으로 가난을 극복하려는 서민적인 인간상을 분명히
반영하고 있다. 이 점에서 흥부는 긍정적인 인물로 많은
사람들의 애호를 받았던 것이다.[26]

  흥부에 대한 해석은 바로 흥부에 대한 기대지평의 일단이
라고 볼 수 있다. 흥부의 무능하고 게으른 면을 인정하면서
도 양심을 잃지 않음으로 하여 「흥부전」 독자들의 애정을 받
았던 것이다. 그러나 최인훈의 수용기조는 흥부에 대하여
부정적인 듯하다. 따라서 「놀부뎐」에서는 흥부에게서 도덕
적인 면을 거세하고 있다. 위의 시조는 바로 그러한 즉 도
덕성을 거세당한 흥부의 체념적인 푸념처럼 들린다. 이래
도 좋고 저래도 좋다는 흥부의 시조는 자신의 도덕적 타락
을 정당화하려는 의도로 보인다. 이에 대한 놀부의 답가 또
한 독자들의 사전지식을 배반한다. 「흥부전」의 놀부가 비난
받는 가장 큰 이유는 반윤리적 태도 때문이다. 독자들은 그
런 놀부를 잘 안다.

  놀부는 철저히 반도덕적이고 반사회적이었다. 물론 이
  러한 놀부의 반도덕적 반사회적 성격은 봉건윤리를 분

---

26 임형택, 「흥부전」의 역사적 현실성, 『흥부전 연구』, 집문당, 1991, 327쪽.

해하는 작용을 하고 있다는 점에서 역사적으로 일정한 진보적인 의미를 갖는다. 그러나 역사의 변화 과정에서 분비된 암적인 요소이므로 놀부는 부정적인 존재가 되지 않을 수 없었다. 놀부에게서 돈벌이보다 중요한 일이 없었다. 재물 이상으로 가치있는 것은 이 세상에 존재하지 않았다.[27]

놀부에 대한 모든 비난의 뿌리는 재물이라는 목적을 위하여 과정이나 윤리 도덕 등을 중요시하지 않는 데 있다. 대다수 한국인들이 놀부에 대하여 갖는 정서는 임형택의 해석과 크게 다르지 않을 것이다. 그런데 「놀부뎐」의 놀부는 흥부의 시조를 듣고,

까마귀싸우는골에
백노야가지말아
가마귀흰빛을새우나니
원앙침고이적시는몸
신세젖일까하노라(289쪽)

---

27 임형택, 위의 책, 320쪽.

라고 답하면서 흥부에게 도덕성의 회복을 권유하고 있다. 전혀 예상하지 못했던 흥부와 놀부의 변화에 독자들은 낯선 경험을 어떻게 수용해야 할 것인지 당황스러울 수 있다. 여기에 흥부의 아내 언행 역시 낯설기는 마찬가지다.

> 흥부의 아내 또한 흥부의 단순한 복사판이 아니다. 인종(忍從)과 부덕(婦德) 속에 안일하거나 난관에 굴복해버리는 여성도 아니다. 외적인 시련에 도전하는 강한 생활력과 능동적으로 현실에 참여하는 여성의 모습이다.[28]

「흥부전」에 나타난 흥부 아내의 성격을 잘 드러내고 있는 분석이다. 그러나 「놀부뎐」의 흥부 아내는 '신세젖일가하노라'라 하는 놀부의 시조에 '젖인다'는 말을 남녀의 성적 관계로 해석하는 거짓된 오류를 범한다. 그러면서 이기적인 모습을 드러낸다. 즉 위기상황을 풍류놀음으로 해석하면서 흥부의 아내는 놀부의 참견을 저지하려 한다. 흥부 아내의 모습은 흥부의 도덕적 타락을 돕는 공범의 모습일 뿐이다. 그뿐 아니라 흥부네 자식들의 시조를 보면,

---

28 임형택, 위의 책, 327쪽.

산젖고물젖고

천지간에젖고젖고

젖고젖이는우리인생

젖고젖고하리라.(290쪽)

　아버지인 흥부와 다르지 않은 모습을 보이고 있다. 결국
놀부의 이야기처럼 흥부와 흥부의 아내와 흥부의 자식이 모
두 똑같은 모습이다. 공통점은 도덕적으로 타락했다는 점이
다. 이제 독자들은 흥부네 식구들과 놀부에 대한 기대지평
을 전환하지 않을 수 없다. 독자들이 알고 있던 흥부와 놀부
가 아니다. 오히려 「흥부전」의 모습과 정반대로 이해하면 좋
을 듯하다.

　독자들의 관심은 이러한 변개가 비워놓은 빈자리 즉 불
확정적인 공간은 무엇이며 어떻게 채울 것인가에 쏠려 있
다. 텍스트를 조금 더 펼쳐보면 놀부와 흥부는 횡재한 보화
를 제자리에 갖다 놓으려 캄캄한 밤에 철궤 지고 호미 차고
산중으로 찾아든다. 놀부가 그른 길로 접어든 흥부를 염려
하여 '이놈아' 하고 부르니 흥부가 '형님' 하고 대답하는데 천
만 마디가 오고간다. 결국 그들이 횡재한 보화를 제자리에
되돌려 놓는 행위를 통하여 놀부와 흥부가 화해를 시도하고
있음을 확인할 수 있다. 「흥부전」에서는 보은박이 반전의 계

기를 마련하여 흥부가 축재를 하지만 「놀부뎐」에서는 흥부가 도덕적으로 타락하면서 횡재한다. 독자는 둘의 우애가 회복되도록 마련한 소설적 장치로서 이해하게 된다. 이렇게 보면 최인훈의 기대지평은 바로 도덕성의 회복에 있을 수 있다. 산업화되어 가는 현대사회 속에서 윤리관의 변화, 개인주의나 이기주의로 잃어버린 도덕성을 회복하는 것이 「놀부뎐」의 기대지평일 수 있다.

횡재한 재물을 제자리에 되돌려 놓음으로 도덕성 회복의 기회를 마련한 놀부와 흥부는 내포적 작가에 의하여 전주 감영의 형틀 위에 놓이는 신세가 된다. 여기에서 독자들은 훔친 물건을 돌려 주려다 오히려 벌을 받는 놀부와 흥부에 동정심을 가지게 되고, 잃은 물건을 찾으려는 관리들을 괘씸하게 생각하는 모순에 빠지게 된다. 이는 바로 놀부와 흥부에 대하여 독자들이 끊임없는 애정을 가지고 있다는 증거가 되기도 한다.

형님이못난놈탓으로 이일을당하는구려흥부이 목이메어하거늘 사람심사이상하다 원망은커니와 어릴적괴이던마음 내왔소 왈칵솟으며 눈물이비오듯하는구나. 이날밤 형제가밤새워이야기하는데 십년막혔던마음이 봄눈스러지듯풀어지니 추야장긴긴밤이 호히려 짧으며 옥마

루판자요가 비단금침이더라.(292쪽)

이제 좀 더 화해의 공간으로 진입한다. 홍부가 형인 놀부의 괴로움을 염려하고 놀부는 화해의 눈물을 흘리는 것이다. 결국 감옥은 화해의 공간인 셈이고 그 안의 형제는 이제 죄에 해당하는 벌을 받으므로 완벽한 화해를 이루게 된다.

형제불목, 계수에게 남녀유별을 모른 죄, 조상에게 불손한 죄 등의 죄목이 열거되면서 매가 가해진다. 형제의 죄는 매의 수만큼 줄어들어야 한다. 그러나 여기서 독자들의 호기심은 다시 한번 지연(delay)된다. 즉 관리들의 부패로 독자들의 시선을 돌려 놀부 형제의 화해에 대한 기대감을 높이는 효과를 가져온다. 재산을 회수하고 자백을 받은 관리들은 그에 적합한 벌을 내리지 않고 계속하여 매질을 하며 놀부의 재산을 착취한다. 관리들의 부패 정도로 보아서 놀부의 재산이 다할 때까지 매질은 계속될 것이다. 이제 독자들의 불안은 고조된다. 긍정적이든 부정적이든 놀부와 홍부에 대하여 애정을 가지고 있는 독자들이기에 불안해 하면서 그들에게서 애련을 환기한다. 놀부의 반윤리성이나 홍부의 도덕적인 타락은 이제 해소되었다.

이익추구를 위하여서는 힘든 일 궂은 일을 가리지 않던 놀부, 명분이나 허식을 위해서는 돈을 쓰지 않고 오히려 푼

수 모르고 살아가는 사람들을 훈계하던 놀부의 재산이 매와 함께 조금씩 줄어든다. 독자들의 긴장은 최고조에 달한다. 그러나 독자들은 이상하게도 가슴이 후련해짐을 느끼기도 한다. 까닭은 형제간의 정이 줄어드는 재산과는 반비례하고 있기 때문이다.

> 이몸한몸이면 알뜰한내재물을 이몸이 진토되어넋이라
> 도있건없건 죽여도안내놓으련만 내형제 일생한번실수
> 하여 옥방귀신되겠으니 돈자라는데가 목숨사는날이라
> 달라는대로주어준다 속으로구구셈에 재물은날마다축
> 이나도이내마음괴이터라 아깝기는커니와 오만간장이
> 오뉴월소박비처럼후련하다부귀가일장춘몽이요 철령넘
> 어가는뜬구룸이구나 내형제심약하여 그를미워포악터
> 니 큰칼차고꿇어앉아 형님동생부를적에 오기는간곳없
> 고 춘삼월눈녹는바람이 따스하더라.(292쪽)

놀부가 흥부를 용서하고 동생을 위하여 재물도 아끼지 않는 모습을 보이자 독자들은 이제 작가가 감추어 놓는 보물을 찾은 듯하다. 놀부의 재산이 점점 줄어드는데도 놀부의 심사는 오히려 후련해지니 결국 놀부의 재산이 최솟값이 되면 놀부와 흥부의 우애는 최댓값이 되리라는 사실을 짐작하

게 되는 것이다. 낯 수그린 흥부의 모습이 처참하기 그지없어 동생에게 시조 한 수를 권하니

全州감영달발근밤에
옥등에둘히앉쟈
큰칼목에차고
큰시름하는차에
어디서바지락쥐소래는
나의애를끈나니(293쪽)

하면서 이순신 장군의 시조를 인용하고 있다. 여기에 흥부는 성삼문의 시조로

우리형데죽어가서
무엇이 될고하니
만슈산제일봉에
두사람신선되어
셰상일내몰라라
바둑쟝기두리라(293~294쪽)

하면서 답하고 있다. '이런들어떠하며 저런들어떠하리' 하

고 시조를 읊던 흥부를 생각하면 많은 변화가 있어 보인다. 결국 놀부와 흥부가 시조를 주고받음은 둘의 화해를 상징적으로 보여주는 것이며 전주감영은 화해의 공간이다. 물론 이 시조에 대한 해석은 다양하다. 놀부의 재산이 조금씩 줄어들면서 형제의 우애가 두터워지는 조짐의 연장선에서 주고받은 시조는 분명 화해의 발화라고 말할 수 있다. 그리고 전주감영이라는 절대절명의 공간은 화해의 공간이다.

바닥 있는 재물이 다하는 날 놀부와 흥부는 옥방원혼이 된다. 놀부의 재산과 형제의 죽음은 긴밀한 관계가 있다. 그 죽음에 대하여 힘없는 백성이 관에 눌리어 원한을 품고 죽어가는 것으로 보고 결국 놀부는 이러한 현실에 쉽게 적응하지 못하고 패배하고 만다는 고찰에 대하여 본고는 입장을 달리한다. 즉, 놀부의 재산이 줄어들면 줄어들수록 형제의 우애는 두터워진다. 그런 연장선에 놀부의 재산이 0에 가까워지면 놀부형제의 목숨은 죽음을 맞이하게 된다. 그래서 놀부와 흥부는 옥방의 원혼이 된다. 그러나 반면에 형제의 우애는 무한대에 이르게 된다. 결국 놀부의 재산이 다한 곳에서 형제간의 우애가 영원성을 획득한다.

독자들은 이제 흥부의 도덕적 타락과 놀부의 축재에 대한 궁금증을 풀게 되었다. 산업화, 현대화롤 인하여 개인주의, 이기주의가 발달하고 이익추구의 상업주의가 배금사상을 가져오지만 인간의 사랑을 이루는 데는 방해가 될 뿐이다. 감옥에서나마 피어난 사랑의 꽃은 「놀부뎐」을 읽는 독자들의 가슴에서 영원히 피어 있을 것이다.

「흥부전」을 「놀부뎐」으로 제목을 바꾸어 재해석한 최인훈의 수용 양상은 현대의 사회가 합리성 추구나 현실적인 사고에 치중해 있고 지나치게 경제중심적인 사고에 편향되는 경향에 대하여 참된 가치를 확인하려는 데 있다고 본다. 흥부와 놀부의 재물이 다한 시점에 형제의 우애가 회복되는 것은 바로 참된 가치 확인을 위한 소설적인 장치인 셈이다. 그뿐만 아니라 놀부가 정당한 출발선에서 시작하지만 경제적인 부를 이루기 위하여 자신의 행위를 합리화한다든가 흥부가 타락한 방법으로 축재하는 것은 목표를 앞세우는 1960년대의 경제정책에 대한 비난이면서 순수한 형제의 애정을 드러내기 위한 장치로 해석된다.

9

천 년의 기다림

친숙한 지평

「정읍사」[29]는 독자인 문순태가 백제가요 「정읍사」를 읽고 행간의 의미를 작가적 상상력으로 채워 쓴 산물이다. 백제 가요 「정읍사」는 한 여인이 행상 나간 남편을 기다리다가 죽어서 그 자리에 돌이 되었다고 하는 설화를 바탕으로 하고 있다.

그러나 구체적이지 않고 또한 필연성을 갖지 못한다는 인식을 바탕에 깔고 있다. 따라서 재생산에 참여한 문순태는 허구화를 통하여 사건의 개연성을 높이고자 했는데 이는 허

---

29 문순태, 「천년의 기다림 정읍사」, 출판사 이룸, 2001.

구이지만 리얼리티를 획득해야 한다는 작가적 노력이다. 백제가요 「정읍사」는 독자이며 작가인 문순태에 의하여 새로운 생명을 부여받은 꼴이다.

친숙한 정읍사(井邑詞)

(前腔)　　둘하 노피곰 도드샤

　　　　　어긔야 머리곰 비취오시라

(小葉)　　어긔야 어강됴리

　　　　　아으 다롱디리

(後腔全)　져재 녀러신고요

　　　　　어긔야 즌ᄃᆡ를 드ᄃᆡ욜세라

(小葉)　　어긔야 어강됴리

　　　　　아으 다롱디리

(過編)　　어느이다 노코시라

(金善調)　어긔야 내 가논ᄃᆡ 졈그롤세라

　　　　　어긔야 어강됴리

(小葉)　　아으 다롱디리

정읍사(井邑詞) 현대어 풀이

달님이여 높이 좀 돋으셔서

아! 님 계신 곳까지 멀리 좀 비춰주십시오

어긔야 어강됴리

아으 다롱디리

시장에 다니시나요

아! 질퍽한 곳을 디딜까 두렵습니다

어긔야 어강됴리

아으 다롱디리

어느 곳에든 물건을 얼른 팔고 오십시오

아! 내 님 다니는 그 길 저물까 두렵습니다

어긔야 어강됴리

아으 다롱디리

　백제의 가요로 전해지는 「정읍사」는 절대적 존재인 달을 통해 집 떠나있는 사람의 무사귀환을 기원하는 내용이다. 어말어미의 형식이 여성적 어조여서 주체가 여성이고 객체는 저잣거리를 다니는 남성 즉 남편일 것으로 추정한다. 한때는 음사(淫辭)라 하여 부르는 것을 금지한 적도 있다고 한다. 짐작하건대 남편이 건전하지 못한 곳에 발을 들였다고 전제했기 때문은 아닐까 짐작한다.

옛 시가(詩歌)를 형식적인 특성에 대한 분석 없이 내용만으로 완전히 이해했다고 볼 수 없다. 또한 내용 역시 고어에 대한 완벽한 해석이라고 할 수 없다. 아쉽지만 필자의 집필의도는 「정읍사」에 대한 깊은 연구보다는 문순태의 소설 「정읍사」의 빈자리를 채워가는 독서과정에 있다. 따라서 일반적인 해석만으로 독자들의 이해를 돕고자 한다.

기다림으로 밝히는 길

문순태의 「정읍사」는 '천 년의 기다림'이라는 부제를 달고 있다. 이는 「정읍사」가 기다림을 중심축으로 하여 재생산되었음을 독자에게 암시한다. 그러나 기다림이 필연성을 갖기 위해서는 떠난 사람과 기다리는 사람 사이에 깊은 관계가 전제되어야 한다. 바꾸어 말하면 연인 사이의 사랑처럼 깊어야만 기다릴 수 있는 것이다. 사랑 이외의 조건은 생각지말기로 하자. 백제가요 「정읍사」에서는 그러한 깊은 사랑을 행간에 감추고 있다. 어쩌면 당연한 것이라서 언급하지 않았을 수도 있지만 아무래도 전자가 설득력을 얻는다. 문순태의 「정읍사」로 말하자면 길을 떠난 도림과 기다리는 월아

사이에 깊은 사랑이 전제된다는 말이다. 두 사람의 깊은 사랑은 기다림을 위한 필요충분조건이 되는 셈이다.

월아의 사랑은 해장이라는 같은 동네의 인물과 예정되어 있었다. 문서로 주고받은 것은 없지만 해장은 월아와 가시버시가 되는 것을 당연시하고 있었다. 그리하여 틈나는 대로 월아의 집에 드나들면서 월아의 부모님에게 점수를 따기 위해서 허세를 부리거나 은근히 사위처럼 행동한다. 그렇지만 해장의 어머니가 반대를 하고 나선다. 이몽룡과 춘향이처럼 신분적 차이가 혼사의 장애이듯이 해장의 어머니는 입만 빌려주는 셈이고 신분적 차이가 혼사 장애가 된다. 여기에서 월아와 해장 사이에 틈새가 생기게 된다. 게다가 해장의 거만한 성격은 월아마저 해장을 받아들이기 어려운 사람으로 보게 되었다.

이러한 틈새를 비집고 도림이 등장한다. 도림과 월아는 「춘향전」의 춘향과 이몽룡처럼 순수성을 지닌 상태에서 만난다. 물론 한 동네에 살기 때문에 서로 알고는 있었지만 사랑을 위한 이차적인 만남은 도림이 큰샘거리 옆 왕버드나무 숲에서서 단소를 불면서 이루어지게 된다. 단소의 일차적인 기능은 두 사람을 연결해 주는 매체인 셈이다. 사냥을 일삼는 해장이 거칠다면 단소를 다룰 줄 아는 도림은 부드럽다. 도림은 달빛을 받고 버드나무에 등을 기댄 채로 월아네

집 쪽을 향해 밤이 깊은 줄도 모르고 자신이 부는 단소 가락에 취해 있었다. 그의 간절한 마음은 월아를 향해 바람처럼 달려갔다. 이 소리에 응답이라도 하듯이 월아는 밤잠을 설친다. 그리고 일찍 물을 길러 나왔다가 큰샘거리로 다가오는 도림을 보면서 단소쟁이가 도림이라는 것을 알게 된다. 월아가 놀라움을 금치 못한 것처럼 큰샘거리로 다가오던 남자 역시 월아의 모습을 발견하고 놀란 얼굴로 걸음을 멈추어 섰다. 도림은 넋을 잃은 듯 한동안 멀거니 월아를 바라보기만 했다. 두 사람은 한동안 말없이 서로의 얼굴만 바라보고 있었다.

해장과 월아 사이에 신분적 차이라는 혼사 장애가 생기고 그 틈새를 비집고 도림이 들어선 꼴이다. 결국 월아의 의사와는 무관하게 해장과 도림은 월아라는 공동의 목표를 사이에 두게 되었고, 불가피한 경쟁관계에 돌입하게 되었다. 처음에는 월아에 대하여 진정한 욕망을 느꼈겠지만 도림이라는 경쟁자가 개입하게 되면서 해장의 욕망은 거짓욕망이지 않을까 하는 의구심을 가질 수 있다.

망해봉 오르기를 먼저 제안한 사람은 해장이다. 그에게는 망해봉 오르기를 통하여 혼사장애인의 역할을 맡은 어머니를 설득하려는 계산이 깔려있다. 그러므로 도림이 끝까지 결투에 참여하기보다는 포기하기를 바란다. 결투는 하지 않고 목표한 바를 얻겠다는 속셈이었다. 이는 월아에 대한 해장의 욕망이 거짓욕망일 수 있다는 가능성을 제공하는 단초가 된다. 이에 비하면 결투를 대하는 도림의 입장은 전혀 다르다. 도림이 해장의 제안을 받아들여서 망해봉 오르기라는 결투를 받아들이기는 했지만 죽음을 무릅써야 하는 결투이기에 홀어머니에 대한 효심과 월아에 대한 사랑 사이에서 갈등을 겪게 된다. 그럼에도 불구하고 도림은 월아를 단념할 수 없음을 확인한다. 사랑을 위해서는 어머니를 두고 죽을 수도 있다고 결심한 것이다. 월아에 대한 도림의 욕망은 그만큼 진정성을 갖고 있다고 할 수 있다. 결투도 중요하지만 결투를 하기까지 도림의 결정은 결국 월아에 대한 도림의 사랑의 깊이를 짐작하게 하는 장치이다.

모든 결투는 위험하다. 특히 사랑의 쟁취를 위한 결투는 죽음마저 두려워하지 않기 때문에 더 그러하다. 결투가 위험할수록 결투 후에 얻어지는 사랑의 기쁨이 클 것은 당연하다.

「정읍사」에서 밤중에 망해봉 오르기는 가장 위험한 결투이다. 낮에도 오르기 힘든 망해봉을 밤에 오르는 것은 죽음을 초래하는 일이다. 해장과 도림이 보름날 망해봉 오르기를 결투의 방법으로 선택한 사건은 독자들의 긴장감을 고조시킨다. 그러나 작가적 전략은 결투기 이루어지는 보름날 전날에 극도로 고조된 독자들의 긴장감을 잠시 멈추고 지연시킨다.

> 여그 이르케 서서 언제꺼정이라도 느그 아부지를 기다리고 잪구나. 에미는 한평생을 기다리고 기다림시로 살었단다. 어려서는 장삿 길 떠난 느그 외할아부지를 기다렸고, 시집가서는 느그 아부지 기다림시로 살던 때가 질로 좋아제. 누구를 기다리고 산다는 거는 좋은 거제. 기다릴 사람조차 없다면 무신 낙으로 살겄냐. 기다릴 사람이 암도 없다면 그거는 사는 거가 아니겄제. 그래도 에미헌테는 기다릴 자석이 있응께 참말로 다행이다. 안 그러냐?(59쪽)

　해장과의 결투를 위해 망해봉에 오르기 전날 어머니를 업고 바람을 쐬러 나왔을 때 어머니가 한 말이다. 망해봉 결투를 앞두고 작가로서 해야 할 말을 하겠다는 의도로 보인다. 독자들이 극도의 긴장감에서 지연된 사건의 연속이라는 꿈에 잠겨있을 때에 작가는 전달하고자 하는 메시지를 전한다. 순진한 독자들이 고스란히 작가의 이야기에 귀를 기울이지 않을 수 없게 된다. '기다림'에 대한 어머니의 견해를 통해서 앞으로 닥치게 될 월아와 도림의 관계를 짐작케 하고, 월아의 기다림을 미화하기도 한다.

> "기다릴 사람이 있는 거는 좋은 일이제만도, 시상에서
> 기다리는 것 맹키로 힘든 거도 없단다. 오래 기다리면
> 처음에는 목이 타는 것 같다가 종당에는 피가 바싹바싹
> 말라붙는 것 같어야. 무신 변고가 생긴 거는 아닌지, 몸
> 이 아픈 거는 아닌지, 도둑을 만난 거는 아닌지……. 간
> 이 숯덩이모양 새까맣게 타는 거이 기다리는 거란다. 후
> 담에 늬 색시 얻거든 너무 기다리게 허지 말그라. 속태
> 우게 기다리게 허는 거는 참말로 해서는 안 될 짓인겨."
> "허제만 엄니는 하루하루 아부지를 기다림시로 살어오
> 셨지 않어요. 기다림서도 아부지헌테 마음을 몽땅 다 드
> 렸지 않남요. 그래서 아부지는 비록 일찍 돌아가셨어도
> 아쉬울 거는 없다고 생각허는구만요. 나도 엄니 같은 여
> 자를 만나고 잦네요."
> "그래도 기다리는 사람은 애가장이 녹는단다. 그러니 너
> 무 기다리게 해서는 안 돼야."
> "그럴게요 엄니. 지는 절대로 속타게 기다리게 허지는
> 않을게요."(59쪽)

도림의 아내 될 사람이 누구이든 어머니로부터 기다림을

유전 받게 될 것이라는 점을 쉽게 짐작할 수 있다. 그러나 아직도 작가적 전략은 계속된다. 작가는 단순하게 망해봉 오르는 결투를 하도록 장치하지 않는다. 다시 말하면 죽음을 무릅쓰고 망해봉에 오르는 위험한 결투를 해야 하는 필연성이 있어야 한다. 그래야만 텍스트가 리얼리티를 획득하게 되고 독자의 공감을 얻어낼 것이기 때문이다. 그 기저에 월아의 아름다운 용모와 마음이 있다.

망해봉은 아무나 오르는 산이 아니고 그 산에 오른 사람은 용맹성을 인정받을 수 있게 되었다. 여기에 월아의 아름다운 용모가 경쟁에 불을 붙인다. 월아의 아름다운 자태는 도림과 해장의 용기를 북돋우는 에너지원인 셈이다. 물론 소설에서의 아름다운 인물이 구체적으로 언급되지 않고 오히려 좀 추상적이거나 관습적인 표현에 그치는 경우가 많다. 월아의 경우도 마찬가지이다.

> 샘바다 근동에서 월아만큼 얼굴이 곱고 몸매가 나긋나긋한 여자는 없었다.
> 크지도 작지도 않은 아담한 중키에 포동포동하면서도 야린 듯한 몸매며, 희고 갸름한 얼굴에 둥그스름한 턱, 적당히 검고 휘움한 눈썹에 가지런한 치아하며, 이목구비가 오목조목 조화를 이루어 연꽃처럼 곱고 복스럽고

후덕해 보였다. 도림이 소금장사를 하는 동안 여기저기 떠돌아 다니면서 많은 처자들을 보아왔지만 월아만큼 한눈에 쏙 들어온 여자는 없었다.(26쪽)

이는 전적으로 도림의 관점이다. 그러나 월아를 사이에 두고 해장과 결투를 벌여야 하는 인물이 도림인 바에야 도림의 관점이 중요하지 않을 수 없다. 월아의 아름다운 자태는 도림이 생명을 던져가면서라도 해장과 결투해야 하는 이유인 것이다. 여기에 월아의 생각이 추가되면서 점차 결투의 승리자에 대한 암시를 주게 된다.

월아의 생각과는 무관하게 도림과 해장은 월아를 사이에 두고 망해봉 오르기 결투를 감행한다. 반면에 월아는 도림에게는 호감을 갖고 있지만 해장에게는 그 지나친 자신감에 질려버려서 거리감을 갖게 된다. 이럴 경우에 만약 해장이 이겨서 월아와 결혼하게 된다면 일방적인 사랑으로 인하여 결코 행복할 수 없으며 헤어져 있을 때에도 목숨을 던져서라도 기다리게 될지는 알 수 없다. 그러나 도림이 승리한다면 양방향성을 지닌 사랑이기에 기다림의 가능성을 높이게 된다. 따라서 도림의 승리는 예견된 것이며 그렇게 전개되어야만 도림과 월아의 사랑은 안전성을 획득하게 된다. 결국 거짓욕망으로 채워진 해장은 결투에서 패배하게 마련이고 도림과 월아의 사랑을 확고하게 하는 보조인물로 기능하게 된다.

도림이 쇠뿔도 단김에 빼라는 말을 상기하며 서둘러 해장의 집을 찾아갔다. 도림은 대문 밖에서 그가 찾아온 연유를 말했다. 해장은 흔연히 그의 부탁을 들어주겠다고 했다.

> "길미를 쳐서 세전 안으로 꼭 갚겠네."
> "친구지간에 길미라니, 다른 조건은 없으니 약조대로 세전 안에만 갚게. 그리고 장삿길에 몸조심하게나. 일전에 금마에서 장인이 와서 하시는 말씀이 곧 신라가 대군을 몰고 쳐들어올 조짐이 보인다고 하셨네. 나라에서도 준비를 하고 있다고는 하지만, 이번 싸움은 그리 간단히 끝날 것 같지 않다고 하셨네. 곧 우리 고을에서도 싸움에 대비해서 열다섯 살 이상 남정들 징발이 있을 것이라고 하지 않던가."(144쪽)

경쟁 관계가 끝나면 경쟁자의 둘 사이에 증오가 남거나 화해의 관계가 성립될 수 있다. 여기에서 작가는 경쟁에서 패배한 해장을 경쟁자의 관계에서 협조자로 변화시킨다. 동시에 도림의 앞날을 걱정하면서 도림과 월아 사이의 불행한 사건을 암시한다.

길 위에서

　월아와 도림의 사랑은 앞에서 언급했듯이 단소를 매개체로 하고 있다. 그러나 단소의 기능은 그렇게 단순하지 않다.

　　"참, 버들이 너 또 그 병이 도졌담시로? 또 거년 여름 홍
　　수에 떠내려 간 부모님 생각 땜시 밥도 안 처묵고 온종
　　일 방바닥에 뱃바닥 깔고 자빠져서 눈물 짰담시로? 그
　　려, 내가 단소 가락으로다가 버들이 부모님 혼백을 불러
　　줄 테니께, 부모님을 얼핏 만나보도록 혀."
　　"단소 가락으로 우리 부모님 혼백을 불러주신다고라우?"
　　"그렇다니께. 내가 단소를 부는 것은, 만나보고 잪은 사
　　람 혼을 간절하게 부르는 거여. 내는 단소 가락을 붊시
　　로, 보고 잪은 그리운 사람을 만나는구만."(213쪽)

　월아에게 단소는 도림을 만나게 되는 매체이면서 심미적인 배경을 제시하는 효과를 기대할 수 있다. 그러나 도림에게 단소는 그런 분위기를 넘어서서 그리운 사람을 만날 수

있게 해주는 소재인 것이다. 그리하여 도림의 단소는 그리운 사람을 떠올릴 때마다 사용된다. 예를 들면 망해봉에 오르기 전에 단소를 불고 그 단소는 검독수리를 부른다. 도림은 그 검독수리는 돌아가신 아버지의 화신으로 믿고 있다. 그러므로 단소 가락으로 보고 싶은 사람을 만난다는 도림의 말은 적어도 그에게만은 진실 같은 믿음을 준다.

그뿐만이 아니다. 단소의 기능은 위기에 처한 도림을 구하는 기능을 텍스트 안에서 하게 된다. 즉 도림과 해장은 주위의 만류에도 불구하고 망해봉을 오르는데 도림이 먼저 올라 정상에 흰 천을 걸어두고 오면 나중에 오른 해장이 흰 천을 벗겨 오는 겨루기이다. 도림은 먼저 올라 정상에서 큰 소나무에 흰 천을 걸었으나 호랑이를 만나 절명의 위기에 처한다. 이에 도림이 지니고 간 단소를 부니 일진광풍이 일어 흰 천이 요란한 소리를 내어 호랑이가 도망을 간다. 결국 단소 가락이 도림을 구한 것이다. 단소는 단순한 기능 이상을 지닌 소재이다.

망해봉 오르기에서는 도림이 승리하므로 인하여 도림은 월아와 혼인할 수 있게 된다. 사랑의 완성을 이룬 셈이다. 그러나 때로는 완성이 또 다른 시작을 의미하기도 한다. 끊임없이 갈등을 요구하는 독자들이 있으면 더욱 그러하다. 그뿐만 아니라 기다림이라는 주제를 향해서 통일성을 지녀야 하는 서사적 특성을 감안한다면 결코 여기에서 평탄하게 마무리할 수는 없는 것이다. 즉 중심인물의 갈등은 완벽한 사랑을 위한 전제인 셈이므로 사건들을 통하여 갈등을 만들고 그 갈등을 통하여 완전한 사랑을 필연적으로 만들어내야만 한다. 그 하나가 바로 백제와 신라의 전쟁이다.

작가가 후기에서 말했듯이 백제와 신라의 싸움은 작가가 의도적으로 만든 사건이고 이로 인해서 이별이 필연이 된다. 전쟁과 이별은 그야말로 필연적이라고 하지 않을 수 없는 노릇 아닌가. 국토를 동서로 가를 수 있다는 경계심에도 불구하고 백제와 신라의 전쟁은 사랑과 이별을 거쳐서 기다림으로 가는 길목이라고 말할 수 있다. 결국 전쟁은 도림이 돌아올 수 없는 강을 건너게 만들고 말았으며, 월아의 기다림은 여기에서 비롯된다.

기다림은 만나야 할 사람을 만나지 못해서 생기는 마음의 병인 셈이다. 길을 떠난 사람에 대하여 남아있는 사람의 병이다. 바꿔 말하면 돌아오지 않는 도림에 대한 월아의 병이다. 그러나 돌아오지 않는 까닭이 독자들을 설득할 수 있어야 한다. 이는 독자들의 공감을 얻는 일이요, 그 공감을 통해서 리얼리티를 확보하게 되기 때문이다. 바꿔 말하면 도림이 귀가할 수 없는 까닭은 독자들로부터 확실한 공감을 얻어야 한다는 뜻이다. 그래야만 기다림이 필연이 되고 미적으로 승화할 수 있을 것이다.

소금장수인 도림은 본인의 뜻과는 무관하게 전투에 참가하게 되고 그로 인하여 보기에 흉한 상처를 입는다. 모든 사람들이 혐오스러워 하는 얼굴이 되었다. 그러나 목숨을 걸고 결투할 만큼 월아를 사랑했던 것을 기억하고 있는 독자들이 그 정도로 귀가하지 않는다는 도림을 이해하지는 못한다. 월아는 소금장사를 갔던 도림이 징벌 간 사실을 모른 채 도림을 기다린다.

> "기다림은 절망 속에서 피어나는 한 송이 소망의 꽃과 같은 거란다. 그리고 기다리는 거는 참마음을 주는 거란다. 기다릴 줄 아는 사람만이 참마음을 줄 수 있는 것이제. 속이 타는 일이라고 해서 기다리지 않는다면 누구에게도 참마음을 줄 수 없는 거제."
> "기다림이 크면 정도 커진단다. 기다림이 쌓이고 또 쌓여서 망해봉만치나 커지면 생각하는 마음도 그만치 커지는 거 아니겠냐."(176쪽)

그러나 작가적 전략은 여기에서 멈추지 않고 다른 여자를 등장시켜 긴장감을 상승시킨다. 이는 원본 「정읍사」의 "즌데를 디딜세라"를 그대로 수용한 것으로 보인다. 즌데에 대한 해석은 여러 가지가 있겠지만 행상 나간 남편이 다른 여자를 사귀게 됨으로 인하여 돌아오지 않는다는 원텍스트의 내용을 수용한 것으로 보인다. 질퍽한 곳에 발을 들여놓아 돌아올 수가 없다는 것이다. 그러나 여기에도 문제는 있다. 즉 도림이 다른 여자를 사귀어서 돌아오지 못한다면 이는 둘의 사랑에 금이 간 것이다. 이러한 행동은 순수한 사랑을 무기로 기다리는 월아에 대한 배신이다. 동시에 월아에게는 기다림의 필요충분조건으로서 사랑이 되지 못하는 것이다. 도림 역시 월아를 사랑하는 마음에 변함이 없고 월아 역시 도림을 사랑하는데 다른 여자로 인해서 돌아오지 못한다면 소설이 독자들을 분노하게 만든다.

오히려 도림을 기다리는 월아는 기다림이 지속되는 사이에 사랑이 증폭되어가는 현상을 보인다. 기다림은 이제 그녀에게 신념이다. 고통스럽지만 월아에게는 그것이 곧 운명처럼 여겨지게 된 것이다. 그리하여 죽음을 무릅쓰고라도 도림을 기다릴 수 있는 것이다. 월아가 도림을 기다리다가 죽은 그곳에 사랑이 꽃으로 피어난다.

거꾸로 읽기

　문순태의 「정읍사」는 현전하는 백제가요 「정읍사」를 읽고 어떻게 받아들였을까? 물론 부제처럼 기다림을 중심에 두고 있다는 점은 충분히 알 수 있다. 그러나 기다림을 추상적이거나 관념적이지 않고 구체적으로 보여주기 위해서는 다시 말하면 기다림이 필연이 되기 위해서는 문학적 장치가 필요했을 터이다. 그 문학적인 장치들을 통하여 문순태의 수용 성향을 살펴볼 수 있을 것이다.

　텍스트를 거꾸로 읽어보기로 하자. 월아가 도림을 애절하게 기다리다가 죽음을 맞이하게 되었다. 이는 두 사람의 이별이 전제되어야 함은 물론이다. 이 전제 조건인 이별을 위하여 작가는 백제와 신라가 전쟁하도록 설정했다. 소금장수로 떠돌던 도림이 이 전쟁에 불가항력으로 참전하게 된다. 그가 전쟁에 참여해야 하는 특별한 까닭은 없다. 전쟁이란 소수의 사람에게는 절대 필요하지만 다수의 사람들은 어쩔 수 없이 참가하게 되는 것이 아닌가. 즉 전쟁은 필요한 소수의 사람들이 일으키고 필요하지 않은 다수의 사람들이 피해를 보는 게임이다. 어찌 되었건 그런 전쟁은 도림이 돌아올 수 없는 사정에 놓이게 되어 이별을 초래하고 만다. 그런데 이별은 사랑이 전제되어야 아픔이 있게 마련이다. 아픔을 위해서 사랑이 필요한 것이 아니라 사랑하기 때문에 아픔이 있다. 월아에 대한 도림의 사랑은 도림과 해장의 망해봉 오르기 결투를 통해서 확인하게 된다.

달밤에 도림이 단소를 불면서 시작된 월아와 도림의 사랑은 망해봉 오르기 결투를 통해서 두터워졌으며 결혼하여 행복을 누린다. 소금장수로 여기저기를 떠돌던 도림이 아무런 관계없이 전쟁에 참여하게 되고 상처를 입어 귀가할 수 없는 처지에 이른다. 이 모든 사건은 월아의 기다림을 위한 문학적인 장치들이며 월아의 기다림은 작가에 의하여 준비된 것이다. 그리고 월아의 기다림은 천 년을 이어가면서 사랑하는 사람들 모두의 이야기가 된다.

「정읍사」를 쓰기 전의 문순태는 백제가요 「정읍사」의 독자였을 터이다. 그리하여 「정읍사」를 읽고 나름대로의 기대했던 바를 충족하기도 했을 것이며 더러는 기대에 어긋나기도 했을 터이다. 이러한 읽기의 방식을 통하여 역동적인 책읽기가 이루어지는 것이고, 그러한 수용의 모든 양상들을 통하여 작가 문순태는 「정읍사」를 허구적으로 재생산할 수 있었다. 그 중심축에는 기다림을 두고 전제가 되는 조건들은 허구화하였다. 이때에 전제가 되는 조건들은 기다림을 향해서 통일되어야 한다. 뿐만 아니라 통일성을 가진 전제들은 기다림과 필연성을 가져야 한다. 그래야만 독자들이 공감하게 되고, 이러한 공감을 통해서 작품은 리얼리티를 획득할 수 있다. 그럼으로써 고전의 틀을 벗어나 현대소설로 재탄생하게 되는 것이다.

　이러한 문학작품의 재생산은 주로 고전에 해당하는 작품들을 원텍스트로 하고 있다. 그래서 고전의 명성에 편승한다는 비난을 피할 수 없다. 그러나 시간적 차이를 극복하고 고전의 향기를 취사선택하여 재생산이 이루어진다면 그 재생산 자체만으로도 의미를 지닐 수 있을 것이다. 여기에 작가적 역량이 추가되고 변화된 사회적 여건이 반영된다면 우리 문학의 단절론을 극복하고 문학적 전통을 이어가는 작업이 될 것이다.

part 3

채워 읽고 나서

문학작품을 이해하는 방식은 관점을 달리하면서 다양하게 개발되었으며, 각 접근방식은 그 나름대로 특징을 갖고 있다. 그러나 그 방법론의 근저로 올라가면 심미적 태도를 중시하는 형식주의적 방식과 문학의 사회적 태도를 중시하는 현실주의적 방식으로 대별할 수 있다. 그런데 이 두 가지 방법론은 문학의 근본적인 문제를 해결하는 데 미흡한 점이 있다. 즉 형식주의적인 방식은 예술성을 강조한 나머지 문학의 사회적 기능을 등한시한 측면이 있고, 현실주의적 방식은 문학을 생산품처럼 취급하여 예술성을 가볍게 다룬 면이 있다.

　　이러한 바탕 위에 문학의 심미적인 기능과 사회적 기능을 포괄할 수 있는 방식을 생각하게 되었다. 그리고 작가―

작품–독자의 관계망에서 늘 제외했던 독자에게 눈을 돌리게 되었다. 독자는 문학의 수요자이면서 동시에 직간접적으로 창작에 관여하는 공급자라는 점을 인식한 것이다. 즉 독자가 문학의 역사에 깊이 관여하고 있다는 인식이 생긴 것이다. 문학의 역사는 연대 위에 문학적 사건을 늘어놓은 것을 의미하지 않는다. 문학의 역사는 작가와 텍스트와 독자가 대화의 과정을 통해서 함께 써가는 역동적인 과정이다.

이러한 수용미학은 한스 로베르트 야우스(Hans Robert Jauβ)의 논문 「문예학의 도전으로서의 문학사」에서 발단되었으며, 그가 1967년 당시 서독의 콘스탄츠 대학에 취임할 때 한 첫 강의 주제이기도 하다. 여기서 야우스는 "작품을 창작하는 작가나, 한 작품을 전통 속으로 분류해 넣고 역사적으로 해석하는 문학사가들도 그들 스스로 문학작품을 연구하고 그것을 글로 생산해내기 이전에 일단은 독자"라는 사실을 강조하고, "문학작품의 역사성은 수용자의 능동적인 참여 없이는 생각할 수조차 없다"는 견해에서 문학사는 "작품과 독자간의 대화의 역사로 씌어져야 한다"[30]고 주장했다.

당연히 우리 문학계에서도 수용미학에 대한 연구가 진행되었고 적지 않은 결과물도 있었다. 그런 가운데 우리의

---

30 차봉희, 『수용미학』, 문학과 지성사, 1987, 26~27쪽.

문학작품을 수용미학적 관점에서 연구한 사례는 권희돈의 『무정』의 수용미학적 연구』(1986.명지대)가 처음인 것으로 알고 있다. 권희돈은 이후에도 문학사에 관여하는 독자의 기능과 가치에 대하여 알기 쉽게 소개하고 우리 문학작품에 적용한 연구서『소설의 빈자리 채워 읽기』(1993. 양문각)와 『한국 현대소설의 독자 체험』(2004. 태학사)을 발간하여 독자중심 문학의 일가를 이루었다.

필자는 수용미학적 인식론 가운데에서 고전이 오늘날 재생산되는, 즉 생산적 수용에 학문적 관심을 가지고 있었다. 원전텍스트와 재생산된 텍스트 사이의 대화성을 연구의 대상으로 한 필자는 수용미학을 접하면서 인식론으로 받아들이게 되었다. 그 과정에서 원전텍스트의 독자들은 친숙한 텍스트를 벗어나 낯설게 쓰여지는 재생산텍스트에 대해 사전지식과 함께 기대감을 갖게 된다는 것을 인식했다. 사전지식과 기대 사이의 역동적인 관계를 독서과정으로 받아들이게 되었다. 마치 전상과 후상의 역동적인 관계를 독서과정이로 본 것과 다르지 않다.

이때에 사전지식을 바탕으로 갖게 되는 기대치의 범주 및 한계를 기대지평이라고 한다. 기대지평은 칼 만하임(Karl Mannheim)이 사회학적 분석에 사용한 용어인데 야우스가 차용한 것이다. 문학텍스트의 수용자가 지니고 있는 바람,

선입견, 이해 등 작품에 관계된 모든 전체를 망라하고 있다. 역동적인 독서과정은 바로 기대지평에서 시작된다고 볼 수 있다. 졸저『초려에 바람 들다』[31]와『아버지의 아이디』[32]는 이러한 독서과정을 통해서 발간한 평론서이다. 또한 졸저『개화기 이후의 춘향전 연구』[33]는 생산적으로 수용된 텍스트를 대상으로 집필한 첫 번째 논란적 텍스트인 셈이고 이번에 발간하는『낯설게 쓴 심청전 채워 읽기』는 그 두 번째이다. 필자가 집필한 졸저들은 모두 수용미학적 인식론을 바탕으로 하고 있다.

「심청전」의 독자들은 효녀프레임에 갇혀서 개연성 없는 사건 전개·매몰된 자아·합리적이지 않은 배경을 그동안 묵인해왔다. 그러나 현대의 독자들은 더 이상 같은 방식으로 심청전을 수용할 수가 없어서 환생을 없애고, 연인을 창조했으며, 용궁 없는 텍스트를 요청했다. 그럼으로써 낯설어진「심청전」. 그러나 오히려 독자들의 역동적인 독서과정을 통해서「심청전」의 역사가 될 것이다. 이러한 인식의 연장선에서「춘향전」·「흥부전」·「정읍사」도 자리매김한다.

그럼에도 불구하고 필자로서는 낯설게 쓴 심청전 가운데

---

31 한채화,『초려에 바람 들다』, 도서출판 한솔, 2010년.

32 한채화,『아버지의 아이디』, 고두미, 2016년.

33 한채화,『개화기 이후의 춘향전 연구』, 푸른사상, 2002년.

희곡으로 쓰여진 텍스트나 영화로 제작된 텍스트와 역동적인 소통을 하기에는 부족함이 없지 않다. 따라서 장르적인 특성을 충분히 이해하지 못하고 내용을 중심으로 살펴본 점을 과제로 남겨둘 수밖에 없다.

길이 끝난 곳에서 다시 여행이 계속되리라 믿는다.